K. C. Fabre

enJoy me

Vom ersten Moment

Für meine Herzmenschen,
es war ein langer Weg,
doch ihr habt nie an mir gezweifelt!

Über die Autorin:

K. C. Fabre wurde 1981 in Hessen geboren, doch das Ruhrgebiet ist seit frühster Kindheit ihr Revier. Schon damals reiste sie viel und entdeckte dabei Orte wie das große Tal, Phantásien, oder auch Hill Valley für sich. Sie bestritt wilde Abenteuer mit den Goonies. Erweiterte ihre Sichtweisen mit E. T.und Alf. Kämpfte an der Seite von Daniel LaRusso oder machte auch einfach mal mit Ferris blau. Mittlerweile verweilt sie gerne an Orten wie Forks, Mystic Falls oder Hogwarts und erlebt leidenschaftliche Ausflüge mit Charakteren wie Christian, Gideon und Hardin. Sie lässt sich entführen von Massimo und kämpft auch heute noch an der Seite von Maverick. Bücher erschaffen für sie die Möglichkeit, in andere Welten abzutauchen. Sich selbst zu finden oder auch darin zu verlieren. Lesen ist Leidenschaft. Ebenso wie ihre eigenen Geschichten!

Alles rund um sie und ihre Bücher findest du unter:

www.kcfabre.de

Inhaltswarnung!

Dieses Buch enthält Inhalte, die gegebenenfalls triggern können.
Deshalb findet ihr auf der Seite 391 eine
ausführliche Triggerwarnung.

Achtung: Diese Triggerwarnung enthält
Spoiler für das gesamte Buch!

Bibliografische Information der Deutschen Nationalbibliothek:
Die Deutsche Nationalbibliothek verzeichnet diese Publikation in der Deutschen National-bibliografie; detaillierte bibliografische Daten sind im Internet über dnb.dnb.de abrufbar.

Taschenbuch ISBN: 978-3-7597-7521-4

Dieser Titel ist als
Taschenbuch (9783759775214),
Hardcover (9783758342790) und E-Book
erschienen.

Verlag: BoD · Books on Demand GmbH,
Überseering 33, 22297 Hamburg, bod@bod.de
Druck: Libri Plureos GmbH, Friedensallee 273,
22763 Hamburg

1. Tylor

Schweißgebadet und mit rasendem Herzschlag erwachte ich aus einem Albtraum. Mal wieder! Der Wecker auf meinem Nachttisch schlug mir die Wahrheit gnadenlos ins Gesicht. Zwei Uhr nachts. Ich zog mir die Decke über den Kopf, um mich darunter zu verstecken. Wohlweislich, dass es mir in keiner Weise nützte. In den letzten Wochen suchten mich diese beschissenen Träume wieder viel zu oft heim. Ich hasste es! Schwächen waren nichts für mich. Diese legte ich vor vielen Jahren ab. Aber aktuell ließen sich diese Drecksdinger einfach nicht beeinflussen, egal was ich dagegen tat. Sie tauchten auf. Ständig! Keine Kontrolle zu haben, lag nicht in meinem Naturell, und das würde ich auch zukünftig so handhaben. In den zurückliegenden Jahren hatte ich dieses Problem gut im Griff, doch seit Beginn der Verhandlungen zum Kauf des Kinderheims fiel alles wieder wie ein Kartenhaus in sich zusammen. Es war dringend an der Zeit, dass die Neueröffnung vollzogen war. Danach würde dieses Kapitel dahin verschwinden, wo es hingehörte, weit weg zurück in die Vergangenheit. Die Unterzeichnungen der Verträge waren fast gänzlich abgeschlossen. Alles lag längst in trockenen Tüchern, es bedurfte ausschließlich noch der letzten Formalitäten. Die neuen Mitarbeiter warteten seit Wochen in den Startlöchern. Schwester Mary – die neue Leiterin – war eine fürsorgliche Seele. Sie würde sich perfekt um die Kinder kümmern. Das stand außer Frage. Und vor allem war ihr klar, welche Vorgehensweisen für mich wichtig und unverhandelbar waren. Ohne Kompromisse! Sobald die letzte Unterschrift alles besiegelte und der neue Name am Haus angebracht war, lief mein normales Leben weiter. Endlich! Diese Nacht hatte jedenfalls mal wieder mit einem Schlag geendet. Eine volle Stunde lang prügelte ich auf den Sandsack in meinem Gym ein, aber ich vermochte nicht zu behaupten, dass nur ein Hauch von Verbesserung eintrat. Normalerweise konnte ich meinen Kopf damit gut zum Schweigen bringen. Als Jugendlicher rettete der Sport quasi mein Leben. Hätten meine Adoptiveltern Sophia und William mich nicht zu Dan in den Boxklub geschickt, wäre heute gewiss alles nicht so, wie es ist. Wahrscheinlich versauerte ich dann irgendwo im Knast, oder aber schlechter Umgang hätte mich zu Drogen und somit in den sicheren Tod geführt. Beide Varianten hielt ich für wenig erstrebenswert. Dan – mein Boxlehrer – hatte immer ein offenes Ohr, aber auch harte und unumgängliche Regeln. Erst dort lernte ich Respekt und Disziplin und ebenfalls, wie es sich anfühlte, gehörig vor die Fresse zu bekommen.

In jener Nacht half mir der Sport hingegen nicht weiter. Die harte Wölbung in meiner Shorts signalisierte mir, dass etwas Intensiveres nötig war, um Körper und Geist auf andere Gedanken zu bringen. Vor allem Letzteres. Ich nahm mein Handy vom Regal und scrollte die Kontakte durch. Viele Namen wirkten verheißungsvoll und weckten Erinnerungen an diverse heiße Nächte. Und Tage. Oder einfach nur flüchtige, kurze Momente. In diesem Augenblick bedurfte es jedoch einer Frau, die spontan für eine kurze, heftige Nummer mitten in der Nacht zu haben war. Beim Durchstöbern blieb ich bei Lora hängen. Wir hatten uns lange nicht mehr gesehen, aber verdammt noch mal, sie besaß echt einen geilen Arsch und war zudem immer willig und fügsam, was einen großen Pluspunkt für sie darstellte. Das Problem lag darin, dass sie bei den letzten Treffen den Anschein erweckte, dass ihr mehr an der Sache lag als mir. Theoretisch hatten wir das zweifellos und unmissverständlich zwischen uns geklärt. Praktisch warf ihr Verhalten nichtsdestotrotz zunehmend Zweifel auf. Ich wählte dennoch ihre Nummer. Ihre Qualitäten im Bett waren ausgezeichnet und bisher zeigte sie sich immer zeitlich flexibel. Mehr brauchte ich in dieser Nacht nicht. Es klingelte zwei Mal ... drei Mal. Ich nahm das Handy vom Ohr, um das Gespräch zu beenden, da hörte ich ihre verschlafene Stimme am anderen Ende der Leitung.

»Tylor?«

»Wer soll dich sonst mit meiner Nummer anrufen?« *Was für eine bescheuerte Frage!*

»Du hast recht. Bitte entschuldige! Ich habe geschlafen. Was ist denn los?« *Das war so typisch. Ich fuhr sie an und sie entschuldigte sich, dass sie geschlafen hatte. Mitten in der Nacht, wohlgemerkt.* Ich verdrehte die Augen und antworte, wie ich eben bin. Sehr direkt!

»Ich brauche dringend einen geilen Fick und habe spontan an dich gedacht. Unser letztes Vergnügen ist eine Zeit lang her. Interesse oder willst du lieber weiter pennen?« Die Frage, ob sie Interesse hatte, war zwar überflüssig, weil sie natürlich welches hatte, den Respekt beabsichtigte ich dennoch zu wahren. Frauen waren für mich keineswegs nur ein Stück Fleisch und ich war niemals herablassend zu ihnen. Aber wenn man Tylor Cliffort war, standen einem die Türen meistens sperrangelweit offen, und das turnte vor allem sexuell extrem ab. Situationsbedingt hilfreich, allerdings gleichermaßen lästig. Lora überlegte, wie zu erwarten, keine Sekunde, und mein Schwanz schwoll bei ihrer Zusage merklich an. Wir beendeten das Gespräch. Ich zog mir auf die Schnelle ein frisches Shirt und eine Jeans über und fuhr los. Da ich einen gewissen Druck hatte, dauerte es nur zehn Minuten, bis ich meinen SUV vor ihrer Türe parkte. Zum Glück waren die Straßen für die Verkehrsverhältnisse in L. A. fast wie ausgestorben. Es ließ sich entspannt durch den restlichen Verkehr durchschlängeln. Ihr blieb demnach kaum Zeit, um sich zurechtzumachen. Nicht dass es mich in dem Moment gejuckt hätte, wie sie aussah. Ich brauchte nur einen geilen, willigen Körper, der meinen harten Schwanz massierte und den Kopf auf andere Gedanken brachte. Eilig stieg ich aus dem Wagen und lief über die schmale Straße hinüber zu ihrem Haus. Die Einfahrt mied ich bewusst, obwohl vor der Garage ausreichend Platz gewesen wäre. In jeglichen Filmklassikern kam der sittsame Ehemann nach getaner Arbeit nach Hause und stellte seinen Spießerschlitten in der Einfahrt seines Hauses ab. Allein die Vorstellung brachte mich dazu, den Wagen einfach auf der Straße zu lassen. So war ich auch im Anschluss schneller wieder weg. In der Wohnsiedlung hätte man eine Nadel auf den Boden aufschlagen hören können, so leise war es. Dort riskierten noch nicht mal die Vögel, ein Zwitschern von sich zu geben, ohne von genervten Blicken halb ermordet zu werden. Garantiert hatten alle Nachbarn längst nachgesehen, wer um diese nächtliche Zeit die Frechheit besaß, IHRE Straße zu befahren. Mit einem Grinsen im Gesicht nahm ich mir vor, noch mal extra Gas zu geben, wenn ich wieder abhaute. Durch die Vorhänge auf der Vorderseite des Hauses schien gedämpftes Licht. Lora wohnte in einem kleinen, schicken Häuschen, was ihr Ex für sie bezahlte. Dass dieser Schlappschwanz sie überhaupt weiter finanzierte, war schon der Lacher schlechthin. Vor einigen Monaten traf ich sie zufällig bei einem Meeting mit ihm. Ihr Verlobter Angelo war ein großes Tier, insofern es sich um Drohnen handelte. Für sie war dieses Treffen total uninteressant und die Gespräche lang und ermüdend. Dennoch gab Lora vor, all das wahnsinnig faszinierend zu finden. Todsicher verstand sie in Wirklichkeit nicht mal die Hälfte der Verhandlungen zwischen Angelo und mir. Aber wenn sie sich in den Kopf setzte, jemanden ins Bett zu bekommen, war sie überaus talentiert und zudem unmissverständlich. Ihre Hand in meinem Schritt unter dem Tisch signalisierte ihr Interesse, gefickt zu werden, mehr als deutlich. Meine Ambitionen zu diesem Treffen lagen ursprünglich darin, gegebenenfalls eine weitere Sparte zu entdecken, in die eine Investition Sinn machte. Ich erkannte aber schnell, dass mich das Thema einfach nur langweilte. Ihn ließ ich vorerst darüber im Unklaren, denn es war extrem amüsant zu beobachten, wie sein Kopf von Minute zu Minute noch mehr rot anlief und mit Fortlaufen des Gesprächs zu platzen drohte. Ich gab ihm netterweise eine halbe Stunde, um sich zu beruhigen, und vögelte in der Zeit Lora. So stellte der Tag für mich zumindest einen reizvollen Nebeneffekt dar. Schon dort war klar, dass sie nach mir lechzte. Also besorgte ich es ihr auf der Toilette des Hinterzimmers. Meine Vermutung bewahrheitete sich dabei, denn sie lief schon aus, bevor ich sie auch nur berührte. Beim ersten Zusammentreffen meines Fingers und ihres Höschens gab es nichts mehr, was Fragen offenließ. Angelo erfuhr davon erst viele Wochen später. Nachdem Lora sich von ihm trennte, weil auch sie erkannte, was für einen Schlappschwanz sie sich da angelacht hatte. Mir war es scheißegal. Er war mir egal. Und sie definitiv nicht wichtiger, nur nützlicher. Sie kannte meine Ansichten direkt beim ersten Mal, gab sich aber mit dem zufrieden, was sie bekam. An ihrer Haustüre angekommen, klopfte ich leise an. Kaum berührten meine Fingerknöchel die Türe, schwang diese bereits auf. Ein freches Grinsen konnte ich mir nicht verkneifen. Stand sie etwa hinter der Tür und hatte gewartet? Sie lehnte sich mit einem verführerischen Schlafzimmerblick am Türrahmen an und überkreuzte lasziv ihre Beine. Die Arme vor ihr verschränkt. Ein sexy Negligé, das kaum so lang war, dass es ihre Grotte und ihren Hintern bedeckte, umschlang eng anliegend ihren Körper. Fast durchsichtig und vollkommen aus Spitze gearbeitet, mit einem schlichten Schleifchen aus Satin zwischen ihren üppigen Brüsten. Ihre kleinen, verlockenden Nippel schienen sachte durch den Stoff, und der Anblick weckte auf der Stelle mehr Verlangen in mir. Einen Moment lang schaute ich sie nur an und holte mir Appetit. Ich genoss, was ich sah. Meine Gedanken machten sich geradezu selbstständig. Sie war eine hervorragende Wahl. Es lohnte sich doch immer wieder, sich den ein oder anderen Kontakt aufrechtzuerhalten. Instinktiv setzte ich mich in Bewegung und lief den ersten Schritt auf sie zu. Bei meinem Näherkommen wich sie zurück, um mir hinreichend Platz zum Hereinkommen zu geben. Als dieser ihrer Meinung nach ausreichte, blieb sie stehen, sodass wir letztendlich direkt voreinander dastanden und unsere Körper sich hauchzart berührten. Mit einer Hand griff ich nach der Türe und schloss diese hinter mir, ohne den Blick von ihr abzuwenden. Sie zitterte ganz leicht und eine Gänsehaut überzog ihre Arme. Ich war nicht der Typ für Romantik und großes Tamtam, aber ich bot ihr körperlich alles, was sie wollte. Und das erregte sie. Sie brauchte es! Die Vorfreude darauf spiegelte sich in ihren Augen wider. Vor Geilheit platzend hielt ich mich nicht mehr mit unnötigen Nettigkeiten auf. Sie stand so nah vor mir, dass unsere Atemzüge uns bei jedem Ausatmen sanft streichelten. Lora hatte sich keinen weiteren Zentimeter bewegt, lediglich ihren Blick gesenkt. Meine linke Hand griff in ihre Haare, packte fest zu und zog ihren Kopf nach hinten, damit sie mich ansah. Mit der anderen nahm ich ihre geilen Nippel zwischen Zeigefinger und Daumen und knetete sie sanft durch den Stoff ihrer Wäsche. Ich rollte sie inmitten meiner Fingerspitzen hin und her und zog daran, bis es einen leichten, bittersüßen Schmerz erzeugte. Sie stöhnte leise auf, was meine Erregung weiter steigerte. Die Geilheit meines Gegenübers zu sehen und zu spüren, war mein persönlicher Kick. Es erregte mich zutiefst, Lust und Begierde zu erzeugen und zu wissen, dass es mein Werk war. Ich fixierte sie so, dass sie den Kopf nicht wegdrehte, damit ich die Reaktionen in ihrem Gesicht ablesen konnte. Einen flüchtigen Augenblick lang gewährte ich ihr die extreme Nähe zu mir und spielte unentwegt weiter mit ihren Reizen, dann hob ich sie hoch und lief mit ihr im Arm zur Couch hinüber. Sie schlang ihre langen, schlanken Beine um meine Hüften und rieb bei jedem Schritt ihr Höschen an meinem prallen Schwanz. Ich überlegte kurz, sie direkt an Ort und Stelle im Stehen zu nehmen, entschied mich aber für die komfortablere Variante. Am Sofa angekommen, legte ich sie sachte darauf ab und beobachtete sie, während ich fortwährend mit meinen Händen ihren Körper stimulierte. Meine Finger streichelten sanft über ihre makellose Haut und hinterließen dort nach jeder Berührung eine Gänsehaut. Ihre Nippel göttlich intensiv und fest. Ganz gewiss war sie längst mächtig feucht. Das wollte ich mir nur zu gern genauer ansehen, also schob ich ihren Hauch von Nichts etwas herauf und steckte zeitgleich meine Finger seitlich in den Bund ihres Slips, um ihn hinunterzuziehen. Lora unterstützte mich sogleich dabei, indem sie ihren Hintern anhob, um die Sache zu erleichtern. Nachdem ich diesen über ihre Knöchel abgestreift hatte, glitten meine Hände ihre Beine herauf, Zentimeter für Zentimeter, bis ich an den Innenschenkeln ankam, welche sie ohne mein Zutun weit spreizte. Ich verharrte dort und sah sie fragend an. Sie kannte das Spiel. Ohne klares Einverständnis würde ich niemals in eine Frau eindringen. Niemals! Sie nickte mir kurz, aber deutlich zu, und biss sich voller Vorfreude auf ihre Unterlippe. Postwendend schob ich meine Hand zwischen ihre prallen Schamlippen. Sie waren heiß und feucht und bereits heftig angeschwollen vor Begierde. Einen Finger steckte ich ohne Umwege tief in sie hinein und entlockte ihr damit ein heiseres, ruckartiges Aufstöhnen. Ich ließ ihr keine Zeit, sich an das Gefühl zu gewöhnen, und massierte parallel mit meinem Daumen ihre Klitoris. Kreiste über ihre betörend kleine Wölbung und beschleunigte immer mal wieder das Tempo und die Intensität des Drucks. Ein zweiter Finger folgte dem ersten und dehnte ihre Öffnung dadurch ein Stück weiter für mich. Unter keinen Umständen sollte sie Schmerzen empfinden, wenn mein harter Schwanz sie aufspießte. Dann wäre der Spaß direkt vorbei und das wollten wir sicher beide vermeiden. Ich fickte sie daher vorerst mit den Fingern, um sie auf den Hauptgang vorzubereiten. Wieder und wieder glitt ich in sie hinein. Raubte ihr dadurch stückchenweise ihren Verstand, was ich wiederum ausgesprochen geil fand. Den sanften Druck, den ich ausübte, genau dosiert. Ihr Körper bäumte sich auf und sie erwiderte den Rhythmus meiner Bewegungen mit ihren Hüften. Ich leckte über ihre empfindsamen Nippel und biss leicht hinein, während meine Zunge ihre harten Knospen umspielte. Sie stöhnte noch lauter und ich fingerte sie immer dominanter und schneller. Sie kam, das war unverkennbar. Ihre feuchte Grotte umschlang eng meine Finger. Ihre Hände krallten sich in den Stoff der Couch. Der Orgasmus überkam sie und ihr Stöhnen brach leidenschaftlich aus ihr heraus. Für mich! Ich brauchte diesen Fick und konnte mich nun selbst nicht länger zügeln. Zwischen ihren Beinen kniend, öffnete ich die Knöpfe meiner Jeans und zog diese gerade so weit herunter, wie es nötig war. Dabei sah ich sie an und genoss ihre Gier auf das, was jetzt kam. Ihre Augen glasig vor Erregung und der vergangene Orgasmus noch deutlich darin zu sehen, wand sie sich unter meinem Blick. Im Eilverfahren packte ich ein Kondom aus, streifte es über und schob meinen harten Schwanz auf der Stelle tief in sie hinein. Lora schrie auf, genoss es aber sichtlich. Es war nicht das erste Mal, dass sie seinen kompletten Schaft in vollen Zügen in sich aufnahm. Ohne Zweifel auch nicht das letzte Mal. Sie stemmte sich mir entgegen und vögelte mein bestes Stück unter mir liegend im stetigen Rhythmus. Zeitgleich stieß ich meine Männlichkeit tief bis zum Anschlag in sie hinein. Wie von Sinnen fickte ich sie. Hart und unerbittlich. Ich genoss das Gefühl ihrer feuchten, engen Pussy, die sich laut schmatzend um meinen Schwanz legte. Das Denken stellte ich vollkommen ein und gab mich stattdessen ausschließlich meinem Verlangen hin. Ihre Fingernägel bohrten sich erbarmungslos in meine Oberarme. Ich registrierte den Schmerz und fand in dem Fall sogar ein wenig Gefallen daran. Sie kam erneut und ich trieb sie dem Höhepunkt weiter entgegen. Schnell und tief glitt ich in sie hinein und ließ sie ihren Höhepunkt in vollen Zügen auskosten. Ihre Enge zuckte wie verrückt, und um es hinauszuzögern, stimulierte ich zusätzlich mit meinen Fingern ihre empfindsamsten Stellen. Als sie wieder zu sich kam, zog ich mich aus ihr zurück. Da ich mich selbst kurz vor dem Orgasmus befand, war es dringend Zeit, denn trotz des Kondoms würde ich nicht in ihr kommen, und das wusste sie. Übergangslos stand sie auf und nahm meine immense Erektion in ihre zierlichen Hände, um auch mir den Rest zu geben. Sie entfernte das Kondom und lutschte mein bestes Stück so geil, dass ich mich für einen Moment fallen lassen und den Kopf komplett abschalten konnte. Sie saugte erbarmungslos an mir und schob ihre vollen Lippen immer wieder die gesamte Härte entlang auf und ab. Der Rhythmus war nahezu perfekt. Ich spürte, wie mein Orgasmus sich näherte, also übernahm ich ihre Führung. Ich griff in ihre Haare, um mein Tempo vorzugeben. Sie war verdammt gut und gierig, also spritzte ich meine volle Ladung in ihren verfickten Mund. Erst dabei bemerkte ich, wie dringend ich das nötig hatte. Ein Zucken durchlief meinen Körper. Immer und immer wieder. Lora lutschte weiter vorsichtig an mir und leckte jeden Tropfen meiner Erregung artig ab. Dann lockerte ich meinen Griff an ihrem Kopf, um sie freizugeben. Lora und ich verstanden uns, was bewies, dass sie sich direkt im Anschluss entfernte und mir meinen Freiraum ließ. Sie wusste, dass unsere Zeit nun endete. Vermutlich hoffte sie noch immer insgeheim, dass sie mich eines Tages dazu umstimmte, eine Beziehung einzugehen. Doch das Thema hatten wir bereits ausdiskutiert. Daher hoffte ich, dass wir das hier zeitnah wiederholten und sie von dem Wunschgedanken abließ. Ich zog meine Hose hoch und verabschiedete mich kurz angebunden von ihr. Wir hatten beide, was wir wollten. Es gab keinen Grund, länger zu bleiben. Sie brachte mich zur Türe und sah mir nach, bis ich ins Auto einstieg und losfuhr. Natürlich mit laut aufheulendem Motor, damit auch die Nachbarn noch mal etwas von mir hatten. In dem Moment befürchtete ich sehr wohl, dass es doch unser letztes Mal war, denn dieses Hinterherschmachten zeugte nicht von einem lockeren Arrangement ihrerseits. Zu Hause angekommen zog ich die Klamotten aus und warf sie in den Wäschekorb im Badezimmer. Darum würde sich Rosalie kümmern. Ich duschte kurz die Spuren der vergangenen Stunden ab und legte mich in mein Bett, wo ich auf Anhieb einschlief. Lora leistete gute Dienste, somit fand ich endlich in einen traumlosen und friedlichen Schlaf.

2. Emily

Endlich Wochenende! Schon als ich am Morgen die Augen aufschlug, sprudelte ich voller Vorfreude auf den bevorstehenden Abend. Es war eine gefühlte Ewigkeit her, dass ich zuletzt aus war. Manchmal stellte sich mir die Frage, ob ich Lachen und Spaß zu haben vielleicht längst verlernt hatte. In dieser Nacht stand hundertpro jede Menge Fun auf dem Programm, denn es war Mädelsabend angesagt. Da ich es nach der Arbeit nicht mehr schaffte, lag ich schon morgens in der Badewanne und sang lauthals alle meine Lieblingslieder hintereinander weg. Während meiner Beautyroutine diente der Rasierer erfolgreich als Mikrofon. Ich liebte es, wie das warme Wasser mich einhüllte und einzelne Tropfen unsichtbaren Bahnen auf der Haut folgten. In den letzten Jahren hatte ich nur eine Dusche, daher genoss ich es nun umso mehr, in der Wanne zu liegen und zu entspannen. Seit ich mich von Liam trennte und in meiner ersten eigenen Wohnung lebte, blieb mir endlich wieder Ruhe dazu. Eine harte Zeit lag hinter mir. Sowohl die Phase nach der Trennung als auch die Beziehung selbst. Nach sieben Jahren erstmals ein eigenständiges

Leben aufzubauen, raubte einem den letzten Nerv und eine erhebliche Menge Kraft. Manchmal fragte ich mich, wie ich das überhaupt durchstand. Aber jede Anstrengung war es wert, denn ich erhielt gleichzeitig Freiheiten zurück, die ich lange nicht mehr kannte. Zum Beispiel, dass ich mich über einen Mädelsabend freuen konnte. Mit fünfzehn lernten wir uns kennen und lieben. Von Liam bekam ich meinen ersten richtigen Kuss. Der eher schlecht lief, aber wir arbeiteten erfolgreich an Verbesserungsmaßnahmen. Unser erstes Date verbrachten wir stundenlang mit Burgern und Pommes am See, redeten viel und lachten so sehr, dass wir am nächsten Tag beide Muskelkater im Bauch hatten und uns für den Sportunterricht entschuldigen ließen. Auf unserem Abschlussball tanzten wir endlos, ohne es leid zu werden. Obendrein erlebten wir zusammen unser erstes Mal und jegliche sexuelle Erfahrung danach. Anfangs war unsere Beziehung einfach nur wunderschön und wir unendlich glücklich miteinander. Wir waren dauernd unterwegs, um das Leben zu genießen. Unzählige schöne und verrückte Erinnerungen hatten uns in dieser Zeit verbunden, so wie es für Jugendliche meistens der Fall war. Frei und unbeschwert. Doch je älter wir wurden, umso mehr veränderte er sich. Eifersucht und Misstrauen zogen bei uns ein und waren von da an unser ständiger Begleiter. Nicht, dass ich ihm jemals einen Grund dafür gegeben hätte. Im Gegenteil. Je öfter er ausflippte, desto mehr nahm ich mich zurück. Wenn er nicht mochte, was ich anhatte, zog ich mich wieder um. Wenn ihm nicht passte, was ich sagte, entschuldigte ich mich, anstatt zu meiner Meinung zu stehen. Täglich fand ich Ausflüchte aus Situationen oder ging den geringsten Widerstand. Es endete damit, dass er eines Tages die Hand erhob und ich Ausreden für blaue Flecke erfand. Es war nur ein Reflex, wie er sagte. Er wollte das nicht und es würde nie wieder passieren. Das übliche Gerede in so einer Situation. Für mich war das der Anfang vom Ende. Ich hatte Angst vor ihm. Regelrechte Panik. Bei der nächstbesten Gelegenheit packte ich in Windeseile die Koffer. Niemand wurde in den Plan eingeweiht, aus Furcht, er würde es herausfinden und verhindern. Meine Eltern brauchten keine lange Erklärung. Mit den Klamotten in der Hand und dem Schmusekissen unterm Arm stand ich vor ihrer Türe. Sie nahmen mich wortlos in den Arm und begleiteten mich nach einer ausgiebigen Kuschelrunde in mein altes Zimmer. Dort hatte ich erst mal Luft, um die Ereignisse zu verarbeiten. Liam bombardierte uns alle mit Anrufen und Nachrichten. Stand tagelang vor unserer Tür oder an Orten, wo ich entlanglief. Er schickte sogar mehrfach Blumen zu meiner Arbeit, so dass mein Chef bereits maximal genervt war. Nach einiger Zeit wurde es zum Glück ruhiger und irgendwann hörte es komplett auf. Was aus ihm geworden war, wusste ich nicht. Von unseren alten Freunden waren dank seiner Paranoia schon lange keine mehr übrig. Nur ich hatte meine beste Freundin Kira halten können. Er hatte niemanden. Vielleicht raffte er es irgendwann und verließ die Stadt. Das hoffte ich zumindest. Wochen später suchte ich mir eine eigene Wohnung. Die Erste, die allein mir gehörte. Es ängstigte mich anfangs etwas, aber mittlerweile genoss ich diese Freiheit sehr. Ich schaute nur ungern auf diese Zeit zurück. Aus einem Traum wurde regelrecht ein Albtraum. Rückblickend machte die schwere Zeit mich stärker, das war zumindest ein kleiner Trost. Ich tauchte den Kopf unter Wasser und wusch mir das Shampoo aus den Haaren und die Erinnerungen an früher aus meinen Gedanken. Dann stieg ich aus der Wanne und zog meine Arbeitsklamotten an. Mir gefiel der Job nicht sonderlich, ich war aber froh, überhaupt einen zu haben. Ich jobbte an der Kasse bei einem großen, hippen Klamottenladen, wovon es in Los Angeles eine Menge gab. Bei jedem Passanten, der vorbeischlenderte, öffneten sich die Schiebetüren, wodurch die einströmende Luft einem ständig um die Ohren wehte. Mir war nahezu immer eiskalt. Manchmal stand ich kurz davor, den Leuten, die dort entlangliefen, die wildesten Beschimpfungen hinterherzubrüllen, aber bislang schaffte ich es, mich früh genug zu bremsen. Na ja, zumindest reichte das dort verdiente Geld, um die Miete und die Nebenkosten für meine kleine Wohnung zu bezahlen, ohne Hilfe von anderen zu benötigen. Und etwas »Taschengeld« für Aktivitäten blieb auch noch über. In den letzten Jahren hatte ich materiell gesehen immer alles, was das Herz begehrte, aber war trotzdem schon lange nicht mehr glücklich und zufrieden. Nun fehlte mir finanziell einiges, dafür hatte ich das Gefühl, endlich wieder zu leben! Verrückt! Kaum auf der Arbeit angekommen, brach bereits die Hölle los. Es gab viel zu tun und alle wollten gleichzeitig bedient werden. Zumindest verging die Zeit so wie im Flug. In meinen Gedanken war ich schon mit meiner besten Freundin Kira und ihren Mädels auf dem Weg ins Joy. Das Joy war einer der angesagtesten Clubs und ich daher extrem aufgeregt. Fast wie ein kleines Kind zu Weihnachten. Kira und ich kannten uns seit unserem vierten Lebensjahr. Im Kindergarten waren wir schon beste Freundinnen und daran hatte sich nie etwas geändert. Selbst die größten Zickenkriege verziehen wir uns nach einer kurzen Schmollzeit. Wobei die Matchboxautoschlacht mit sieben – die ich verlor – schon hart an der Grenze der BFF-Entzweiung stand. Wir lachten noch heute oft darüber. In meiner Zeit mit Liam unterstützte sie mich extrem und sie bot mehrfach an, ihn einfach weit weg im Fluss zu versenken. Ihrer Meinung nach würde den eh keiner vermissen. Natürlich sagte sie das nur aus Spaß, dennoch wusste ich, dass sie jederzeit mein Alibi wäre. Bei dem Gedanken musste ich wie so oft grinsen. Auch jetzt, nach der Trennung, stand sie mehr denn je an meiner Seite. Keine Anstrengung war ihr zu groß, um mich wieder in das normale Leben einzugliedern und mir das Singledasein schmackhaft zu machen. Sie und ihre Freundinnen gaben sich größte Mühe, mich zu resozialisieren, wie Kira immer so schön sagte. Sie hatte seit geraumer Zeit versucht, mich mitzuschleifen. Aber bisher war ich irgendwie nicht offen genug, um mich zu amüsieren, und erst recht nicht, um zu flirten. Allein bei dem Gedanken schoss mir die Schamesröte ins Gesicht. Ich spürte die Hitze in meine Wangen strömen und kicherte leise vor mich hin. Die ältere Dame, die ich abkassierte, starrte mich entgeistert an und dachte wahrscheinlich, dass ich geistesgestört oder auf Drogen sei. *Das konnte ja was geben!* Zu Hause angekommen schmiss ich meine Tasche in die Ecke und flitzte direkt durch ins Bad, um zumindest kurz den Dreck des Tages loszuwerden. Es war halb sechs, als ich daheim ankam. Mir blieb also nur wenig Zeit. Essen, fertig stylen, anziehen und dabei noch einigermaßen akzeptabel aussehen. *Oh man!* Darin lag möglicherweise die größte Herausforderung. Ich hatte mich schon so lange nicht mehr zurechtgemacht, dass sich das Gefühl breitmachte, das alles mit zwei linken Händen erledigen zu müssen. Mit Liam endete »mich fertigmachen« immer im reinsten Beziehungsdrama. Selbst wenn wir zusammen ausgingen, war er ununterbrochen schlecht gelaunt und verteilte Spitzen und Anspielungen am laufenden Band, sobald mich auch nur jemand beiläufig ansah. Das wäre ja niiiiiemals passiert, wenn ich mich nicht STÄNDIG SO aufstylen würde. *Natürlich, Liam. Du hast recht und ich meine Ruhe.* Also ließ ich es schließlich ganz sein. *Schön blöd!* Frisch gewaschen eilte ich ins Schlafzimmer. Aufgeregt suchte ich mir etwas zum Anziehen heraus, damit ich im Anschluss entscheiden konnte, was mit meinen Haaren und dem Make-up passierte. Ich ärgerte mich, mir darüber nicht schon früher Gedanken gemacht zu haben, denn das hätte mir definitiv mehr Zeit eingebracht in dem Moment. Da mein Kleiderschrank eh nicht viel hergab, entschied ich mich letztlich für das kurze schwarze Kleid, das Kira mir zur Trennung schenkte. Ihrer Meinung nach MUSSTE jede Frau jenes im Schrank haben, da man es immer und zu allen Gelegenheiten tragen könne und Männer damit leicht um den Finger zu wickeln seien. Na ja, wenn sie es sagte ... Seit diesem Tag hing es in meinem Schrank. Ungetragen. Es hing sogar noch ihr handgeschriebener Zettel daran, auf dem sie mir schwor, dass eines Tages ein Kerl genau das an mir entdecken würde, was sie schon lange in mir sah. Noch immer bewirkte diese kurze Notiz, dass mir Tränen in die Augen schossen, die sich nur schwer wegatmen ließen. Atmen, hochschauen und wedeln, das Geheimnis jeder Frau, um unerwünschten Tränenfluss wieder loszuwerden. Ich hing das Kleid an die Schranktüre, kramte die roten High Heels von Philipp Plein hervor und stellte sie dazu. Aktuell könnte ich mir diese nicht mehr ohne Weiteres leisten. Damals war es meine Rechtfertigung, dass ich mit diesem Tyrannen an der Seite nur das Beste verdiente, und schenkte sie mir kurzerhand selbst. Ich nahm eine glitzernde lange Kette aus dem Schmuckkästchen auf der Kommode und hing sie mit über den Bügel. Sie betonte elegant meinen Ausschnitt und passte optimal zu den Steinchen an der Schnalle der Schuhe. Noch ein paar große silberne Kreolen dazu und der Look erschien mir perfekt für diesen Abend. Nachdem das erledigt war, setzte ich mich an meinen kleinen Schminktisch in der Ecke und drehte mir lockere Beachwaves ein. Meine blonden, langen Haare fühlten sich dann schön weich an und fielen gewollt unperfekt. Beim Make-up entschied ich mich für einen dezenten Look, aber mit auffallenden Smokey Eyes. Ich liebte es, wenn meine blauen Augen durch die dunkle Schattierung etwas verrucht aussahen und sündhaft leuchteten. Mir war klar, dass die Mädels am Abend auf Teufel komm raus Frischfleisch suchten. Das kam für mich zwar nicht infrage, doch zumindest wirkte ich so nicht wie das zurückgelassene hässliche Entlein an der Theke. Natürlich stand es mir frei, mich den anderen bei ihrem Beutefang anzuschließen, aber es reizte mich einfach nicht. Vielleicht, weil ich fast mein ganzes Leben in einer Beziehung verbrachte und bisweilen keinerlei Erfahrungen derart sammelte. Wie auch immer. Ich war keine Frau für jedermann und wollte es ebenso zukünftig nicht sein. Flirten musste ich wohl eh erst mal wieder lernen. Allein bei dem Gedanken daran bekam ich Hitzewallungen. Schweißausbrüche beim ersten »Hallo« waren sicher nicht das, was ein Mann erotisch fand. Mit meinen Haaren und dem Make-up war ich am Ende überraschenderweise relativ zufrieden. Schnell die Ohrringe an und dann war ich schon auf dem Weg zurück zur Kommode. Ich kniete mich auf den kleinen, flauschigen Teppich, der davorlag, und wühlte in der

Unterwäscheschublade. Das Klingeln meines Handys riss mich jäh aus den Gedanken und verpasste mir fast einen Herzinfarkt. Ich schreckte wie ein verängstigtes Häschen auf und fasste mir dabei ans Herz. Als ob das helfen würde, mein Herz zu beruhigen ... Ich robbte rüber zum Handy und nahm ab. Prompt erklang die aufgedrehte Stimme von Kira.

»Hey Süße, es bleibt doch bei heute Abend? Ahhh, ahhhh, ahhhh... Bevor du antwortest, solltest du wissen, dass ich ein Nein nicht akzeptieren werde. Du brauchst Spaß und Ablenkung und vielleicht sogar etwas heißen Sex!« Sie kicherte in den Hörer und ich sah sie förmlich mit erhobenem Zeigefinger in ihrer Wohnung stehen.

»Kira!«, kreischte ich zurück und lachte laut auf. »Ist ja gut, ich komme mit. Bin schon fast fertig. Aber den heißen Sex überlasse ich dir, den habe ich für mich nicht eingeplant.«, kicherte ich erneut los.

»Süße! Sex ist am besten, wenn er nicht geplant ist. Ich bin in einer Stunde bei dir!« Mit diesen Worten legte sie auf. Ich erstarrte. Eine Stunde? Ich hatte nicht mal meine Klamotten an und von Essen ganz zu schweigen. Alkohol war sicher keine gute Option, wenn ich nicht vorher aß. Mist! Hektisch kroch ich zurück zur Unterwäscheschublade und kramte mir wahllos einen

Slip und einen BH heraus. Beim Aufstehen hielt ich kurz inne. Mir kamen Kiras Worte wieder in den Sinn. Sex plante man nicht. Was wäre, wenn ich tatsächlich jemanden kennenlernen würde? Könnte ich mit einem fremden Mann Sex haben? Am ersten Abend? Nein! Rügte ich mich selbst. Das würde nicht passieren! Ich zog die zusammengewürfelte Unterwäsche an, nahm das Kleid vom Bügel und schlüpfte hinein. Fertig gestylt, begutachtete ich mein Spiegelbild. Kira hatte recht. Das kurze Schwarze war traumhaft und mit den gewählten Highlights war das Outfit vollkommen. Ich fühlte mich wohl und sehr sexy, aber nicht billig, und das war erst mal das Wichtigste. Ich guckte auf die Uhr. Essen gab es definitiv keines mehr. Ich packte meine Handtasche und checkte, ob alles drin war, was ich eventuell brauchen könnte. Mein Blick fiel zum gefühlt hundertsten Mal in den Spiegel. Ich war innerlich hin- und hergerissen. Erneut dachte ich an das Telefonat mit Kira. Ich musste verrückt sein, aber ich wollte einfach auf alles vorbereitet sein. In Windeseile zog ich Kleid und Kette wieder aus, warf beides aufs Bett und nahm mir ein passendes Wäsche-Set aus schwarzer und roter Spitze heraus. Mein erster eigener Unterwäschekauf nach Liam. Dass diese Alternative im Schrank lag, war mehr als Glück, denn es war das Einzige seiner Art und somit auch das Einzige, was nicht in Richtung Mauerblümchen in Baumwolle ging. Ich schlüpfte hinein, zog das Kleid und die Kette wieder an und setzte mich gerade auf die Couch, als es an der Tür schellte.

3. Tylor

Beim ersten Klingeln des Weckers lag ich längst wach im Bett und starrte gedankenlos die Zimmerdecke an. Das kurze Treffen mit Lora ließ mich zwar endlich einschlafen, doch ich konnte nicht ausblenden, dass ein wichtiger und zugleich schwerer Tag bevorstand. Vor einigen Wochen kaufte ich das Kinderheim, in dem mein Bruder Larry und ich als Kinder lebten. Die dort gemachten Erfahrungen prägten mich extrem. Selbst mein kleiner Bruder, der aus dieser Zeit zum Glück weniger schlechte Erinnerungen mitnahm, hatte davon einen Knacks wegbekommen. Wem sollte man das verübeln? Wenn die Kindheit daraus bestand, statt normaler Liebe nur Strafen zu spüren, war man halt im Arsch. Zumindest wurde anderen Kindern dieses Schicksal durch meinen Kauf erspart. Um Punkt sieben verließ ich das Haus und fuhr mit meinem Wagen auf direktem Wege zur Eröffnung. Man erwartete mich dort erst gegen neun, daher wollte ich bewusst unverhofft auftauchen, um zu sehen, wie es ablief, wenn man nicht mit mir rechnete. Nach und nach brachte ich den ganzen Laden auf Vordermann. Alle alten Erzieherinnen samt Heimleitung hatte ich entsorgt und neue, fähige Angestellte eingestellt. Zudem fand ein Gespräch mit den Kindern statt. Mir war es wichtig, zu wissen und zu verstehen, was sie sich wünschten und was sie von all dem hielten. Ihre Ängste und Sorgen. So kam ich auch auf den Namen für ihr neues Zuhause. Den Kids ein liebevolles Dach überm Kopf zu bieten, nur darum ging es. Ich musste mir eingestehen, dass ich dazu jede Menge Hilfe benötigte, denn so emotionale Angelegenheiten schob ich gerne von mir weg. Ich entschied und behielt alles unter Kontrolle, aber die Handlungen selbst mussten andere übernehmen. Durch erfolgreiches Hand-in-Hand-Arbeiten war das alte, verrottete Heim namens »Blackhood Children's Home« endlich Geschichte. Nun hatten die Kids ein von Liebe erfülltes Zuhause. Und der Name, den wir in Gemeinschaftsarbeit aussuchten, passte perfekt dazu. »A little place of hope – children for life«. Ich ließ ein großes Schild anfertigen, das bei der Eröffnung am Eingang des Hauses montiert wurde. Alle Kinder bekamen moderne Zimmereinrichtungen. Neue Betten und Schränke und alles, was sie sich sonst so wünschten. Mit Liebe konnte ich selbst nicht dienen, aber mit Geld und guten Mitarbeitern. Das würde den vorübergehenden Aufenthalt in dieser Einrichtung zumindest angenehmer gestalten. Ich hoffte inständig, dass dadurch weiteren Kindern das Glück von Larry und mir zuteilwürde und endlich eine Familie auftauchte, wo sie ankamen. Am Hope – wie ich es immer kurz nannte – angekommen, schaute ich mir alles genau an und ließ die Stimmung auf mich wirken. Aus dem Garten erklang lautes Kinderlachen und der Geruch nach frisch gebackenen Plätzchen strömte durch das komplette Haus. Ich war stolz und hatte das Gefühl, hier etwas Gutes bewirkt zu haben. Nichtsdestotrotz wollte ich alles schnellstmöglich hinter mich bringen. Auch wenn hier nichts mehr optisch an das alte Kinderheim erinnerte, so hing es dennoch voller Erinnerungen an meine eigene Vergangenheit. Schlechte Erinnerungen, auf die ich nicht zurückblicken wollte. Schlimm genug, dass mich diese in letzter Zeit wieder in ständigen Albträumen heimsuchten, wie so einen Waschlappen. Ich spürte Wut auf mich selbst in mir hochkochen und besann mich auf das Wichtige an diesem Tag. Hier waren nun gutherzige Seelen am Werk, die ich persönlich aussuchte, und abgesehen davon wurde mir gebührender Respekt entgegengebracht. Ich hatte keinerlei Zweifel, dass es ausreichte, die Hand draufzuhalten und ansonsten Schwester Mary die Leitung zu überlassen. Um Punkt neun fiel der Startschuss. Der neue Name wurde angebracht und der Pressefuzzi knipste ein paar Fotos von dem höflichen Händeschütteln, was für diesen Scheiß hier nötig war. Viele Familien waren gekommen, um sich das Kinderheim und die Kinder anzusehen. Ich fand solche Situationen immer schon extrem skurril. Eine Menschenbeschauung, um zu sehen, wen man grob gesagt gebrauchen konnte. Ekelhaft und zugleich erforderlich. Leider gab es keine Alternative, durch die die Kids ein Zuhause finden würden. Ich hasste es schon damals zu unserer Zeit dort, daher war ich froh, dass der Spuk für meine Wenigkeit bald vorbei war, und verabschiedete mich so schnell wie möglich. Im Auto lockerte ich meine Krawatte und warf sie auf den Beifahrersitz. Endlich ließ sich ein großer Haken an das Kinderheim machen und ich hatte somit eine Last weniger auf den Schultern. Nun hieß es nur noch, den Abend rumzukriegen, und dann konnte ich mit ziemlicher Sicherheit auch wieder pennen, ohne beschissene Träume. Wobei ich nichts dagegen hätte, jede Nacht zu vögeln. Ich fuhr in die Straße zum Joy und steuerte meinen Parkplatz im Hinterhof an. Als ich in die Einfahrt einbog, sah ich bereits frontal den roten Sportflitzer von Lora stehen. Gnade ihr Gott, wenn diese Diskussionen über »Mehr« jetzt wieder anfingen. Ich stieg aus und lehnte mich mit meinen Händen in den Hosentaschen an meinen SUV. Sollte sie ihren Arsch doch zu mir bewegen.

Sie hatte ja Gesprächsbedarf, nicht ich. Ihre Unsicherheit war unübersehbar. Nach kurzem Zögern stieg sie aus und kam zu mir herüber. In meinem Gesicht stand deutlich lesbar, dass ich ihren Überraschungsbesuch mehr als scheiße fand und null Interesse daran hatte, meine Zeit mit ihr zu verbringen. Sie hob beschwichtigend die Hände vor sich, als sie das Wort ergriff.

»Ich möchte nur kurz mit dir reden, Tylor.«

»Und was genau bewegt dich zu der Annahme, dass ich das will?« Sie kam näher und legte eine Hand auf meinen Oberarm, wohl um mich zu besänftigen. Ich hob eine Augenbraue und ließ den Blick demonstrativ auf ihre Hand wandern. Auf der Stelle nahm sie diese herunter. Die Regeln waren klar. Und sie kannte sie, daher wunderte es mich, dass sie bewusst diese Grenze überschritt. Unter keinen Umständen berührte sie mich, ohne dass ich es duldete. Das galt für jeden. Offensichtlich hatte ich also recht mit meiner Befürchtung. Sie dachte, die letzte Nacht hätte etwas zwischen uns oder meiner Meinung dazu geändert. Den Zahn musste ich ihr unmissverständlich ziehen, und zwar sofort. Ich verfluchte mich dafür, ihre verfickte Nummer gewählt zu haben. Okay, der Sex war gut. Aber so geil, dass es das hier wert war, definitiv nicht.

»Was willst du, Lora? Ich habe noch andere Dinge zu tun, als hier blöd rumzustehen!«

»Wollen wir nicht reingehen und in Ruhe sprechen?«, fragte sie zögerlich und deutete mit einer Hand auf die Türe des Hintereingangs.

»Nein, wollen wir nicht! Sag, was du zu sagen hast, und dann geh wieder.«

»Ich ... nun ja,... ich habe gedacht, dass wir vielleicht noch mal über uns reden können.« Ich lachte auf.

»Lora, was genau verstehst du nicht? Ich ficke mit dir. Das war's! Ich will keine Beziehung! Ich will keine Liebe! Und schon gar nicht will ich dieses ständige Drama mit dir. Wenn du das nicht verstehst, werde ich mich halt nicht mehr melden. Mir ist es egal.« Ich hob die Arme als Zeichen der Gleichgültigkeit. »Ich werde dieses Gespräch nicht mehr führen. Weder heute noch an irgendeinem anderen beschissenen Tag. Es gibt kein uns! Und wird es auch niemals geben! Hast du das jetzt verstanden?«

»Aber ich wollte doch nur ...«, schniefte sie und kam einen weiteren Schritt auf mich zu. Erneut legte sie ihre Hand auf meinen Arm. Diesmal ließ ich sie gewähren. Es tat mir tatsächlich etwas leid, dass ich sie derart anfahren musste, die Situation nervte mich dennoch ins Unermessliche. Dies hier brauchte ein unwiderrufliches Ende. Sie würde es sonst niemals abhaken. Meine Stimme klang nun bedachter, aber die Worte wählte ich trotzdem bewusst direkt und ehrlich.

»Ich weiß, was du wolltest, und ich sage dir, es macht keinen Sinn. Du bist nicht die erste Frau, die das versucht, und du wirst auch nicht die letzte sein. Ich fühle nicht, was du fühlst. Und das wusstest du von Anfang an. Es hat nichts mit dir zu tun, sondern mit mir.« Sie lachte theatralisch auf und trat ein Stück zurück.

»Es liegt an mir, nicht an dir ...«, äffte sie mich nach. »Die lass uns Freunde sein Nummer? Wirklich, Tylor?«

»Nein, auch keine Freunde. Ich meine es ernst, Lora. Ich will keine Frau an meiner Seite. Und das bezieht sich auf jede Frau. Ich will Spaß und Befriedigung. Nicht mehr und nicht weniger. Und es tut mir leid, aber das hier endet nun zwischen uns. Ich werde dich nicht mehr anrufen und du wirst mich nicht mehr anrufen! Zwischen uns wird nie wieder etwas laufen. Ich möchte dich nicht unnötig verletzen und unser Kontakt würde genau dazu führen.« Ich nahm ihre Hand und führte sie an meinen Mund. Ich gab ihr einen flüchtigen Handkuss, ließ sie los und ging. Keine Ahnung, was sie tat oder wie lange sie noch dort rumstand. Sobald ich den Club betrat, schloss ich die Türe hinter mir ab und sie damit aus. Zukünftig musste ich wohl oder übel auf ihre Dienste verzichten. Sehr schade! Sie war gut im Bett, aber es lag nicht in meinem Sinn, sie oder irgendwen sonst zu verletzen. Die direkten Worte waren erforderlich, damit sie es verstand und ihre Hirngespinste aufgab. Lieber ein Ende mit Schrecken als ein Schrecken ohne Ende, hieß es doch immer so schön. Sie kam über mich hinweg. Irgendwann! Es war nicht das erste Mal, dass eine Frau sich mehr versprach. Und das, obwohl ich immer ehrlich und offen mit meinen Absichten umging. Schon vor dem ersten Sex machte ich diese klar und ließ auch keinen Raum für Eventualitäten oder Spekulationen. Und alle wussten auch, dass sie kein Alleinstellungsmerkmal bei mir erhielten. Was mir gefiel, nahm ich mir. Wann und wo ich Lust hatte. Lora musste leider daran erinnert werden.

»Ben?«

»Hey Tylor. Was treibt dich um diese Uhrzeit schon hierher?« Ben war der Leiter des Joy. Quasi meine rechte Hand. Er hatte die Befugnis, Entscheidungen im gewissen Rahmen zu treffen, wusste aber genau, wie weit seine Kompetenzen reichten. Im Laufe der Jahre hatten wir uns angefreundet, sofern man das bei mir so nennen konnte. Zumindest gehörte er zu einem ausgewählten Kreis von Menschen, die mich privater kannten.

»Ich wollte sichergehen, dass für heute Abend alles steht!«

»Klar. Alles erledigt! Die Separees sind vorbereitet. Wenn die benötigt werden sollten, sind sie startklar. Der VIP-Bereich ist abgeriegelt und die Stammgäste wissen auch, dass dieser heute nicht zur Verfügung steht. Der normale Partybetrieb wird nicht gestört sein. Essen und Trinken sind organisiert. Alles ist im grünen Bereich!« Das genügte mir als Aussage, ich musste das Gesagte nicht extra kontrollieren. Ben verstand seinen Job, und ich hatte selten etwas zu beanstanden, und wenn, dann nur Kleinigkeiten, wobei aber eher die Angestellten versagt hatten und nicht er. Dennoch war es sein Job, diese im Auge zu behalten. Wenn ich meine Kontrolle an ihn abgab – was eh nicht zu meinen leichtesten Übungen gehörte –, dann verließ ich mich darauf, dass er die Kontrolle behielt.

»Klingt gut. Dann bin ich auch direkt wieder weg. Ich werde gegen neun Uhr hier sein. Verziehe mich dann aber erst noch ins Büro. Die übrigen Gäste kommen ab halb elf. Stell sicher, dass sich alle wohlfühlen und die Security genau darauf achtet, wer nach oben darf und wer nicht.« Auf meinem Weg zum Ausgang hielt ich noch mal kurz inne. »Ach Ben! Für den Fall der Fälle, dass Lora hier auftauchen sollte ... Sie darf gerne in den Club, aber zukünftig hat sie im VIP-

Bereich und in den Privaträumen nichts mehr zu suchen!« Er schaute verdutzt, nickte meine Anweisung aber kommentarlos ab. Ich verließ das Joy so, wie ich gekommen war, durch die Hintertür. Zum Glück war Lora verschwunden. Auf diese Weise entging ich zumindest einem weiteren Drama an diesem Tag. Meine Vorfreude auf den Abend hielt sich in Grenzen. Menschen waren nicht so meins. Zwar freute ich mich darauf, einige von ihnen zu sehen, so wie meine Geschwister. Aber der Rest war mir nur lieb, wenn zwischen ihnen und mir Abstand lag. Eine Menge Abstand. Da ich Larry aber versprach, mich zumindest zu bemühen, blieb mir keine andere Wahl. Vorerst musste ich jedoch dringend unter die Dusche und die Strapazen des Tages runterspülen. Der Abend würde früh genug starten und sicherlich genauso schnell nerven. Die meiste Zeit würde ich damit beschäftigt sein, nett zu unwichtigen Arschlöchern und überkandidelten Damen zu sein. Es ließ sich also davon ausgehen, dass mir mit großer Wahrscheinlichkeit 'ne geile Nummer auf der Feier verwehrt blieb. Daher musste ich mir zumindest unter der Dusche die Zeit nehmen und mir selbst einen runterholen. Vielleicht auch zweimal. Mein kleiner Freund benötigte dringend mehr Aufmerksamkeit. Und das zeitnah! Meine eigenen Hände oder die Nummer mit Lora waren gut, aber zu kurz. In Zukunft brauchte ich mal wieder eine Lady für die ganze Nacht. Mehrfach. Ausgiebig. Leidenschaftlich. Dreckig. Intensiv!

4. Emily

Die Mädels kamen mit einer Megalaune und laut dröhnend die Treppe hinauf gepoltert. Ihre Euphorie war geradezu ansteckend. Strahlend empfing ich sie an der Wohnungstür und drückte alle beim Reinkommen kurz an mich. Sie murmelten etwas darüber, wie toll ich aussah, und ich erwiderte die Floskeln. Das war halt so dieses übliche Tamtam. Genau wie die Frage, ob es jemandem gut ginge. Mal geradeheraus gesagt, kaum einer wollte darauf eine ehrliche Antwort. Im Gegenteil! Es war einem eher unangenehm, wenn doch mal jemand ehrlich antwortete und daraus dann ein Gespräch über irgendwelche schwierigen Umstände oder Krankheiten entstand. Natürlich tat es einem leid, aber eben meistens auch nicht mehr. Und bei den Menschen, wo es einen wirklich interessierte, die sah man in der Regel nicht nur einmal im halben Jahrtausend, so dass sich solch unangenehme Situationen überhaupt gar nicht entwickelten. Dieses Problem trat nur auf, wenn man sich schon länger aus den Augen verlor. Nur das normale Gerede. »Oh toll siehst du aus!«, »Ich ruf dich an!«, »Wir müssen uns mal wieder öfter sehen!« Bla, bla, bla. Kira kam als letzte und riss mich mit ihrem Geschrei aus meinen beiläufigen Gedanken.

»Heilige Scheiße! Hast du nicht gesagt, du willst heute Nacht keinen Sex?« Sie stand noch immer im Hausflur und ihre Tonlage war nicht gerade diskret. Ich zog sie in die Wohnung und schloss schleunigst die Türe hinter uns. Wobei das in der Eile lauter als gewollt ablief.

»Spinnst du? Meine Nachbarn!«, mahnte ich sie.

»Entschuldige.«, kicherte sie mit der Hand vor dem Mund. »Aber Himmel, du bist heiß! Also, wenn du heute keinen Typen um den Verstand bringst, dann lebe ich ein Jahr im Zölibat!« Sie verschränkte die Arme vor der Brust und hob eine Augenbraue. »Und du weißt, das wird niemals passieren!« Die Art, wie sie dastand, ließ mich die Peinlichkeit vor meinen Nachbarn wieder vergessen.

»Du bist komplett durchgeknallt!«, lachte ich los. »Aber ich liebe dich dafür.« Ich schloss sie in meine Arme und drückte sie fest an mich. Kira war für mich wie die Schwester, die ich nie hatte, aber immer wollte. Während ich noch im »Hab-dich-lieb-Modus« schwelgte, hörte ich sie in mein Ohr flüstern: »Hast du vernünftige Unterwäsche angezogen?«

»Kira!«, kreischte ich auf und schlug ihr empört auf die Schulter. Ganz sicher lief ich feuerrot an, denn mir kamen meine Gedanken beim Anziehen wieder in den Sinn und die

Erinnerung daran, was für Unterwäsche ich deswegen gerade trug. Ich überspielte gekonnt meine Gedanken und marschierte rüber zu den Mädels, die es sich auf meinem Sofa bequemmachten. In diesen Hühnerhaufen Ruhe reinzubekommen, um abzusprechen, wie es weiterging, war so gut wie unmöglich. Zumindest sprachen wir ab, dass alle noch etwas essen wollten, also fuhren wir als Erstes mit dem Uber zum Restaurant. Zu meinem Glück hatten auch die anderen noch nicht gegessen, der Abend hätte ansonsten recht kurz für mich werden können. Ich kannte mich überhaupt nicht aus, daher verließ ich mich auf die Erfahrungen der anderen. Sie suchten uns einen kleinen, schnuckeligen Italiener heraus. Die Reklame an der Fassade versprach beste italienische Küche bei *La Italiano*. Schon von weitem wehte ein unfassbar leckerer Geruch zu uns herüber, wodurch mein Magen sich laut zu Wort meldete. Ich hatte seit meiner Mittagspause nichts mehr gegessen, daher war es höchste Zeit für Nachschub. Das Restaurant sah von innen noch besser aus, als es von außen wirkte. Der komplette Flair gab einem das Gefühl, dass dort wirklich noch die Nonna in der Küche stand und für jeden höchstpersönlich mit viel Liebe kochte. Die Tische standen etwas verbaut angeordnet, so dass jeder Platz über ausreichend Privatsphäre verfügte. Das empfand ich persönlich als äußerst angenehm. Ich hasste es, dass manche Leute nicht mal genug Anstand besaßen, etwas Abstand zu halten, oder sie sogar ganz offen und direkt Blickkontakt suchten und Gesprächen lauschten, die sie nichts angingen. Die nächsten zwei Stunden tratschten wir dank der cleveren Sitzplatzanordnung ungestört über Gott und die Welt, ohne dass irgendwer auch nur ein Wort mithören konnte. Es war wirklich schön. Ich vergaß im Laufe der letzten Jahre komplett, wie es ablief, wenn Frauen unter sich waren. Die neusten Modetrends wurden ausdiskutiert. Die verflossene Flamme ausgiebig gehatet oder im Idealfall bis ins kleinste Detail mit den anderen geteilt. Bei manch einer Story bekam man glatt selbst sexuelles Verlangen. Was die Mädels so erlebten, ließ mich mit den Ohren schlackern. Liam und ich hatten jetzt auch kein langweiliges Sexleben – also zumindest, als noch alles gut zwischen uns lief –, aber im Vergleich zu dem, was ich hier zu Ohren bekam, war ich definitiv ein Unschuldslamm. Nachdem wir aufgegessen und gezahlt hatten, machten wir uns auf den Weg ins Joy. Es lag nur ein paar Meter entfernt, wodurch draußen bereits betriebsamer Trubel herrschte. Das Joy war einer der besten Clubs weit und breit. Wenn nicht der Beste. Hier traf sich alles, was Rang und Namen hatte. Es verfügte sogar über einen extra VIP-Bereich, der aber an dem Abend geschlossen blieb, wie das große Schild an der Türe ankündigte. Das war für uns nicht weiter tragisch, denn zu den VIPs gehörten wir definitiv nicht. Zudem gab es laut

Kira im Club einige Separees, in denen man sich diskrete Minuten mieten konnte. Ihrer Info nach wurden z. B. Stripper für Junggesellinnenabschiede darin gebucht, damit »diese Show« nicht im laufenden Betrieb stattfand. Kira hatte offenbar selbst schon mal das Vergnügen, als Gast bei einer Freundin dabei zu sein. Für Sex standen die Räumlichkeiten dem Hörensagen nach aber nicht zur Verfügung. Na ja, wer's glaubte ... Überraschenderweise lief der Einlass schnell vonstatten. Auf der Straße bildeten sich lange Reihen und ich befürchtete das Schlimmste, als ich diese beim Verlassen des Restaurants erblickte. Doch es stellte sich heraus, dass einige von den Mädels Stammgäste waren und daher einen bevorzugten Einlass erhielten. Wir liefen infolgedessen protzig an der Menschenschlange vorbei, um nach kurzem Anstehen hineingeleitet zu werden. Es war superunangenehm, daher schaute ich die ganze Zeit über auf den Boden vor mir, anstatt in die Gesichter der Wartenden, die den Unmut in ihren Mienen und wütenden Kommentaren kundtaten. Der Türsteher warf uns allen einen eindeutigen Blick zu und nahm dann die Kette zur Seite, die den »Schnellweg« versperrte. »Schönen Abend, die Damen!«, grinst er uns arrogant zwinkernd an. Bei so was kam mir immer unweigerlich etwas Kotze hoch. WTF! Ich fragte mich in so Momenten immer, was so Typen meinten, wer sie waren. George Clooney oder Channing Tatum? Es blieb ihr Geheimnis, denn keine Frau der Welt sah das in ihnen, was sie dachten, zu sein! Drinnen lockerte sich das unangenehme Gefühl zum Glück schnell auf. Dort waren wir wieder nur eine von vielen und nichts »Besonderes«, was mir deutlich lieber war. Wobei die Mädels es allem Anschein nach genossen, im Rampenlicht gestanden zu haben. Es war ewig lange her, dass ich das Joy zuletzt betreten hatte, und ich musste zugeben, dass der Anblick, der sich mir bot, mir den Atem raubte. Im kompletten Club verstreut gab es große Tanz-flächen. Diese waren so aufgeteilt, dass sich das Treiben leicht entzerrte. Locker ein halbes Dut-zend Bars positionierten sich um die Flächen herum. Die Ausstattung schien extrem maskulin und beinahe etwas steril gehalten. Hier gab es kein unnötiges Chichi in den Ecken. Stattdessen wirkte alles gehoben und stilvoll. Fast schon anmutig. Hier und da ragten riesige Marmor-säulen empor und der eigentlich schwarze Fuß-boden funkelte wie tausend Sterne bei jedem Vorbeihuschen der Lampen. Auf vier Podesten verteilt, wurde den Gästen professionell einge-heizt. Sehr leicht bekleidet und sündhaft erotisch. Es gab zwei Tänzerinnen und zwei Tänzer. So wurde für jeden etwas geboten. Oberhalb thronte der VIP-Bereich, zu dem man über eine lange, mit rotem Teppich belegte Treppe gelangte. Ursprünglich sollte dieser an dem Abend geschlossen sein, dafür wirkte er aber ziemlich gut besucht. Ich überlegte, ob ich mich kurz unbeobachtet dorthinaufschleichen konnte, um den Club einmal von oben zu genießen. Die Einlasskontrolle am Fuße der Treppe holte mich allerdings postwendend auf den Boden der Tatsachen zurück. Schade, von dort vermochte man sicher den kompletten Club zu überblicken. An der Seite, etwas abgelegen, verlief eine weitere Treppe hinauf. Vermutlich zu den Separees, von denen Kira sprach. In dem gedämpften Licht mit den blitzenden Lampen erkannte man lediglich eine Glasfront. Alles dahinter schien dunkel zu sein. Gegenüberliegend hing eine riesige Leinwand. Immer wieder tauchten dort Fotos von vergangenen Abenden oder Musikvideos auf. Ich wusste nicht, wie lange ich da rumstand und das Ganze auf mich wirken ließ. Ich war schlichtweg beeindruckt. Wem auch immer das hier alles gehörte, die Person besaß definitiv einen Blick fürs Detail und reichlich Stil. Aber ebenfalls eine gehörige Portion Ego, denn die Männlichkeit stach einem förmlich ins Auge. Das hier hatte keine Frau eingerichtet, so viel stand fest. Innerhalb kürzester Zeit übermannte uns die aufgeheizte Stimmung. Es war laut, heiß und voll und die Atmosphäre unschlagbar genial. Wir steuerten die erste Bar an, die auf unserem Weg lag und nicht zu überfüllt schien. Da es irrsinnig lange her war, dass ich den Club zuletzt betrat, wirkte auf mich alles überwältigend und neu. Ich heftete mich daher vorsichtshalber an die Fersen der Mädels, um sie nicht in der Menge zu verlieren. Kira bestellte uns allen einen Sex on the Beach, ohne zu fragen, versteht sich. Ich trank so gut wie nie Alkohol, aber ehrlich gesagt hatte ich richtig Bock, meine alten Gewohnheiten mal hinter mir zu lassen. Endlich wieder eigenständig handeln. Ohne zu überlegen, ob ich dieses oder jenes durfte oder konnte. Ohne Angst vor Konsequenzen. Der Barkeeper reichte uns allen unsere Getränke und wir stießen an.

»Sex on the Beach wird es wohl heute nur als Drink für uns geben, aber wer weiß, Sex in the City klingt in meinen Ohren auch nicht schlecht, Ladys!« Alle grölten gleichzeitig los, während ich mich blitzschnell umsah, ob irgendjemand um uns herum etwas mitbekam. Lockerer werden musste ich wohl erst wieder lernen. Ich lächelte verlegen und nippte an meinem Glas.

5. Tylor

Der Abend kam schneller als erwünscht. Wie angekündigt betrat ich um neun Uhr das Joy. Pünktlichkeit war mir schon immer sehr wichtig. Darauf konnte man sich bei mir jederzeit verlassen. Ich kam gerne mal zu früh, aber niemals zu spät. Nur im Bett handhabte ich es genau andersrum. Ben wusste das selbstverständlich und stellte mir bereits was zu trinken und ein Sandwich auf meinen Tisch. Bei dem Anblick musste ich lachen. Er kannte mich sehr gut. Wie immer hatte ich noch nicht viel gegessen. Im Laufe der Jahre lernten wir uns ziemlich gut kennen, was mir in solchen Momenten wieder bewusst wurde. Ich setzte mich an den Schreibtisch, schaute die Post durch und aß. Danach checkte ich wie jeden Tag – zum gefühlt hundertsten Mal – meine E-Mails. Es sammelte sich so einiges an, wenn man seine Finger in diversen Geschäften hatte. Für mich war das nur nice to have. Ich hatte Geld übrig, also investierte ich und ließ es ohne großes Zutun für mich arbeiten. Die wenigsten wussten, dass ich überhaupt noch andere Investitionen tätigte. Ausschließlich im Joy war ich aktiv und bekannt. Eine Mail in meinem Posteingang machte mich stutzig. Sie kam von einem mir unbekannten Absender und enthielt den Betreff: »Letzte Warnung!« Ich öffnete sie und las:

»MALEDETTO STRONZO! ICH HABE DIR SCHON EINMAL GESAGT, DAS DU DIE FINGER VON DINGEN LASSEN SOLLST, DIE DICH NICHTS ANGEHEN. DU IGNORIERST MICH UND DAS IST EIN GROSSER FEHLER. DU UNTERSCHÄTZT MICH, DAS IST EIN NOCH GRÖSSERER FEHLER. DAS IST MEINE LETZTE WARNUNG! ZIEHE DICH AUS DEM DROHNENHANDEL ZURÜCK ODER ICH WERDE DAFÜR SORGEN DAS DU ES TUST. VAFFANCULO! A«

Angelo! Dieser beschissene Wichser! Er wagte es, mir zu drohen. Ich musste ihm wohl eindeutig zeigen, wer von uns beiden die dickeren Eier besaß. Ich interessierte mich null für seine Scheißdrohnen und das wusste er. Alles, was ihn störte, war die Tatsache, dass ich seine Verlobte Lora fickte und sie dadurch realisierte, was ein echter Mann vermochte, mit ihr zu tun. Er sollte sein fucking Problem nicht zu meinem machen, der gehörnte Ochse! Lora und er waren mir scheißegal. Um Lora war es schade, aber auch sie hatte ich seit unserem letzten Gespräch abgehakt. Er konnte sie gern zurücknehmen. Ich schickte ihm eine verschlüsselte Nachricht zurück. In unseren Kreisen nutzte jeder diese Möglichkeit, und das war von Vorteil bei den Geschäften, die über unsere Tische liefen.

»A, VIELLEICHT SOLLTEST DU MAL WIEDER EINEN GEILEN FICK ALS OBERSTE PRIORITÄT AUF DEINE TO-DO-LISTE SETZEN, DANN WIRST DU WIEDER ETWAS ENTSPANNTER. ACH, ICH VERGASS ... ES EINER FRAU RICHTIG ZU BESORGEN, ZÄHLT JA NICHT ZU DEINEN STÄRKEN. DU BIST MUTIG, DAS SCHÄTZE ICH SEHR, ABER LASS DIR EINES GESAGT SEIN, ... SOLLTEST DU MIR JE WIEDER DROHEN, DANN WÜRDE ICH AN DEINER STELLE L. A. VERLASSEN UND AM BESTEN AUCH DEN REST DER WELT. ICH BRINGE DICH UM, OHNE MIT DER WIMPER ZU ZUCKEN. UND IM GEGENSATZ ZU DIR MACHE ICH KEINE LEEREN VERSPRECHUNGEN. UND ZU DEINER INFORMATION ... MIT DEINER PRINZESSIN LÄUFT BEI MIR NICHTS MEHR. DU KANNST SIE GERNE ZURÜCKNEHMEN. WEDER SIE NOCH DEINE BESCHISSENEN DROHNEN INTERESSIEREN MICH, ALSO VERPISS DICH!

T«

Unmittelbar nach dem Absenden knallte ich den Laptop zu, weil ich spürte, wie die Wut in mir aufkochte. Ich hatte keine Lust, mich um solche Wichser zu kümmern. Erst die unnötige Diskussion mit Lora und jetzt tauchte ihr gehörnter Bastard auf. Verdammt noch mal! Ich atmete tief durch und versuchte, mich zu beruhigen. Dieser Abend gehörte dem Abschluss des Kinderheims. Das Hope war komplett abgewickelt. Und Schwester Mary hatte mich bereits informiert, dass für einige Kinder interessierte Familien ihre Kontaktdaten daließen. Es war ein guter Tag und der musste gefeiert werden. Wie auf Kommando klopfte es an meiner Bürotüre, welche direkt danach weit aufschwang. Larry! Er war der Einzige, der es wagte, hereinzukommen, ohne zu warten, ob ich hereinbat.

»Hast du mich mit dir sprechen gehört, Larry?«, fragte ich ihn mit einem spöttischen Lächeln und lehnte mich in meinem Schreibtischsessel zurück.

»Ach Ty, ich weiß doch, ich bin immer willkommen.«, lachte er und zuckte mit den Schultern. »Kommst du nun endlich mal hier raus, oder sollen wir die Party hier reinverlegen?« Ich schaute auf die Uhr. Bereits elf. Ganze zwei Stunden hatte mich die Arbeit schon wieder gekostet. Dabei erledigte ich nur ein paar Telefonate und antwortete auf die wichtigsten E-Mails.

»Let's go!« Ich stand auf und verließ hinter Larry das Zimmer. Sofort empfing uns ein lautes Gewirr aus Musik und Stimmen. Gläser klapperten und irgendwo neben mir klingelte ein

Handy. Ich musste nicht nach dem Rechten sehen, darum kümmerte sich Ben. Trotzdem schaute ich umher, was so los war. Die Tänzerinnen und Tänzer heizten den Gästen ziemlich ein. Alle sahen wie immer perfekt aus, insofern man das Perfekte mochte. Die vier begeisterten die Masse, nur darauf kam es an. Die Tanzfläche war voll, die Musik laut und jede Bar gut besucht. Es schien ein effizienter Abend zu werden. Als wir in der VIP-Lounge ankamen, hatten sich schon einige bekannte Gesichter eingefunden. Da es keine feste zeitliche Vorgabe gab, stand es jedem frei, wann oder ob er erschien. Die meisten hier mochte ich recht gerne, andere waren nur eingeladen, weil Larry es für richtig hielt. Er war schon immer der Vernünftigere von uns. Mir ging es am Arsch vorbei, was man von mir hielt. Wem nicht passte, wer ich war, der brauchte seine Zeit nicht mit mir verbringen. Punkt! Larry hingegen hatte stets den Hang dazu, zumindest zu versuchen, das Richtige zu tun. Manchmal bewunderte ich ihn etwas dafür. Empathie war seine Stärke, nicht meine. Ich strengte mich dennoch ausnahmsweise ihm zuliebe an. Es gab einen Grund zu feiern, deshalb schüttelte ich jedem die Hand und grüßte freundlich. Laut Larry musste Höflichkeit in so einer Situation nun mal sein, also tat ich mein Bestes. Im Verlauf meines Gesprächs mit Georg von der Bank spürte ich plötzlich einen harten Aufprall, der mich fast von den Beinen riss. Da ich darauf nicht vorbereitet war, fiel es mir kurz schwer, das Gleichgewicht wiederzufinden. Auch er schaute etwas verwirrt drein, grinste jedoch über meine Schulter, als er erkannte, wer von hinten an mir hing. Das konnte nur eine Person auf der ganzen Welt sein! Larry wartete nicht, bis man ihn hineinbat, aber sie war so mutig und setzte sich über ALLE meine Grenzen hinweg. Meine Schwester.

»Melissa, wie oft soll ich dir noch ...«

»Ja, ja, ich weiß. Nicht anfassen. Bla, bla. Spar es dir! Wir wissen beide, ich werde es wieder tun!« Sie grinste frech und sprang mir in die Arme. »Endlich haben die Kids ein tolles Zuhause. Ich bin so stolz auf dich, Ty!« Ich umarmte sie kurz, dann setzte ich sie liebevoll wieder auf ihre eigenen Füße. Melissa war unverbesserlich und selbst ich konnte ihr nie lange böse sein. Also lächelte ich sie dankbar und glücklich an. Ich freute mich, dass sie sich freute. Larry und ich wurden als Kinder aus dem Heim in eine Pflegefamilie gesteckt. Die Clifforts. Melissa war die leibliche Tochter, also unsere Adoptivschwester, wenn man so wollte. Unsere Adoptiveltern William und Sophia waren immer sehr gut zu uns. Sie liebten uns wie ihre eigenen Kinder. Soweit ich Liebe definierte, zumindest.

Liebe gehörte ähnlich wie Empathie nicht zu meinen Stärken. Mein Leben lehrte mich, dass es so am besten lief. Drei Jahre nachdem wir bei ihnen einzogen, adoptierten sie uns. Vom ersten Tag an liebte Melissa Larry und mich und gab uns niemals das Gefühl, nicht dazuzugehören. Sie bekam an einem Tag sowohl einen kleinen als auch einen großen Bruder geschenkt und präsentierte uns ab diesem Moment stolz bei jeder Gelegenheit. Larry nahm das gut an. Auch er hatte Probleme, Gefühle zuzulassen, aber bei weitem nicht so sehr ausgeprägt wie bei mir. In der Vergangenheit hatte ich meinen Adoptiveltern und auch Melissa oft das Leben zur Hölle gemacht. Nicht selten brachte die Polizei mich nach Hause. Schlägereien waren fast an der Tagesordnung. Ich ließ mir nichts gefallen. Von keinem. Niemals! Manche mussten dieses auf die harte Tour lernen. Trotzdem fand ich in dieser Familie immer ein Zuhause. Ich brauchte keine Angst zu haben, wenn die Bullen mich mal wieder zurückbrachten. Anfangs nutzte ich das aus, provozierte sie bis aufs Äußerste. Irgendwann verstand ich, dass es nichts gab, womit ich sie aus der Reserve locken konnte, sondern ich ihnen lediglich Leid zufügte mit meinen Eskapaden. Ihre Erziehung basierte immer auf Liebe, niemals auf Strafen. Und das galt für uns alle drei. Keines von uns Kindern wurde bevorzugt, egal ob leiblich oder nicht. Statt mir Konsequenzen aufzubrummen, so wie ich es aus dem Kinderheim gewohnt war, meldeten mich William und Sophia mit dreizehn beim Football an. Ich war gut, aber auch brutal. An mir kam keiner so leicht vorbei. Wenn doch, konnte ich mich schlecht beherrschen, so hagelte es zumindest dort Strafe um Strafe, bis ich aufhörte zu spielen. Mit sechzehn meldeten sie mich dann in einem Boxklub an. Ab da ging es stückchenweise bergauf. Ich lernte Selbstbeherrschung. Wenn ich keinen Respekt zeigte oder mich daneben benahm, musste ich mit meinem Trainer Dan einen Sparringskampf absolvieren und kassierte ganz schön ein paar auf die Fresse. Mittlerweile war er ein alter Mann, aber noch immer der wohl einzige Mensch auf der Welt, der meinen vollen Respekt besaß und mich selbst in den heikelsten Situationen zur Besinnung brachte. Dan holte mich schon aus so mancher Scheiße raus. Was er sagte, war Gesetz! Melissa entdeckte Larry ein Stück weit von uns entfernt stehen und rannte zu ihm. Auch er hatte Mühe, ihre überschwängliche Umarmung abzufangen, konsumierte diese liebevolle Geste aber vollumfänglich. Zwischenzeitlich schloss ich meine Begrüßungsrunde ab, lief quer durch die VIP-Area und stellte mich an die Brüstung der Empore. Von hier aus überblickte ich den Großteil meines Clubs. Ich genoss es immer wieder. Und in diesem Moment noch sehr viel mehr, da es mir endlich eine ruhige Minute verschaffte. In meinem Leben fiel mir keineswegs alles in den Schoß. Durch den Tod unserer Eltern erbte ich als Kleinkind viel Geld, welches Larry und ich jeweils mit unserer Volljährigkeit ausgezahlt bekamen. Daraus entstand das alles hier nach und nach. Die Cliffords gehörten ebenso zu den Wohlbetuchten, daher wuchsen wir immer schon wohlhabend auf. Aber ich arbeitete und kämpfte mein Leben lang hart dafür, es auch in Ehren zu halten. Sowohl mein eigenes geerbtes Kapital als auch das Geld meiner neuen Familie. In den letzten Jahren lief es gut, so verdoppelte sich die Kohle fast. Erfolgreich zu sein, erfüllte mich. Was brachte es, Idealen nachzulaufen oder an Sachen zu glauben, die nicht greifbar waren? Vertrauen in etwas zu haben, was nicht belegbar war. Materielles konnte ich sehen und anfassen. Geld allein macht nicht glücklich, hieß es. Das mochte so sein, aber es verschaffte dir zumindest eine gewisse Position im Leben. Ich war der, der immer und überall den Ton angab und dominant in jeder Lebenslage, und das genoss ich. In Gedanken versunken fiel mir eine Gruppe wirklich heißer Ladys an der Bar links von mir auf. Zweifelsohne alle recht hübsch anzusehen, was aber keine Seltenheit in meinem Club darstellte. Hübsche Menschen gab es hier wie Sand am

Meer, das war nichts, was meine Aufmerksamkeit erregte. Aber eine von ihnen sah außergewöhnlich heiß aus und lustigerweise schien sie sich dessen überhaupt nicht bewusst zu sein. Man sah ihr ihre Unsicherheit selbst aus der Ferne deutlich an. Ihr Körperbau war nicht so abgemagert schlank wie bei den meisten hier, sondern anregend weiblich und wohlgeformt. Und auch den Schminkkasten hatte sie zwar gestreift, aber nicht darin gebadet. Man spürte ihr Unbehagen, nicht so perfekt wie viele andere Anwesende zu sein, aber genau das fand ich interessant. Wenn ich das aus der Entfernung richtig sah, bekam sie gerade vom Barkeeper eine Coke. In einem Club. In meinem Club! Dort, wo mehr Champagner und Cocktails als alles andere über den Tresen gingen. Automatisch musste ich grinsen und schüttelte wohl unbewusst den Kopf, als Larry neben mir auftauchte und wissen wollte, über was ich mich amüsierte.

»Ich bin erstaunt. Das ist alles.«, antwortete ich ihm und nahm einen Schluck aus meinem Glas. »Kennst du die Horde Mädels dort an der Bar?« Larry war hier der Frauenheld und Stammgast hinzu, daher war die Mutmaßung naheliegend.

»Klar! Nicht alle, aber die meisten. Sie sind oft hier. Die eine da außen habe ich noch nie gesehen, aber die anderen waren schon hier. Die in der Mitte mit dem kurzen Top und der Hotpants ... Na ja, ... sagen wir mal, wir kennen uns etwas näher.« Fügte er mit einem eindeutigen Grinsen hinzu. »Warum fragst du?«

»Die Kleine außen, die du nicht kennst. Sie ist ... anders! Sie entspricht nicht dem, was hier sonst so verkehrt.« Larry musterte sie und zuckte dann mit den Schultern. »Ja, sie ist heiß, aber das sind hier viele Frauen. Ich kann dir die ein oder andere vermitteln, wenn du Lust hast!«, sagte er spöttisch und hob frech grinsend die Augenbrauen.

»Einfach unverbesserlich, mein kleiner Bruder. Mir was zum Vögeln zu besorgen, schaffe ich gerade noch alleine.«, lachte ich und nahm ihn in den Schwitzkasten. »Komm, lass uns deiner alten Flamme mal Hallo sagen. Das will ich mir mal genauer ansehen.«

»Das? Oder Sie?«, konterte Larry und boxte mir dabei spielerisch in die Rippen, damit ich ihn losließ.

6. Emily

Die ersten drei Drinks vertilgten wir im Nu. Ich kämpfte ganz schön, um einigermaßen mit den Mädels mitzuhalten, sah aber schnell ein, dass dies unmöglich war. So hob ich schließlich bei jeder Neubestellung einfach mein Glas hoch, um zu signalisieren, dass ich weiterhin etwas hatte. Nebenher bestellte ich mir unauffällig eine Coke Zero. *Bei ihrem Tempo gab es für mich ansonsten nicht Sex in the City, sondern Kotzen in der Ecke!* Aus den Boxen ertönte Lovefool von twocolors. Ein Hype durchflutete den Club und die Tanzfläche füllte sich schlagartig um ein Vielfaches. Bevor ich realisierte, was los war, riss Kira mich hinter sich her. Ich schaffte es gerade noch rechtzeitig, das Glas auf der Theke abzustellen. Es war brechend voll. Ständig rempelte man sich gegenseitig an, aber es interessierte überraschenderweise niemanden. Man lächelte sich freundlich an und tanzte weiter. Im Alltag musste man nur zu nah an jemanden herantreten und erntete dafür bereits Blicke, die Todesstrafe ausdrückten. Im Club feierten alle ausgelassen miteinander, was eine angenehme Abwechslung darstellte. Ich vergaß die Leute um uns herum und genoss das Gefühl der Freiheit. Vor einem Jahr wäre es undenkbar gewesen, dass ich hier lachend unter all den Menschen tanzte und Spaß hatte. Und schon gar nicht in diesem Outfit. Aller Voraussicht nach hätte ich nicht mal den Club betreten dürfen. Fick dich, Liam! Wir feierten, was das Zeug hielt. Die Musikauswahl schien wie für uns geschaffen zu sein. Wir grölten die Lieder lauthals mit und tanzten uns gegenseitig sexy an. Dadurch, dass wir so viele waren, nahmen wir einen immensen Platz ein, was uns etwas Freiraum verschaffte. Kira und Marie schnappten sich, wie erwartet, zwei Typen. Die beiden himmelten sie an, als hätten sie noch nie zuvor eine Frau gesehen. Es fehlte nur, dass denen der Sabber aus den Mundwinkeln lief, dachte ich, und musste über meinen eigenen Gedanken lachen. Je später der Abend wurde, desto häufiger kam es vor, dass irgendwer uns antanzte. Mal mehr, mal weniger offensiv. Ich grinste die Kerle dann freundlich an und schüttelte den Kopf, um ihnen zu signalisieren, dass sie es woanders versuchen sollten. In der Regel reichte das aus. Wenn nicht, war es definitiv in dem Moment beendet, indem ich mich demonstrativ mit hartem Blick und den Händen in die Hüften gestemmt umdrehte und ihm so unmissverständlich zu verstehen gab, dass er sich verpissen solle. Klar tanzte ich auch mit dem ein oder anderen, aber wenn die einen schon so ekelhaft anfassten, so besitzergreifend und eindeutig übergriffig, dann war ich raus. Diese ausgelassene Stimmung im Club und der bereits geflossene Alkohol ließen mich zwar lockerer werden, nichtsdestotrotz entschied ich, wer mich berührte und wer nicht. Und vor allem wie. Seit einem Jahr hatte ich keinen Sex mehr und selbst mit Liam lief in den zurückliegenden Monaten selten noch was. Demnach war ich sexuell echt ausgehungert und oft erregt. Selbstbefriedigung war leider nicht im Geringsten ein Ersatz für heißen Sex. In letzter Zeit kam es vermehrt vor, dass ich sogar davon träumte. Allem Anschein nach hatte ich es langsam mal wieder mehr als nötig. Es war ja nicht so, dass es keine Interessenten gab. Für mich gehörten Sex und Liebe einfach zusammen. Ich war da auf irgendeine Art altmodisch. Die schönste Nebensache der Welt musste »Mann« sich bei mir verdienen. Es brauchte nicht gleich die große Liebe zu sein oder ein Mann, der mich auf Händen zum Traualtar trug, aber ein Kribbeln im Bauch und eine gewisse Anziehung waren schon erforderlich. Zudem fühlte ich mich nicht immer wohl in meiner Haut. Ich hatte hier und da ein Kilo oder eine Delle zu viel, und obwohl ich mittlerweile bekleidet damit fein war, tat ich mich schwer, mich nackt zu zeigen. Auch Schwimmen war daher nicht gerade mein Lieblingszeitvertreib. Und Sex ohne Ausziehen? Na ja, semigeil! Ich fühlte mich nicht dick, aber eben auch nicht so perfekt, wie ich es gerne gewollt hätte. Wenn ich mich hier so umsah, wurde mir auch mehr als deutlich klar, warum. Perfektion hatte hier ihren Ursprung, wie es schien. Aber ich machte das Beste daraus. Nach einiger Zeit war es dringend nötig, etwas zu trinken. Meine Kehle fühlte sich an wie eine Wüste. Ein Großteil unserer Mädels tanzte mit irgendwelchen Typen. Den anderen signalisierte ich meinen Plan und so erkämpften wir uns zu viert den Weg zurück zur Bar. Als die übriggeblieben dies bemerkten, ließen sie ihre Zeitgenossen stehen und rannten hinter uns her. »Hey hey, nicht einfach abhauen, ihr Hühner. Es ist Mädelsabend!«, trällerte Kira uns folgend. Jasmin bestellte direkt für alle einen neuen Drink. Irgendetwas, dass ich noch nie gehört hatte. Bevor der Kellner wegging, änderte ich mein Getränk und bat um eine weitere Coke Zero. Im Gegensatz zu den anderen war ich es nicht gewohnt und trank auch generell einfach nicht so gerne. Außerdem hatte ich echt richtig Durst und keinesfalls wollte ich mir das Zeug nun in einem Schluck runterkippen. Als wir kurz darauf ein weiteres Mal auf unseren Mädelsabend anstießen, musterten die anderen das Glas in meiner Hand argwöhnisch, sagten aber nichts dazu. Es war ein unangenehmer Moment, doch schnell gingen sie zur Tagesordnung über und stießen lauthals an. Insgeheim hoffte ich, dass die Cola ab jetzt bei jeder Bestellung für mich gesetzt war, zweifelte aufgrund des bereits vorhandenen Pegels allerdings daran, dass sie sich beim nächsten Ordern überhaupt noch erinnerten. Keine von uns war richtig betrunken, aber die Laune der anderen war schon ziemlich gut und ausgelassen.

»Hallo Ladys!«, erklang aus heiterem Himmel eine Stimme hinter uns. »Hallo Kira.«, fügte diese ruhig und fast zärtlich hinzu. *Oder schwang Angst in ihr mit?* Kira drehte sich mit einem Lächeln im Gesicht um, welches schlagartig erstarb, als sie erblickte, wer dort vor ihr stand. Sie fing sich relativ schnell wieder. Zumindest dem äußeren Anschein nach zu urteilen. Ich kannte sie besser. Das, was sie nun aufsetzte, war nur eine Maske der Höflichkeit. Mir war direkt klar, um wen es hier ging. Auch wenn ich ihn noch nie zuvor gesehen hatte, kannte ich seine Erzählungen zu Genüge. Vor einigen Wochen brach Larry ihr das Herz. Nicht bewusst, aber Kira verknallte sich Hals über Kopf, während er nur Spaß wollte. Was sie zwar wusste, aber ihre Gefühle nicht steuern konnte. Das passte einfach nicht zusammen. Somit lagen wir stundenlang auf meiner Couch mit Schokoeis und Chips und ich hörte zu. *Wie es sich gehörte.* Jetzt, wo ich ihn sah, verstand ich, was Kira an ihm fand. Er war wirklich süß. Bei seinem Anblick dachte ich sofort daran, wie er mit einem Surfbrett auf der Schulter über den Strand rannte. Alles an ihm war typisch Surferboy. Sein Aussehen, die Statur und selbst die Körperhaltung. Er war mit Abstand der attraktivste Typ, den ich hier an dem Abend sah. Dann wanderte mein Blick hinüber zu seinem Begleiter und ich revidierte in

Gedanken meine Aussage. ER war der hübscheste Mann, den ich hier sah. Wow! Auch er hatte etwas von diesem Surfer-Gen, doch hinzukam eine beeindruckende Männlichkeit. Er strahlte eine Mischung aus Arroganz und Dominanz aus. Aber dennoch irgendwie höflich und extrem sexy. Im Gegensatz zu Larry, der mit seinen blonden Haaren leuchtete, besaß er dunkelbraune Haare und Augen, die jemanden in den Bann zogen. Bei seinem Anblick dachte ich nicht an den Strand, sondern daran, wie er womöglich morgens nackt in einem Bett aussah. *Reiß dich zusammen, Emily!*

»Larry! Schön, dich zu sehen. Hast du deinen Freund als Verstärkung mitgebracht? Traust du dich nicht, alleine deinen süßen Arsch zu mir zu bewegen?« Kira verschränkte abwehrend ihre Arme vor sich und lehnte sich mit ihrem Rücken an die Theke, während sie stolz Larrys Blick standhielt.

»Bitte entschuldige! Kira, richtig?«, ergriff der Schnuckel neben Larry das Wort. Sie nickte nur knapp, wandte den Blick aber nicht von Larry ab. »Ich habe ihn quasi gezwungen, zu dir zu gehen. Du musst wissen, ich bin Larrys Bruder und höre mir seit eurem letzten Treffen das Geheule an, wie gern er dich wiedersehen will. Ich dachte, heute wäre ein guter Zeitpunkt. Bitte verzeih ihm, er ist ein Idiot!«, schloss er seine Rede ab und grinste sie überfreundlich an. Kira sowie Larry starrten ihn an. Es war nicht zu übersehen, dass diese Geschichte nicht stimmte, aber es schien dennoch zu funktionieren, denn Kira lächelte Larry nun an und wuschelte ihm durch die Haare.

»Na gut, eine Chance bekommt er noch!«, grinste sie zufrieden und stieß mit beiden an. Eines musste man Mister Supersexy lassen: Frauen um den Finger wickeln war seine Königsdisziplin! Bei mir brauchte er dazu nicht mal zu sprechen ...

7. Tylor

»Ist das dein fucking Ernst?«, flüsterte Larry mir in einem unbeobachteten Moment zu.

»Alter, ich habe dir gerade einen Fick für heute Abend besorgt. Das ist doch das, was du auch für mich tun wolltest. Ich hatte Angst, dass du es nicht selbst hinbekommst, also habe ich nachgeholfen.«, konterte ich und schlug ihm lachend gegen die Brust. »Außerdem sieht Kira aus, als wenn sie es drauf hätte.« Larry verdrehte die Augen, stimmte meiner Aussage jedoch zähneknirschend zu. Kira wirkte besänftigt, denn sie flirtete von nun an ganz offensiv mit ihm. Ebenso wie Larry es tat. Auch wenn dieser es nicht zugab, so sah man ihm definitiv an, dass er sie mochte. Ich hatte keine Ahnung, was genau vorgefallen war, dass Kira fast das Glas aus der Hand fiel, als sie ihn vorhin sah. Aber Larry schien irgendwas gehörig verbockt zu haben. Am Ende juckte es mich nicht weiter. Wir gehörten beide nicht zu dem Typ Mann, der sich an eine Frau festnageln ließ. Also war das Spielchen zwischen ihnen eh nur zeitlich begrenzt. Aus der Nähe betrachtet waren alle Mädels echte Hingucker. Doch ich blieb dabei. Diese eine hatte etwas, was ich nicht genau zu benennen vermochte. Sie sah irgendwie unschuldig und fast ein wenig schüchtern aus, aber dennoch frech und forsch. Man sah ihr an, dass sie es faustdick hinter den Ohren hatte. Die Frage war vielmehr, ob sie es selbst wusste. Ihre heißen Kurven wohlgeformt und sehr weiblich proportioniert. Geile Titten und ein grandioser Arsch. Ihre Augen, ihr Mund. Rundum reizvoll! Ich stellte mir vor, diese Arschbacken mit den Händen zu kneten, während ich meinen Schwanz tief in sie hineingleiten ließ. Ihre prächtigen Möpse, die auf und ab hüpften, weil sie mich heftig ritt. Bei der Vorstellung wurde es eng in meiner Hose. Wenn sie wüsste, was ich in meinen Gedanken mit ihr anstellte, würde sie nicht so sexy die Tropfen vom Strohhalm ablecken nach dem Trinken. Am liebsten würde ich das an Ort und Stelle übernehmen. Ihre vollen Lippen zwischen meine saugen und daran knabbern, indessen ich ...

»Was zur Hölle ...?« Völlig im Kopfkino versunken schreckte ich schlagartig auf. Der Club flippte regelrecht aus, überall herrschte Hektik und im nächsten Augenblick stürmten die Mädels davon.

»Was habe ich verpasst?«, schaute ich Larry entgeistert an.

»Wo warst du denn?«, lachte er mich aus. »Der DJ hat gerade angekündigt, dass jetzt die Crazy-Half-Hour startet. Sieh zu und genieße, Bruder.« Er lehnte sich mit seinem Drink in der Hand an die Bar und beobachtete interessiert die

Tanzfläche. Ich tat es ihm gleich. Unsere Crazy-Half-Hour gab es jeden Abend mehrfach. In dieser halben Stunde eroberte der 90er-RnB und Hip-Hop den Club. Das war immer ein Highlight hier. Kaum zu glauben, welchen Kultstatus diese Musik auch Jahre später noch hatte. Da ich in der Regel nicht zum Feiern hier war, erlebte ich diese jedoch bewusst das erste Mal aus der Nähe mit. Die Ladys hatten offensichtlich sehr viel Spaß. Es war eine süße Qual, sie von hier aus zu beobachten. Wie sexy sie ihre Hüften im Rhythmus bewegten. Sich gegenseitig antanzten und sich berührten. Kira nahm meine Schönheit von hinten in den Arm und sie erwiderte ihr Antanzen, indem sie ihren hinreißenden Arsch an Kira rieb. Das war mein Startschuss! Mich hielt es nicht mehr an der Bar. Keine Ahnung, wie Larry das aushielt. Aber dieser geile Arsch musste sich an meinem Schwanz reiben und nicht an ihrer Freundin. Und zwar jetzt! Ich leerte das Glas in einem Zug, stellte es auf der Theke ab und schaute Larry fragend von der Seite an. Er verstand mich ohne Worte. Auch er exte seinen Drink, stand auf und haute mir dabei auf die Schulter.

»Na dann mal los!«

8. Emily

Unsere ganze Truppe liebte RnB abgöttisch, vor allem den aus den 90ern. Wir tanzten ausgelassen und ließen uns vom Rhythmus leiten. Die Körper pulsierten und wir genossen dieses aphrodisierende Gefühl, das die Musik in uns auslöste. Aus den Boxen ertönte I need a Girl Part one, als mich von hinten sanft und bedächtig ein Typ antanzte. Er war vorsichtig und berührte mich nur sachte mit seinem Körper. Seine Hände ließ er bei sich. Es gefiel mir, dass er nicht wie seine Vorgänger sofort zulangte und aufs Ganze ging. Daher entschied ich, erst mal zu schauen, ob er seinen Anstand wahrte, und bewegte mich mit ihm im gleichen Takt. So tanzten wir eine Zeit lang eng aneinander. Ich spürte ihn deutlich, aber doch nicht gänzlich greifbar. Unser Spielchen aus Reizen und gleichwohl auf Abstand bleiben gefiel mir zunehmend. Seine Art, sich zu bewegen, war anregend und unwahrscheinlich sexy. Ich wünschte mir das erste Mal an diesem Abend, dass er endlich ein wenig näher kam und die Lücke zwischen uns verringerte. Beim Blick über meine Schulter traf mich der Schlag. Dort, hinter mir, tanzte der Bruder von Larry. Der, der für Kira die Entschuldigungsrede gehalten hatte.

Mist! Er grinste mich frech an. Der Schelm in seinem Lächeln unübersehbar. Das war genau der Typ Mann, der einem gefährlich werden konnte. Jede Frau wusste das, und doch zogen sie uns an wie Magnete. Sein Selbstbewusstsein irritierte mich. Ich war unsicher. Verlegen. Ich verspürte den Drang, mich von ihm zu entfernen. Was mir wiederum nach unserem innigen Tanzen auch affig erschien. Gleichzeitig haute er mich zudem buchstäblich um. Keine Ahnung, wann ich zuletzt einen Mann sah, der mich optisch so ansprach. Und seine Rede an Kira war zwar eindeutig gelogen, aber er rettete damit seinem Bruder den Arsch. Familiensinn war verdammt anziehend. Seine Wortgewandtheit rundete diesen perfekten Mann ab. Von seinem Körper ganz zu schweigen. Seine Statur gefiel mir. Große Männer weckten das Gefühl, beschützt zu sein und mich anlehnen zu können. Bei seinen ausgeprägten Schultern sollte das ohnehin kein Problem sein, denn diese waren breit und athletisch gebaut. Nicht so muskulös wie ein Bodybuilder. Eher sportlich durchtrainiert, insofern man das angezogen zu beurteilen vermochte. »Kann ich so nicht sagen, müsst ich nackt seh'n«, kam mir der Liedtext von Mickie Krause in den Sinn und bewirkte ein dümmliches Grinsen in meinem Gesicht. Sein Hemd lag eng an, so war es nicht schwer, das darunter Liegende zu erahnen. Bereits an der Bar musterte ich ihn heimlich von der Seite. Dort trafen sich unsere Blicke einige Male aus Versehen, was mir so unangenehm war, dass ich von dem Zeitpunkt an krampfhaft versuchte, wegzusehen, damit es nicht peinlich wurde. *Wie so ein Teenie!* Mein Lächeln deutete er mutmaßlich als Anzeichen dafür, dass die Situation okay war. Noch immer hinter mir stehend, trat er einen Schritt näher an mich heran, so dass ich ihn in aller Deutlichkeit an mir spürte. Es hätte maximal eine Handbreite zwischen uns gepasst. Die Wärme, die er ausstrahlte, ließ mir einen Schauer über den Rücken laufen. Diskret fasste er mit der einen Hand an meine Hüfte und legte mit der anderen alle meine Haare auf die Seite, wo sich nicht sein Kopf befand. Er strich dabei mit seinen Fingerspitzen einmal quer über meine Schulterblätter. Diese Berührung fühlte sich extrem intensiv an und löste eine Gänsehaut auf meinem gesamten Körper aus. Er war wahnsinnig zärtlich und vorsichtig, im Kontrast zu der Stärke, die er ausstrahlte. Sein Atem kitzelte in meinem Nacken und verursachte, dass sich jedes Härchen an mir noch mehr aufstellte. Mit jedem Atemzug liebkoste er unbeabsichtigt meine Haut. Ein Kribbeln, das sich durch meinen Leib hindurch bis in die intimsten Stellen ausbreitete. Das war zu viel. Mein Gehirn funktionierte nicht mehr, und das musste es auch nicht. Ich wollte mich nicht weiter zurückhalten und gab mich diesem Moment hin. Instinktiv bewegte ich mich in seine Richtung und schloss damit das letzte Stück Distanz zwischen uns. Just in dieser Sekunde bemerkte ich unverblümt seine vorhandene Erektion. Automatisch beabsichtigte ich, den Abstand wiederherzustellen, doch er hielt mich fest. Nicht so, dass es unangenehm war oder ich nicht hätte weiterlaufen können. Eher, als wenn er mir die Wahl ließe, aber zugleich signalisierte, dass diese Gehemmtheit nicht erforderlich war. Er lehnte meinen Hinterkopf an seine Schulter und flüsterte mir ins Ohr:

»Das ist alles nur dein Verdienst! Entspann dich und genieß mich ... wie ich dich!« Heilige Scheiße! Seine Stimme killte mich. Ich hatte sie vorhin schon gehört, aber jetzt so verführerisch nah und vor Erregung heißer, direkt an meinem Ohr. Atemraubend! Die Musik, seine Bewegungen, unsere Körper in einem Takt und dann noch diese unfassbar erotische Stimme. Dieser Mann war Lust pur auf zwei Beinen! Was hatte ich schon zu verlieren? Ich schloss die Augen und ließ los. Schaltete den Kopf aus und genoss ihn, wie er es mir sagte. Jede seiner Berührungen war ein Hochgenuss. Er wusste ganz genau, was er tat und vor allem wie. Zärtlich und dennoch kraftvoll. Vorsichtig und zugleich dominant. Mir war klar, dass er diese Masche hier nicht das erste Mal abzog. Aber es war mir egal. Für diesen harten Ständer in seiner Hose war ich verantwortlich, und ich sollte verdammt sein, wenn ich ihm nicht zeigte, wie geil er mich damit machte. Wir Frauen hatten den entscheidenden Vorteil, dass unsere Erregung einem nicht sofort optisch entgegensprang. Mein Höschen hätte ihm sehr wohl gezeigt, was er in mir auslöste. Es kostete eine Menge Selbstbeherrschung, ihn nicht auf der Stelle an mich zu reißen und vor allen Leuten zu vernaschen. Ich schob meinen Hintern ein Stück näher an ihn heran und erhöhte damit den Druck gegen seinen Penis. Es war ein Hochgenuss, zu spüren, wie er merklich noch härter für mich wurde und ein leises Knurren aus seiner Kehle aufstieg. Er hob meine Arme hoch und verschränkte meine Hände hinter seinem Nacken. Millimeter für Millimeter fuhr er mit seinen Fingerspitzen daran herab und erkundete jede Stelle. In der Nähe der Brüste angekommen, nahm ich die Arme herunter, um ihn daran zu hindern, mich dort anzufassen. Er stoppte meine Bewegung, indem er meine Arme oben fixierte, und hauchte mir ein betörendes: »Vertrau mir!«, entgegen. Ich zögerte einen kleinen Moment. War innerlich hin- und hergerissen. Dann faltete ich die Hände wieder hinter seinem Kopf zusammen und ließ seine Berührung zu. Er setzte seine Erkundungsreise fort und strich seitlich an meinen Brüsten vorbei, ohne auch nur ansatzweise eine Grenze zu überschreiten. An den Hüften stoppte er mit seiner Reise und drehte mich zu sich um. Zum ersten Mal sah ich direkt in seine Augen. Betrachtete sein bildhübsches Gesicht ganz nah vor mir. Alles darin schien perfekt zusammenzupassen. Seine Augen strahlten in Blau und Grün. Sie gaben mir das Gefühl, ins Meer einzutauchen. Er raubte mir den Atem. Beim Umdrehen hatte ich kurz Angst vor dem Moment, wo unsere Blicke sich trafen, da so eine Situation für mich vollkommen ungewohnt war. Aber er gab mir trotz dieser erotischen und intensiven Tuchfühlung nicht im Geringsten den Eindruck, dass ich mich unbehaglich fühlen müsse. Oder gar schämen, weil ich meinen Begierden freien Lauf ließ. Im Gegenteil! Er sah mir weiterhin tief in die Augen, während er seine Hände auf meinen Steiß legte und mich an sich heranzog. Sein harter Schwanz lag nun an meinem Bauch und sein Blick durchbohrte mich regelrecht.

»Spürst du, was du mit mir machst?«, flüsterte er mir ins Ohr. Sein durchdringender Blick und diese sündhafte Stimme trieben mich an. Er selbst und auch das, was er sagte, machten mich extrem heiß. Ich hatte keine Ahnung, wann ich zuletzt so geil war. Ich liebte solche Spielchen schon immer und stieg gerne mit ein. Das fehlte mir viele Jahre, daher genoss ich es umso mehr. Ich hielt seinem Blick stand, um meine eigene Stärke zu unterstreichen. Dann lehnte ich mich vor und entgegnete, so liebreizend, wie es möglich war: »Ich würde dir ja auch gerne zeigen, was du mit mir machst. Aber dir hier auf der Tanzfläche meinen feuchten Slip zu präsentieren, wäre doch etwas too much, denkst du nicht?!« Ich lehnte mich zurück und schaute in sein

Gesicht. Seine Augen waren geschlossen und sein Gesichtsausdruck angespannt. Einen unsicheren Moment lang fragte ich mich, ob ich es vielleicht doch übertrieben oder seine Handlungen falsch gedeutet hatte. Aber dann öffnete er die Augen und seine Erregung war deutlich in ihnen abzulesen. Sie wirkten dunkler als zuvor und zugleich etwas glasig und verhangen. Man sah ihm an, wie er versuchte, die Fassung zu bewahren. Plötzlich und unerwartet drückte er mich eng an sich und presste seinen Mund gierig auf meinen. Fordernd und hungrig nach mehr. Seine Lippen öffneten sich und nahmen meine gleich mit. Als unsere Zungen sich trafen, hatte ich das Gefühl, dass alles um mich herum verblasste. Die Musik und die Leute auf der Tanzfläche waren bloß noch unwichtige Nebendarsteller. Ich spürte nur ihn. Seine Zunge in meinem Mund. Seine Hände auf meinem Rücken. Sein Körper an meinen gepresst. Er schmeckte süß und roch unsagbar gut. Meine Finger krallten sich in seine Haare. Ich wusste nicht, wie lange wir dort rumstanden und unsere Zungen für uns weiter tanzen ließen. Ich hatte keine Ahnung, ob wir bloß dastanden oder uns bewegten oder ob der Club längst menschenleer war und wir alleine waren. Dem anfänglichen wilden Geknutsche folgte alsbald ein gefühlvollerer Kuss, der zugleich zärtlich und einfühlsam, aber vor allem extrem leidenschaftlich wurde. Wir genossen beide diese Situation, ohne darüber nachzudenken, was noch passierte. Unsere Körper sprachen eine deutliche Sprache. Doch aus heiterem Himmel entfernte er sich abrupt von mir und die Realität holte uns wieder ein. Ich stand wie benebelt da und starrte ihn an. Auch er schaute, als wenn man ihn gerade aus einer Trance herausgerissen hätte. Neben ihm stand irgendein Typ und flüsterte ihm hektisch etwas ins Ohr. Ich verstand nicht, über was die beiden sprachen, aber die Stimmung veränderte sich schlagartig. Seine Körperhaltung spannte sich sichtbar an und seine Mimik weckte den Anschein, dass er enorm wütend war. Sein Kiefer in Stein gemeißelt. Er trat einen Schritt von mir zurück, um ihm zu antworten, hielt allerdings meine Hand weiterhin fest, als wenn er Angst hatte, dass ich sonst weglaufen würde. Er beendete das Gespräch und stockte einen Moment. Er wirkte durcheinander. Dann trat er wieder an mich heran und ergriff als Erster das Wort.

»Verrätst du mir deinen Namen?«

»Ähm ... Emily!«, krächzte ich heiser und räusperte mich kurz.

»Danke für diesen reizvollen Abend, Emily. Ich muss nun leider los. Es gibt etwas, worum ich mich kümmern muss.« Von der Bar neben der Tanzfläche erhoben sich Tumulte. Lautes Gebrüll und das Klirren von Gläsern wehte schallend zu uns, quer durch den Raum. Ich bekam nicht mit, was dort vor sich ging, aber er schien es zu wissen, denn er schaute nicht mal hinüber.

»Bitte entschuldige. Ich muss dringend los! Ich werde dich wiederfinden. Da führt kein Weg dran vorbei!« Er hielt mein Kinn fest und drückte mir einen flüchtigen Kuss auf den Mund. Danach wandte er sich mit einem Zwinkern von mir ab und ließ meine Hand los. Ich starrte ihm idiotisch hinterher, da ich noch nicht wirklich realisieren konnte, was genau geschah, als er mich unerwartet noch mal über die Schulter hinweg ansah. »Ich heiße übrigens Tylor!« Mit diesen Worten drehte er sich frech grinsend weg und verschwand in der Menge. Die Anspannung konnte er nicht gänzlich aus seinem Gesicht verscheuchen, auch wenn er es aufrichtig versuchte. Was immer da ablief, ich glaubte ihm, dass es wichtig war.

9. Tylor

Emily machte mich wahnsinnig! Wie sie ihren geilen Arsch an mir rieb und dann ihre Zunge meine neckte, während sie sich regelrecht an mir festkrallte. Ich wollte sie und ich würde sie haben! Alles an ihr signalisierte, dass es ihr nicht anders erging. Sie bewies mir bereits ein gewisses Vertrauen, zumindest für den Augenblick. Wir kannten uns kaum und dennoch traute sie mir so weit, dass sie ihre Hände oben ließ, indessen meine über ihren Körper wanderten. Es sollte nicht schwerfallen, darauf aufzubauen und sie dann von einem Orgasmus zum nächsten zu jagen. Meine anfängliche Vermutung, dass ihre schüchterne Art nur ein Teil von ihr war, bestätigte sich schon mal. Mit ihrem Satz über ihr feuchtes Höschen bewies sie, was für ein Biest in ihr steckte. Mit Freude würde ich dieses mehr und mehr aus ihr herauskitzeln. Unser Kuss auf der Tanzfläche entwickelte sich schnell zu echter Hingabe und Leidenschaft. Zu gerne hätte ich ihr die Klamotten vom Leib gerissen und ihre Nippel in meinen Mund gesaugt, während sich meine Finger in ihrer feuchten Spalte versenkten. Das Kopfkino lief auf Hochtouren, aber in diesem Moment musste ja alles anders kommen.

Soeben noch heiß wie die Hölle, kochte ich dann vor Wut. Wütend war gar kein Ausdruck. Rasend traf es eher! Ich war froh, dass Ben zu mir kam, bevor es öffentlich eskalierte, der Zeitpunkt war dennoch denkbar beschissen. Wie zu erwarten tauchte Lora im Club auf. Ich hatte damit gerechnet, aber nicht mit der Show, die sie ablieferte, weil sie mich mit Emily auf der Tanzfläche sah. Sie tickte völlig aus, schrie herum und warf mit irgendwelchen Gläsern nach Ben, aufgrund dessen, dass er sie nicht zu mir durchließ. Die weiteren Angestellten hatten alle Mühe, sie dortzubehalten, als Ben mich informierte. Was bildete sich dieses Weibsstück ein, verdammt! Erstmal gab es keinen anderen Weg, als sie sofort von der Bar zu entfernen, daher wies ich Ben an, Lora in meine Privaträume zu bringen. *Sie würde ihr blaues Wunder erleben!* Vor Wochen sagte ich ihr nett, dass ich keinen Bock auf »Mehr« hatte. Funktionierte nicht. Am Vormittag dann der Versuch, ihr es ehrlich und direkt einzutrichtern. Auch das schnallte sie nicht! Nun reichte es mir. Selbst wenn Emily an dem Abend nicht mein Interesse geweckt hätte, wäre es trotzdem mit Lora zu Ende gewesen. Morgens kannte ich Emily ja noch nicht mal. Lora würde sich wünschen, nicht erneut hierhergekommen zu sein, dafür sorgte die Lektion, die ich ihr zuteilwerden ließ. Ich stand zu meinem Wort und eigentlich wusste sie das auch. Wer nicht hören will, muss leiden, sagte man doch immer. Es war durchaus praktisch, dass die Privaträume aufgrund einiger nicht so ganz öffentlicher Angelegenheiten, die ich hier und da klären musste, schalldicht waren. So konnte ich jederzeit tun und lassen, was nötig war, auch wenn im Club Betrieb herrschte. Nützlich zudem in einer solchen Situation oder wann immer ich einen geilen Fick für zwischendurch genoss. Beim Betreten des Büros sah ich Lora auf dem Schreibtischstuhl sitzen. Sie war vollkommen verheult und schniefte vor sich hin, aber das juckte mich zum gegenwärtigen Zeitpunkt überhaupt nicht. Ich wollte nicht hier sein, sondern meinen Schwanz genüsslich in Emily versenken und sie zum Höhepunkt bringen. Stattdessen stand ich hier und starrte in ein Gesicht, das mich nur noch nervte. Ich machte die Türe zu und schloss ab. Dann ging ich auf sie zu. Sie kannte mich lange genug und wusste sehr genau, dass mit mir gerade nicht zu spaßen war. Ihr Blick wanderte von mir zur Türe, die ich soeben abgeschlossen hatte. Der Schlüssel steckte selbstverständlich, ihr stand theoretisch der Weg frei, zu gehen. Offensichtlich benötigte sie für sich aber diese Absicherung.

»Steh auf!«

»Es tut mir leid, Tylor ...«, versuchte sie sich herauszureden.

»Ich sagte: Steh auf!«, schrie ich sie an. Sie erschrak und erhob sich augenblicklich. Ich sah Angst in ihren Augen, aber das war mir scheißegal. Ich lief um den Schreibtisch herum. Mit jedem Schritt, den ich auf sie zumachte, ging sie einen von mir weg. Ich öffnete meine Hose, zog sie bis zu den Waden herunter und setzte mich auf meinen Stuhl, wo sie gerade eben noch gesessen hatte.

»Siehst du das?« Ich deutete mit der Hand auf meinen harten Schwanz. Sie nickte und nagte dabei auf ihrer Unterlippe. »Das Lora ist nicht dein Werk! Ich will dich nicht mehr ficken. Verstehst du das? Du machst mich nicht mehr an!« Sie schluchzte leise vor sich hin. »Offensichtlich denkst du, dass ich dich vögel, wann immer du es willst. Aber ich sage dir was.« Ich beugte mich ihr entgegen und legte die Arme auf dem Schreibtisch ab. »Ich entscheide, wann und wen ich ficke! Und wenn du es jemals wieder wagen solltest, eine Szene deswegen zu machen, werde ich dich lehren, was dich dann erwartet.« Ich lehnte mich wieder zurück und zog ein Kondom über. »Setz dich!« Sie schaute sich im Büro nach einer geeigneten Sitzgelegenheit um. »Hier!«, deutete ich auf meinen Schwanz, der sich durch die Gedanken an den geilen Arsch von Emily gar nicht mehr beruhigen ließ. Zuerst begriff sie nicht genau, was sie tun sollte, streifte dann jedoch ihren Slip unter dem viel zu kurzen Kleid herunter und kam grinsend auf mich zu. Sobald sie sich auf mich setzte, hatte ich auch die nötige Erlaubnis, die ich immer erst vor dem Eindringen einholte. Für meine heutige Maßregelung reichte mir das freiwillige Draufsetzen vollkommen aus. *Warte ab, das Lachen wird dir noch vergehen!* Sekunden später ließ sie sich auf mir nieder und nahm den kompletten Schaft in sich auf. Ihre Spalte bereits feucht. Wie immer. Das Gefühl war geil! Aber es ging hier nicht um meine Befriedigung. Oder ihre. Sie sollte lernen! Ich hielt sie fest, stand ruckartig auf und schmiss sie regelrecht auf meinen Schreibtisch. Mit weit gespreizten Beinen legte ich ihren Oberkörper auf die Tischplatte und rammte ihr meine beträchtliche Latte ohne Rücksicht so tief hinein, dass sie kurz aufschrie. Noch vor Gefallen, aber das würde ihr gleich vergehen. Ich fickte sie so hart, dass der Spaß schnell für sie endete.

»Du tust mir weh, Tylor!« Ich griff in ihre Haare und drückte sie auf die Tischplatte, indessen ich sie eindringlich ansah.

»Habe ich dir gesagt, dass du dich von mir fernhalten sollst?«, fragte ich und stieß hart zu.

»Ja!«, schrie sie mich regelrecht an.

»Hast du das getan?« Ich stieß erneut zu.

»Nein, es tut mir leid. Wirklich!« Tränen rannen aus ihren Augenwinkeln.

»Wirst du mich jemals wieder derart blamieren?« Ich stieß ein weiteres Mal – aber noch fester –zu. Selbst mir tat nun bereits der Sack weh von dem heftigen Aufprall.

»Nein, ich verspreche es, es tut mir leid. Bitte Tylor. Du tust mir weh! Ich mache es nie wieder. Purpur. PURPUR!«, weinte sie. Augenblicklich zog ich mich aus ihr zurück. Ein Safewort würde ich niemals übergehen. Sie hatte Glück, dass wir dieses vor Ewigkeiten einmal vereinbarten. Dennoch blieb ich noch kurz über sie gebeugt, während ich an ihrem Ohr zu sprechen begann.

»Sollte ich je wieder mit dir in eine solche Situation kommen ... Sollte ich je wieder mit dir diese Diskussion führen müssen ... Dann werde ich das hier wiederholen, aber in deinem kleinen engen Arsch. Hast du mich verstanden?!« Sie antwortete nicht, nickte nur. Ich trat von ihr zurück und gab sie frei. Dann nahm ich das Gummi ab und zog mich wieder an. Ich entfernte mich ein paar Schritte von ihr, um ihr einen Rückzug zu gewähren und ihr den nötigen Freiraum zu geben, den sie brauchte.

»Ich habe dich heute Mittag freundlich gebeten, aber scheinbar hast du es nicht verstanden.«

»Was hat diese blöde Kuh, was ich nicht habe?«, schrie sie mich an. Wütend zog ich eine Augenbraue hoch. Wagte sie es ernsthaft, mit mir erneut in die Diskussion zu gehen?

»Ich wollte dich doch nur an meiner Seite. Ich liebe dich, Tylor, verstehst du das denn nicht? Ich würde alles für dich tun und alles für dich sein. Alles, was du willst. Sag mir, was du willst, und ich bin so. Egal was ...!« Sie stand auf und kam auf mich zu, blieb dann aber stehen, als sie meine unbeeindruckte Miene sah.

»Lora, ich bin nicht der Mann, den man lieben sollte, und schon gar nicht will ich selbst jemanden lieben. Ich meinte es ernst, dass es nicht an dir liegt. Geh zurück zu Angelo. Er liebt dich und wird dich sicher gerne wieder an seiner Seite haben wollen. Vergiss mich! Das ist besser für alle Parteien!« Mit einem demonstrativen Wegdrehen beendete ich dieses Gespräch, lief zur Türe und schloss sie wieder auf.

»Ach Lora ... Noch zwei gut gemeinte Ratschläge für die Zukunft. Ihr Frauen denkt oftmals, dass ihr Männer nur gut genug um den Finger wickeln müsst, um ihn zu einem liebenden und besseren Menschen zu machen. Das ist ein Trugschluss! Also such dir zukünftig jemanden, den du nicht erst reparieren musst. Und zweitens: Niemand will, dass du etwas oder jemand bist, von dem du meinst, dass er dies will. Ein Mann will eine, die weiß, was sie selbst will. Zeige ein wenig Stolz und Ehre, das steht einer Frau deutlich besser.« Mit diesen Worten verließ ich den Raum und schloss die Türe von außen, damit sie sich in Ruhe fertigmachen und dann abhauen konnte. Zwischen uns war alles gesagt! Ich marschierte direkt hoch in die VIP-Lounge. Seit Stunden ließ ich mich dort schon nicht mehr blicken. Die Menschenmenge hatte sich schon etwas gelichtet und die, die noch da waren, schienen sich weiterhin prächtig zu amüsieren. Im Vorbeigehen prosteten sie mir zu und wandten sich dann wieder an ihre Gesprächspartner. Ich holte mir einen Drink und stellte mich zurück an die Empore, wo ich meinen

Abend begann. Ich hielt Ausschau nach Emily und ihren Freundinnen. An der Bar unten standen sie nicht mehr und auf der Tanzfläche sah ich nur einige von den anderen Ladys, aber Kira und Emily fehlten. Auch Larry war nirgends zu sehen. Ich sah, dass in zwei der Separees gedämmtes Licht brannte, und rief Ben auf seinem Handy an.

»Hey, Lora ist noch in meinem Büro. Achte darauf, dass sie dieses gleich verlässt, und schicke bitte die Putzfrau rein, sobald sie weg ist.« Wies ich ihn an. »Und noch was ... Wer hat die beiden Separees gebucht?«

»Larry. Er ist mit einem Mädel in das eine und das andere hat wohl eine Freundin von ihr belegt. Larry hat beide gebucht, daher konnte ich ja schlecht nein sagen, obwohl uns wohl beiden klar ist, was da gerade abgeht.«

»Das passt schon. Alles gut. Danke dir!« Ich hörte die Entschuldigung in Bens Aussage. Die Separees wurden für Sex nicht zur Verfügung gestellt, aber wenn es sich um Larry oder mich handelte, hatte Ben verständlicherweise nichts zu sagen. Viel wichtiger war mir hingegen die Info, die er mir nebenbei gab. Eine Freundin von Kira war also mit einem Typen in dem zweiten Raum. Augenblicklich flackerte Zorn in mir auf. Nicht dass es mich juckte, dass sich Emily von einem anderen Stecher flachlegen ließ, aber hätte Lora nicht so einen Aufstand fabriziert, wäre es mein Schwanz gewesen, den Emily lutschte. Verdammt noch mal! Es war nicht so, als wenn ich mir nicht irgendeine Beliebige hier nehmen könnte, um noch auf die Schnelle 'ne Nummer zu schieben. Aber der Gedanke an ihren geilen, runden Arsch in den Händen eines dahergelaufenen Wichsers brachte mich zur Weißglut. Definitiv wäre das mein Fick gewesen, wenn Lora mir nicht die Tour vermasselt hätte. Aber da sah man es halt wieder: Emily war eben auch wie alle anderen. Leicht zu haben! Und da wunderten sie sich, dass viele Herren der Schöpfung sie genauso behandelten. Selbst schuld! Meine gute Laune war weg. Und die Lust ebenso. Lora hatte mir beides versaut. Der Tag begann ganz gut. Der Abend wurde zuerst noch besser. Aber jetzt wollte ich einfach nur nach Hause und mich ins Bett schmeißen. Die letzte Nacht war kurz und der Tag anstrengend. Also verabschiedete ich mich flüchtig und ging ins Büro, um meine Sachen zu holen. Die Putzfrau hatte schon alles wieder perfekt hergerichtet. Nichts deutete mehr auf den unangenehmen Teil des Abends hin. Ich nahm meine Schlüssel, rief Finley an und machte mich auf den Weg nach draußen. Finley – mein Fahrer – brauchte nicht lange, also lief ich beim Rausgehen kurz bei Ben vorbei, um ihn zu informieren, dass ich weg war. Vor der Türe genoss ich einen Moment die kühle Luft, die mir ins Gesicht blies. Dann stieg ich in den Wagen und fuhr erschöpft nach Hause.

10. Emily

Tylor!

Ich stand noch einen Moment da und versuchte erneut, einen Blick auf ihn zu erhaschen, während mir sein Name wieder und wieder durch den Kopf ging. »Vertrau mir«, hallten seine Worte in meinen Gedanken nach. Als ob ich am ersten Abend einem wildfremden Typen vertrauen könnte. Das Einzige, worauf ich in dem Moment vertraute, war die Hoffnung, dass er mich wirklich wiederfinden würde. Dieser Mann war ausgesprochen heiß. Die Art, wie er seine Hüften an mir bewegte, seine Berührungen, sein Geruch. Alles an ihm imponierte mir extrem. Seine Aura fesselte mich. Er war stark und männlich, und er liebte Spielchen offensichtlich so sehr wie ich. Von seinem Talent zu küssen mal ganz abgesehen. Ich hatte keine Ahnung, wie lange ich dastand und in die Menschenmenge starrte, als Kira mich rüttelnd aus meiner Trance riss.

»Uhuhuh, da hast du dir wohl den zweit heißesten Typen des Clubs geangelt, Süße!«, schrie sie mir ins Ohr. »Wo ist Tylor hin?«

»Du kennst ihn?«, fragte ich sie verwirrt.

»Baby, Tylor gehört dieser Club. Jeder hier kennt ihn! Und jede schon mal erst recht.«, lachte sie und zog mich hinter sich her zurück zur Bar.

»Mein Gott, ist das peinlich! Warum hast du mir das nicht vorher gesagt, Kira? Ich stehe hier auf der Tanzfläche mit dem Besitzer des Clubs und lecke mich rum.«

»Süße, chill mal. Ihr habt euch nur geküsst und ein wenig aneinandergerieben. Tylor ist kein Mann der Unschuld, wenn du verstehst, was ich meine. Eigentlich macht er das im Joy nicht so öffentlich, aber ich denke, es gibt wohl so einige hier, die schon bedeutend mehr mit ihm hatten als das. Larry ist sein Bruder und auch er knallt alles, was ihm vor die Buchse kommt. Finde dich damit ab. Es ist scheiße, aber man muss der Realität ins Auge sehen!« Beendete sie die Unterhaltung mit einem Schulterzucken. Na toll! Ich hatte mich sowas von zum Affen gemacht. Womöglich entstand der Tumult, weil seine Freundin uns zusammen gesehen hatte. Kein Wunder, dass er so schnell wegmusste. Was für ein Arschloch! Ich betete, dass er sein Versprechen, mich wiederzufinden, doch nicht wahrmachte, denn darauf konnte ich dankend verzichten. In den Club würde ich zumindest vorerst nicht mehr dackeln, so schön es hier auch war.

»Em, Larry und ich gehen ein wenig hoch. Etwas ungestörter ... Kommst du alleine zurecht?«

»Lass mich jetzt hier nicht alleine. Ich habe keine Lust, dass der Boss zurückkommt. Bittteeee! Kann ich mitkommen?«

»Also, teilen wollte ich Larry eigentlich nicht, aber wenn du drauf bestehst ...« Ich rümpfte die Nase.

»Ähm ne, ich dachte eher an etwas in eurer Nähe.« Wir kicherten beide los.

»Ich kläre das, warte einen Moment!« Nach kurzer Zeit kam sie mit Larry im Schlepptau zurück.

»So so, du willst also vor meinem Bruder flüchten?«, lachte Larry mich an. »Das kann ich verstehen! Komm mit. Du kannst in eines der Separees gehen. Kira kommt dann später zu dir.« Larry setzte sich sofort in Bewegung und zog Kira hinter sich her. Sie lächelte mich breit an, bis sie meinen bösen Blick bemerkte. Lautlos formte ich mit meinem Mund die Frage, ob sie mich verarschen wollte. Musste sie ihm denn alles erzählen? Ihre Reaktion war nur ein noch breiteres Grinsen. Na, schönen Dank auch, beste Freundin! Das Separee war grandios. Es gab ein großes Fenster, das hinunter auf den Club ausgerichtet war. Larry klärte mich auf, dass es komplett verspiegelt sei und ich daher keinerlei Sorge haben brauchte, dass mich jemand von unten sehen könnte. Rechts in der Ecke war eine kleine Bar. Voll bestückt mit allem, was man begehrte. Daneben stand eine Couch. Sie war aus Leder und unwahrscheinlich weich und bequem. Ich kannte nur die billigen Garnituren, wo man ständig mit dem Arsch dran kleben blieb. Diese hier war komplett anders. Ich wollte mir nicht mal vorstellen, was sie kostete. Und schon gar nicht, welche Ärsche da schon drauflagen. Auf der anderen Seite des Raumes standen zwei Schränke und zwischen ihnen hing ein riesiger Fernseher. So ließ es sich bequem vom Sofa aus fernsehen. Wahrscheinlich lagen in den Schränken die passenden Pornos dafür. Die Scheiben waren ja nicht umsonst blickdicht. Der Boden war komplett mit schwarzen Fliesen ausgelegt, in denen es in tausenden Nuancen glitzerte und funkelte. Es war märchenhaft. Die maskuline Einrichtung im Club setzte sich hier fort. Tylor hatte wirklich ein Händchen für Schönheit. Ich nahm mir einen Drink aus der Bar und fand in einem Regal daneben einige Wolldecken. Ich packte mir zwei Stück und legte mich mit dem Glas auf die Couch, um auf Kira zu warten. Mir war bewusst, dass es eine lange Nacht werden konnte, also machte ich es mir so bequem wie möglich. Tausend Gedanken später schlitterte ich in einen traumerfüllten Schlaf.

11. Tylor

Der Tag war lang und nervtötend. Ich schmiss
meine Klamotten in den Wäschekorb im Badezimmer und stieg in die Dusche. Das heiße
Wasser auf meinem Körper tat gut. Ich spürte,
wie ich mich stückchenweise entspannte und die
Wut über den Ausgang des Abends langsam von
mir abfiel. Wiederholtes Drama mit Lora und
kein Sex mit Emily. *Hätte ja besser nicht laufen
können, verdammt!* Emily lag in meinem Club und
ließ sich von einem anderen durchvögeln, während ich ihre Finger noch auf mir spürte. Ich
schüttelte entnervt den Kopf, um die Gedanken
daran loszuwerden. Nach einer gefühlten Ewigkeit verließ ich die Dusche und zog mir was
Lockeres an. Ich war nicht befriedigt, bis dato
immer noch ein Stück weit wütend und irgendwie rastlos. Entschlossen nahm ich mein Handy
und scrollte das Telefonbuch durch, um eine
Alternative für die Nacht klarzumachen. Bei der
ein oder anderen zögerte ich kurz, scrollte dann
aber doch weiter. Minuten später warf ich resigniert mein Handy auf den Tisch. Ich wollte
nicht irgendwen vögeln. Ich wollte verfickt noch
mal Emily flachlegen. Dabei ging es weniger um
sie. Sondern viel mehr darum, dass ich es hasste,

nicht das zu bekommen, was ich begehrte. Der Reiz, etwas oder jemanden zu besitzen, war einfach zu groß. In dieser Nacht mochte sich ein anderer Wichser an ihr bedienen, aber ich würde sie mir holen. Es gab keine andere Option! Dass ich sie heißmachte, signalisierte ihr Körper mir mehr als deutlich, und ich würde sie mir nehmen und es ihr so ausgiebig besorgen, dass sie von dem aktuellen Ficker sogar den Namen vergaß. Ab diesem Moment würde sie ausschließlich nach meinem Schwanz lechzen und das, wann immer ich wollte. Sie war ein kluges Mädchen, daher schob ich den Gedanken daran, dass sie auch klammern könnte wie Lora, erst mal zur Seite. So würde es nicht kommen. Es gab klare Regeln und Grenzen für jede Frau, die ich flachlegte. Da war sie keine Ausnahme. Ich gestattete ihr an dem Abend, die Arme um meinen Hals zu legen. Dabei würde sie es belassen. Noch wusste sie es nicht, aber das kam früh genug. Alle Anleitungen bekam sie zu einem geeigneteren Zeitpunkt. Nun war es erst mal an der Zeit, die Sache in die Hand zu nehmen und Informationen einzuholen. Ich griff erneut nach meinem Handy und wählte über die Schnellwahl Finleys Nummer. Wie zu erwarten, läutete das Telefon nur ein einziges Mal, als seine Stimme schon erklang.

»Boss? Was gibt's?«

»Heute Abend war im Joy eine Frau, sie heißt Emily. Larry kennt ihre Freundin. Sie heißt Kira.

Finde alles über sie heraus. Und Finley, ich meine alles. Informiere mich, sobald du kannst.«

»Kein Problem. Gib mir vierundzwanzig Stunden. Maximal!« Damit beendete ich das Gespräch. Finley war ein fähiger Kerl. Er hatte mir in den letzten Jahren viele gute Dienste geleistet. Er betitelte sich selbst als – Detektiv –, aber eigentlich war er alles Mögliche. Personenschützer, Privatdetektiv, Hacker ... Bisher war mir nichts untergekommen, wo er sich nicht einhacken konnte, wenn ich ihn darum bat. Seine Informationen waren immer verlässlich. Und seine Spuren absolut nicht nachverfolgbar. Er zeigte sich in jeder Hinsicht loyal. Zudem würde er sein Leben für mich riskieren. Ich vertraute ihm fast blind. Das Handy flog erneut auf den Tisch und ich schaltete den Fernseher ein. Ich zappte durch die Sender. Überall lief nur Bullshit. Fernsehen war eh nicht so meins. Und wenn, dann schaute ich in der Regel Netflix und Co. anstatt das normale Fernsehprogramm. Diese Zeitverschwendung erschien mir in dem Moment absolut überflüssig, daher entschied ich mich, ins Bett zu gehen. Am nächsten Tag erhielt ich sicherlich bereits erste Infos von Finley und dann konnte meine Jagd auf Emily losgehen. Dieser Gedanke erregte mich so sehr, dass ich kaum einschlafen konnte. Ich liebte das Jagen und noch mehr liebte ich Spielchen. Nicht so hinterhältige und verlogene Spielchen, sondern verführerische und Lust weckende. Leider war die Jagd oft viel zu schnell wieder vorbei, da die Damenwelt nicht sehr lange standhaft blieb. Anfangs ging es meistens noch. Doch wenn die erste Hürde einmal eingerissen war, endete der Spieltrieb in der Regel. Aber vielleicht stellte sich Emily ja als geeignet heraus und konnte den Platz, den Lora in meinem Telefonbuch freimachte, einnehmen.

12. Emily

Ich hatte keine Ahnung, wie spät es war, als Kira vor mir stand und mich weckte. Aber der Club war zumindest bereits geschlossen und menschenleer. Im Inneren räumte ein riesiges Putzkommando den Müll der Besucher weg, um am nächsten Abend erneut alles picobello zu präsentieren. Automatisch musste ich daran denken, dass Tylor das alles hier auf die Beine gestellt hatte. Die Einrichtung musste ihn widerspiegeln. Und ich hatte den Eindruck, dass es tatsächlich sehr gut zu ihm passte.

»Komm, Süße. Ich bin platt und sicherlich wund. Ich will nach Hause!«, kicherte sie wenig verlegen.

»Kira! Ich habe bis gerade geschlafen. Bitte verschone mich heute Nacht mit deinen Bettgeschichten ... Too much information!«

»Heute Nacht? Herrgott, Em ... Wir haben sieben Uhr morgens. Wenn du dich nicht beeilst, wird wohl gleich Mr. Cliffort in der Türe stehen und uns einen guten Morgen wünschen.«

»Wer?«

»Tylor Cliffort! Du erinnerst dich? Der Inhaber dieses Etablissements. Der, den du gestern auf der Tanzfläche ziemlich vernascht hast.«

Augenblicklich schoss ich von der Couch hoch. Das war definitiv ein Grund, sich zu beeilen. Keineswegs wollte ich ihm und seiner Freundin über den Weg laufen. Sie würde mir wahrscheinlich die Zunge herausreißen, weil ich es wagte, ihn zu küssen. Ich schnappte mir meine Handtasche und verließ fluchtartig den Raum.

»Wo ist Larry?«, fragte ich Kira und drehte mich flüchtig über die Schulter blickend zu ihr um.

»Er ruft den Fahrer an, der uns nach Hause bringt. Keiner von uns sollte jetzt noch fahren.« Ich nickte ihr zu. Sie hatte wohl recht. Auch wenn ein Chauffeur doch etwas seltsam für mich war. Aber egal. Hauptsache, ich kam hier weg. Und zwar schnellstmöglich. Als wir den Club verließen, stand bereits ein großer schwarzer SUV mit getönten Scheiben vor dem Eingang des Clubs. Der Fahrer stieg aus und öffnete uns freundlich die hintere Autotür, damit wir direkt einsteigen konnten. Larry sprach kurz mit ihm und stieg dann zu uns in den Wagen.

»Wir bringen erst Emily nach Hause und dann bringe ich dich, ok?«, fragte Larry und sah Kira lockend an. Ich musste auflachen, als ich an Kiras Worte im Separee dachte. Sie war jetzt schon wund ... Na ja, ... Larry machte mir nicht den Eindruck, als ob er sich gleich verabschieden wollte. Beide sahen mich verwirrt an, aber ich hob nur kurz entschuldigend die Hand und schüttelte kichernd den Kopf.

»Geht gleich wieder. Einfach weitermachen!«
Vor meiner Haustür angekommen verabschiedete ich mich und wünschte beiden noch viel Spaß. Spätestens jetzt verstanden sie, worüber ich lachte, denn Larry antwortete ungeniert, dass sie den hätten. Kira hingegen versuchte, mir auf den Arm zu schlagen, den sie aber nur noch minimal streifte. Die beiden warteten, bis ich die Türe aufschloss und das Haus betrat. Erst dann hörte ich den Wagen anfahren und sich entfernen. Ich trottete völlig übermüdet die Treppe zur Wohnung hinauf, machte die Türe auf und schleuderte die Schlüssel achtlos durch die Gegend. Auf dem Weg ins Bad zog ich bereits meine ersten Sachen aus und warf sie da, wo ich war, einfach auf den Boden. Total müde und kraftlos wollte ich mich schlichtweg nur noch bettfertig machen und dann fünfzehn Stunden durchschlafen. Als ich im Badezimmer ankam, war ich bereits komplett nackt und starrte schockiert mein verunstaltetes Gesicht im Spiegel an. Meine Smokey Eyes hatten sich mittlerweile in ein Smokey Face verwandelt. Ich war froh, dass mich offensichtlich keiner mehr so genau angesehen hatte an dem Morgen. Ich sah aus wie eine Hauptdarstellerin aus einem Horrorfilm. Eilig schminkte ich mich ab, putzte mir die Zähne und verschwand in mein Bett. Kaum berührte die kühle Bettdecke meinen Körper, schlief ich auch schon ein wie ein Baby. Als ich das nächste Mal aufwachte, war es draußen fast dunkel. Ich nahm mein Handy vom

Nachttisch und schaute auf die Uhr. Ich hatte tatsächlich den kompletten Tag verpennt. Es war bereits kurz vor acht abends. Verflucht! Ich checkte meine Nachrichten und antwortete auf die Schnelle auf alles, was mir wichtig erschien. Außerdem wurden mir vier Anrufe in Abwesenheit angezeigt ... von Kira. Sie war also auch bereits von den Toten wieder auferstanden. Ich wählte ihre Nummer und wartete, dass sie rangehen würde.

»Hey, du lebst ja auch noch.«, trällerte sie in den Hörer.

»Na ja, zumindest sowas in der Art. Was gibt's? Du hast angerufen ... vier Mal!«

»Ich wollte dich nur informieren, dass wir zwei heute ein Date haben. Um genau zu sein in, ähm ... zwei Stunden.«

»Was willst du denn mit mir machen? Ich habe echt keine Lust auf was Spektakuläres. Hab gerade erst die Augen aufgemacht.«, gähnte ich ihr ins Telefon.

»Dann solltest du dich besser etwas beeilen. Wir zwei Hübschen treffen uns mit Larry und Tylor zum Abendessen.«

»Vergiss es!« Augenblicklich saß ich aufrecht im Bett und war hellwach. »Kira, nein! Ich meine es ernst. Ich will ihn nicht sehen. Ich habe es dir gestern Abend schon gesagt. Ich bin da raus. Vergnüge dich mit beiden. Mir egal!«

»Emily, nun komm mal runter. Es ist nur ein Abendessen. Ich mag Larry und ich glaube, er mag mich auch ein wenig mehr als die anderen Weiber, die um ihn herumscharwenzeln. Und Tylor wollte sich bei dir entschuldigen für seinen spontanen Abgang gestern Abend. Also komm schon. Lass uns einen schönen Abend haben. Biiittteeeeee!«

»Kiraaaaaa, ... das ist nicht fair! Er hat mich stehen lassen. Wegen einer anderen. Ich habe es genau gesehen. Wahrscheinlich hat er eine Freundin. Ich will mich da nicht reinhängen.«

»Süße, ich weiß nicht, was da los war. Aber eines kann ich dir versichern: Es ist ganz sicher nicht so, wie du denkst. Tylor und auch Larry haben keine Freundinnen. Sie binden sich nicht fest. Nie! Die Frauen an ihrer Seite sind nichts Ernstes. Also brauchst du dir auch keinen Stress zu machen. Sieh es als Zeitvertreib. Als ein wenig Spaß. Ach, und habe ich schon gesagt, in welches Restaurant wir gehen? Antonioooo! Wann kommt man da schon mal hin?!«

»Siehst du, dann kommt direkt der nächste Grund dazu. Das kann ich mir nicht leisten und das weißt du!« Kira lachte überschwänglich ins Telefon. Das Poltern im Hintergrund hörte sich an, als wenn sie fast vom Bett fiel. »Du glaubst doch nicht ernsthaft, dass du auch nur einen Cent zahlen musst, wenn du mit einem Cliffort unterwegs bist. Emily, hast du eine Ahnung, wie reich diese beiden Männer sind? Wir holen dich um kurz nach halb neun ab. Mach dich hübsch.« Mit den Worten legte sie auf und ließ mich mit einem Tuten in der Leitung zurück. Verdammt noch mal, das konnte doch nicht ihr Ernst sein. Es war mir scheißegal, ob Tylor sich entschuldigen wollte. Und dass es nur eine Bettgeschichte war, die seine Bar auseinandernahm, macht es nicht besser. Na gut, vielleicht ein wenig. Fakt ist, dass er mich stehengelassen hat. Und nun sollte ich ihm entgegenkommen, um sein schlechtes Gewissen zu besänftigen. Na toll! Mir blieb nichts anderes übrig, daher würde ich einfach das Essen genießen und höflich sein. Kira zur Liebe! Und dann verschwand er hoffentlich genauso schnell wieder aus meinem Leben, wie er aufgetaucht war. Auch wenn er eine Sünde wert gewesen wäre.

13. Tylor

Gegen Vormittag erhielt ich die erwartete E-Mail von Finley mit dem Betreff »angeforderte Dokumente«. Natürlich verschlüsselt und passwortgeschützt. Der Mann war Profi durch und durch. Ich tippte das aktuelle Passwort ein und sah die angehangenen Unterlagen durch. Finley war ein Genie. In der Kürze der Zeit stellte er mir eine komplette Sammlung der wichtigsten Informationen zusammen. Von Arztberichten bis hin zu Zeugnissen, Arbeitgebern und Adressen der letzten Jahre. Ich schaute alles in Ruhe durch, um mir einen Eindruck davon zu verschaffen, ob sie zur nötigen Disziplin mir gegenüber und der Enthaltsamkeit bezüglich anderer Männer geeignet erschien. In einem Ordner waren haufenweise Fotos von ihr. Ich vermutete, dass diese von einem Social-Media-Account stammten. Bereits am vergangenen Abend fiel mir ihre Erscheinung sofort ins Auge. Nun stellte ich fest, dass ihre Optik aus jedem einzelnen Foto herausstach, auch wenn sie nicht für einen Partyabend zurechtgemacht war. Es gab Fotos beim Sport, auf denen sie total durchgeschwitzt und ausgepowert aussah, aber dennoch eine gehörige Portion Sex-Appeal ausstrahlte. Augenblicklich fing mein Schwanz an, sich zu regen. Meine Vorstellungen schweiften postwendend aus, wie sie verschwitzt auf meiner Brust in sich zusammensackte, nachdem ich ihr einen Orgasmus nach dem anderen verschaffte. Mhhh, ... der Gedanke gefiel mir! Das nächste Bild schien ein Schnappschuss von ihr auf der Arbeit zu sein. Ein Klamottenladen, insofern ich das richtig deutete. Die Adresse hatte Finley gewiss eh. Das Informative daran war eher, dass ich so, wenn nötig, die Arbeitskollegen erkennen würde, und das ließ sich immer zu meinen Gunsten nutzen. Das Foto erwies sich daher als überaus nützlich, denn so ergab sich die Chance, sie dort eines Tages abzupassen, wenn mal die Notwendigkeit dazu bestand. Aber Moment ... wer war der Typ? Die Bilder waren teilweise schon alt. Auf den ersten Fotos sah sie noch recht jung aus. Ein Teenager. Sie wirkte glücklich und unbeschwert. Ein Gefühl, was mir in dem Alter längst geraubt worden war. Nach und nach zeigten die Aufnahmen sie schließlich älter und zudem sichtbar unglücklicher. Ihr Lachen nur noch aufgesetzt, denn die Augen erwiderten dieses nicht mehr. War der Kerl bis dato gegenwärtig oder bereits Geschichte? Ich prüfte die Unterlagen, ob Finley dazu irgendetwas recherchieren konnte. Es gab einen Ordner mit der Überschrift »Ex – nur mit guter Laune ansehen!!!«. Jackpot! Aktuell war der Wichser schon mal nicht mehr, also stand er meinem Plan nicht im Wege. Meine Laune war alles andere als gut. Aber jedem, der mich kannte, war klar, dass ich mich von so einer Randnotiz nicht abhalten ließ. Ich wollte wissen, was er herausgefunden hatte. Finley erreichte damit zumindest, dass ich mich auf etwas Ätzendes einstellte. Sicher war das auch sein einziges Ziel, denn er kannte mich seit Jahren und wusste, dass ich die Datei umgehend öffnen würde. In dem Ordner gab es diverse Unterordner. Ich war verwirrt. Verstand nicht direkt, was das sollte. Ein paar kurze Infos hätten mir ganz und gar ausgereicht. Da der Typ keine Rolle mehr spielte, juckte er mich ähnlich wenig wie der bekannte Sack Reis, der umfiel. Ich sah einen Ordner, der laut seiner Überschrift weitere Fotos enthalten sollte. Der Nächste trug die Beschreibung Gericht/Polizei und ein Dritter mit Krankenhausberichten. Ich verstand den Zusammenhang nicht. Was sollte mir das über den Ex sagen? Hatte Finley sich mit den Ordnerbeschriftungen vertan? Das sah ihm nicht ähnlich. Oder schaffte Emily ihn aus dem Weg und ich fand jetzt Obduktionsberichte? Weiterhin verwirrt entschied ich mich, als Erstes die Unterlagen vom Gericht und der Polizei durchzusehen. War die süße Emily etwa ein böses Mädchen und musste bestraft werden? Ich öffnete die Datei und schaute hinein. Der Ordner enthielt diverse Dokumente. Nach und nach verstand ich, was ich las. Auch wenn es einen Moment dauert, bis mein Gehirn alles vollumfänglich erfasste. Eine

Anzeige wegen häuslicher Gewalt und schwerer Körperverletzung. Geschädigte: Emily Downert. Außerdem eine einstweilige Verfügung mit einem Kontaktverbot gegen Liam Christopher Escher. Ich überflog die restlichen Unterlagen und sprang in den darauffolgenden Ordner. »Krankenhausberichte«. Es handelte sich offenbar um den gleichen Vorfall. Der Bericht schildert ausführlich, was an diesem Tag geschah, mir fielen dahingegen nur einzelne Passagen ins Auge … Schädelhirntrauma nach gewaltsamem, stumpfen Schlag auf den Kopf … gebrochener Arm, … Schnittwunden, rechte Körperhälfte, … diverse Prellungen. Ich schleuderte den Stuhl, auf dem ich saß, durch den Raum und versuchte vergebens, ruhig zu atmen. Dieser Hurensohn schlug sie. Wobei das definitiv zu milde ausgedrückt war bei derartigen Verletzungen. Er verprügelte seine Frau? Die Frau, die er beschützen musste? Das war seine verdammte Aufgabe! Bei Gott! Wenn er mir je unter die Augen trat, brachte ich ihn um! Es gab nichts, was ich mehr verachtete und hasste! Männer, die sich an Frauen oder Kindern vergriffen. Das würde er bereuen! Diese Missgeburt bezahlte für alle Wunden, die er ihr zugefügt hatte. Von den Seelischen ganz zu schweigen. Das sollte ihm jede weitere Sekunde in seinem verkackten Leben eine Lehre werden. Ich zögerte kurz, bevor ich auf den darin enthaltenen Ordner mit den Fotos klickte. Mir war klar, was mich erwartete, und doch traf es mich

vollends unvorbereitet. Als das erste Bild auftauchte, blieb mir die Luft weg. Im wahrsten
Sinne des Wortes. Ich stellte das Atmen ein und
versuchte, mich zu sammeln. Es war wie ver-
mutet ein Foto aus dem Krankenhaus. Direkt
nach dem »Zwischenfall«. Diese Fotos wurden
immer angefertigt, um für die Polizei alle wichtigen Fakten festzuhalten. Ich konnte mich kaum
beherrschen vor Wut. Es ging mir dabei gar nicht
speziell darum, dass es Emily betraf. Sondern um
das, was er tat. Um das, was er mit großer Wahrscheinlichkeit auch weiterhin bei anderen wehr-
losen Frauen wiederholte. Emily wirkte fremd
auf den Fotos. Das machte es etwas leichter, sie
nicht als das Opfer zu sehen. Ihre Haare verklebt
und, so wie ihr Körper, blutverschmiert. Die
Fingernägel waren teilweise abgebrochen. Die
Augen vom Weinen aufgequollen. Der Blick leer.
Ich schloss die Datei und schrieb Finley eine Mail
zurück.

»Finde ihn!«

Mehr brauchte ich nicht hinzuzufügen. Er wusste
genau, was ich wollte. Und vor allem, um wen es
ging. Im Anschluss rief ich Larry an. Nach dem
fünften Klingeln ertönte endlich seine verpennt
klingende Stimme in der Leitung.
    »Mhhh...?«
    »Na, Kleiner, auch schon wach?«, fragte ich
ihn belustigt. »Ist wohl spät geworden, was?«

»Wohl eher früh. Bin erst seit ... äh ... zwei Stunden im Bett. War noch lange im Club und danach noch mit bei Kira. Was willst du?«

»Ich war auch noch im Club. Dich habe ich da aber nicht mehr gesehen. Wo hast du dich denn versteckt, mein Lieber?«, fragte ich scheinheilig. Ich wusste ja von Ben, wo Larry gesteckt hatte. Im wahrsten Sinne des Wortes.

»Ich habe mit Kira die letzten Stunden im Separee verbracht. Und bevor du jetzt anfängst: Ja, ich weiß, dass ich die Räume dazu nicht nutzen soll! Aber hey, es muss doch einen Vorteil haben, dass mein Bruder der Boss ist.« Wir mussten beide lachen. Meine Wut auf das zuletzt Gesehene war noch nicht vollständig verraucht, aber seine vorlaute und freche Art erinnerte mich manchmal an den Jungen, der ich mal war.

»Hast du Emily noch gesehen? Sie war auch nicht mehr aufzufinden, als ich wiederkam ...«

»Ja, sie war mit oben im Separee.« Ich setzte mich aufrecht hin. Hatte ich das richtig gehört? Mein kleiner Bruder war also der Kerl, der sie gebumst hatte, nachdem sie mit mir auf der Tanzfläche knutschte? Das war doch wohl ein schlechter Scherz! Meine Gedanken überschlugen sich. Offensichtlich bemerkte Larry mein Schweigen und sprach weiter.

»Nicht so, wie du jetzt denkst, Alter! Sie war in einem anderen Separee. Ich hatte mit Kira genug zu tun. Sie ist unersättlich. Das ist schon echt geil!«, trällerte er gut gelaunt ins Telefon.

Also behielt ich recht! Sie holte sich erst bei mir Appetit und ließ es sich danach von irgendeinem dahergelaufenen Schwanz besorgen. Es machte die Sache nicht unbedingt viel besser, aber zumindest deutlich besser, als wenn der Schwanz mein Bruder gewesen wäre.

»Sie hatte keine Lust, noch mal auf dich zu treffen.«, lachte Larry. »Darum habe ich sie mit hochgenommen. Sie war allein, falls du das wissen willst.« Ich hörte den Sarkasmus in seiner Stimme.

»Nö, warum sollte mich das interessieren?«, tat ich seine Aussage ab.

»Weil du jetzt das zweite Mal in diesem kurzen Telefonat deine Stimme verloren hast und in Gedanken verfallen bist. Das sieht dir gar nicht ähnlich, Brüderchen ...!«

»Ich hätte nur selbst gern mal wieder einen geilen und ausgiebigen Fick gehabt. Und was ich feucht mache, will ich auch selbst trockenlecken! Das versaute mir Lora aber, und als ich das geklärt hatte und wiederkam, wart ihr weg und meine Chance auf den Abend somit auch. Aber warte mal, ... du hast gesagt, sie wollte nicht mehr auf mich treffen?« Ich war verwundert. »Warum?«

»Keine Ahnung. Sie hat zu Kira irgendwas davon gesagt, dass sie wohl gesehen hätte, wie deine Freundin eine Szene gemacht hat. Ich vermute dann mal, sie meinte Lora, so wie du gerade angedeutet hast.«

»Ja, das wird es sein! Na ja, auch egal. Ruf Kira an. Sie soll Emily einladen. Wir vier gehen heute Abend zu Antonio. Ich bin um halb neun bei dir. Sag den Damen, dass wir sie danach zusammen einsammeln.«

»Wird gemacht. Du zahlst ...!«

»Also alles wie immer ...!«

Ich beendete das Gespräch, ohne auf eine weitere Antwort zu warten. Im Anschluss durchforstete ich noch auf die Schnelle die restlichen Unterlagen von Finley. Es handelte sich um die üblichen Infos. Schulbesuche, Strafzettel, Lebensereignisse. Alles war vertreten. Wie zu erwarten. Finley hatte ganze Arbeit geleistet und ich wartete auf die nächsten Informationen noch sehnsüchtiger als auf die bereits erhaltenen.

14. Emily

Meine Bemühungen, mich ausgehfertig zu stylen, hielten sich in Grenzen. Natürlich zog ich mir was Schickes an, schließlich aßen wir beim wohl teuersten Italiener der Stadt. Und ich wollte mich unter keinen Umständen zum Deppen machen. Zweifelsohne merkte man mir eh an, dass ich in diese Gefilde nicht gehörte. Ganz bewusst zog ich mir die älteste und bequemste Unterwäsche an, die ich in meinem Schrank fand. An dem Tag bekam er mich nicht rum! Und auch an keinem anderen Tag! Ich fühlte mich unwohl. Ich passte nicht in diese Welt. Und streng genommen strebte ich auch nicht danach. Ein Salat und ein Getränk kosteten dort vermutlich so viel, wie ich in einer Woche verdiente. Ich könnte Kira umbringen! Um Punkt halb neun war ich fertig und harrte der Dinge, die mich erwarteten. Die Zeit zog sich immer so endlos, wenn man auf etwas wartete. Fürchterlich! Dann endlich schellte es. Mein Herz raste und schien mir fast aus der Brust herauszuspringen. Ich nahm meine Tasche und die Wohnungsschlüssel und lief auf wackeligen Beinen die Treppe hinunter. Als ich die Türe öffnete, traf mich der Schlag. Vor der Haustür stand ein riesiges Auto. Keine

Ahnung, was für eines, aber es war groß und protzig und definitiv arschteuer. In dem Moment, als ich hinaus auf den Bürgersteig trat, stieg der Fahrer aus, um mir die Autotüre zu öffnen. Ich kam mir vor wie die Queen höchstpersönlich. WTF!? Während ich mit meinen Gedanken vollkommen überfordert vor der Türe stehenblieb, öffnete sich zeitgleich eine weitere Türe und jemand gesellte sich zu uns auf die Straße. Tylor! Ich stand da und starrte ihn an. Mein Gott, wie konnte man so sexy sein?! Er trug einen dunkelgrauen Anzug. Fast anthrazit. Das Jackett locker und nicht geschlossen. Darunter erschien ein schwarzes Hemd. Den obersten Knopf hatte er geöffnet. Sein Outfit saß eng anliegend. Lasziv. Erotisch. Reizvoll. Er blieb am Wagen stehen, hielt mir die Türe auf und lächelte auffordernd. Keine Ahnung, wie lange ich so dastand, aber ich genoss den Anblick im höchsten Maße. Tylor vernahm mein Zögern, wie es schien, als einen Moment des Überlegens, womöglich auch als eine Abweisung. Denn er kam unvermittelt auf mich zu, nahm meine Hand, legte sie auf seinen Unterarm und führte mich ohne ein einziges Wort wie ein Gentleman hinüber zum Auto. Ich starrte ihn nur an, unfähig, etwas zu sagen, und ließ mich von ihm geleiten. In dem Moment wäre es mir egal gewesen, wohin. Meine guten Vorsätze fingen längst an zu bröckeln. Mal wieder, ohne dass er auch nur eine einzige Silbe sagte. Mensch Em...

Vielleicht sollte ich doch noch schnell die Unterwäsche wechseln gehen?! Am Auto angekommen, stieg ich so graziös ein, wie es meine zittrigen Beine erlaubten. Tylor setzte sich mir direkt gegenüber. Kira und Larry saßen schon im Wagen und begrüßten mich herzlich. Diese Ablenkung tat gut und war dringend erforderlich, denn so bekam ich die Möglichkeit, mich langsam wieder auf meinen Verstand zu besinnen. Kiras Blick und das rotzige Grinsen entgingen mir logischerweise nicht. Ich betete einfach nur, dass keiner der Herren das genauso interpretierte. Um von ihrem beknackten Gesicht abzulenken, fand ich endlich meine Stimme wieder.

»Danke für die Einladung.«, ergriff ich förmlich das Wort in Richtung der Cliffort-Brüder. »Ich weiß das wirklich sehr zu schätzen! Ich werde mich nach dem Essen jedoch verabschieden. Ich hatte eine kurze Nacht.«, deutete ich grinsend zu den beiden anderen Anwesenden im Auto hin. »Die Einladung war doch etwas kurzfristig!«, fügte ich mit Blick auf Tylor hinzu.

»Ich gestehe die Schuld ein!«, entgegnete er schlagfertig. »Ich war gestern schnell weg. So sollte der Abend nicht enden. Ich mache es heute wieder gut.«, schloss er mit einem schelmischen Grinsen seine Worte ab. Das konnte er komplett vergessen! Er hatte seine Chance. Sollte er doch seine heiße Randaliererin in die Kiste zerren. Wobei, warum dachte ich eigentlich darüber nach, ob er mit mir ins Bett wollte? Er konnte jede haben. Da war ich sicher nicht die erste Wahl! Mein Hirn schien vollkommen vernebelt zu sein. Und überhaupt, ... wer sagte, dass ich das in Betracht zog? Ich war bisher erst mit einem Mann auf diese Art intim gewesen. Nicht, dass ich prüde wäre. Ich vögelte gerne und viel, aber da gehörte schon mehr Mühe dazu als ein Essen beim Italiener und ein Kuss im Club. *Oder nicht*? Als unser Auto vor dem Restaurant vor- fuhr und anhielt, stieg der Fahrer erneut aus und öffnete die hinteren Türen. Er reichte uns Frauen die Hand, um das Aussteigen zu erleichtern, und nickte uns vornehm zu. Ich fühlte mich wie in einem anderen Leben. Wie in einem Film aus den alten Zeiten, wo die Herren der Schöpfung ihrer Auserwählten noch den Hof machten und die Anstandsdame alles genau beobachtete und zur Einhaltung der Etikette aufforderte. Unsere Begleiter gaben sich zumindest größte Mühe, ihre eigenen gesellschaftlichen Umgangsformen einzuhalten. Larry und Tylor legten uns galant eine Hand auf den unteren Rücken und führten uns zur Eingangstüre. Die Berührung verweilte wie ein Knistern zwischen uns. Auch er bemerkte es, denn er sah mich unvermittelt von der Seite an. Ich spürte seinen Blick auf mir ruhen, ver- mied es aber bewusst, ihn zu erwidern. Dieser Mann versprühte Sex pur. Ich brauchte enorme Beherrschung und der Abend fing erst an. Das Restaurant war wahnsinnig edel und definitiv viel zu teuer, als dass ich es jemals wieder betreten würde. Also genoss ich den Abend, so gut ich konnte. Am Eingang standen zwei junge Hausangestellte, die bei unserem Näherkommen zeitgleich die Türen nach links und rechts aufschwangen und beim Vorübergehen den Kopf neigten. Als wir die Schwelle übertraten, kam sofort ein weiterer Mitarbeiter für die Tischzuweisungen auf uns zu. Alle Angestellten wie zu erwarten äußerst adrett und mit besten Manieren.

»Mr. Cliffort! ... Mr. Cliffort!«, sprach er beide Männer nacheinander an, indessen er uns freundlich zunickte. »Die Damen! Schön, Sie zu sehen. Einen Tisch zu viert?«, schloss er aus unserer Konstellation und wartete auf eine kurze Bestätigung. Tylor nickte knapp und brachte zumindest ein oberflächliches Lächeln zustande. Wir folgten dem Herrn zu einem grandios angerichteten Tisch, der vergleichsweise verlassen in einer Ecke stand, etwas blickgeschützt von den anderen Gästen. Diese Männer waren in jeder Hinsicht eine hohe Nummer, egal, wo man mit ihnen hinkam. Ich wusste nicht, ob mich das beeindruckte oder doch eher einschüchterte. Auf dem Weg zu unserem Sitzplatz begutachtete ich unauffällig die Umgebung. Die Leute, die an den Tischen verteilt saßen, gehörten nicht in meine Welt. Aber es lag nicht an ihnen. Das alles hier war zweifelsohne ihre Welt. Ich war schlicht und einfach fehl am Platz. Nicht sie! Klar, alles hier sah grandios aus. Wunderschön! Selbst die Teller, auf denen das Essen serviert wurde, konnte ich mir wahrscheinlich nicht mal leisten. Auf den Tischen standen keine kleinen Blümchen aus dem Discounter, bei denen man das Gefühl bekam, dass diese ihre beste Zeit schon lange hinter sich hatten. Nein, hier erblickte man auf jedem einzelnen Tisch bunte und üppige Blumenbuketts in strahlenden Farben in tadelloser Qualität. Die Tischdecken, wie das Geschirr, mit goldfarbenen Rändern verziert. Es gab grob geschätzt zwanzig Tische in diesem riesigen Raum. Alle mit ausreichend Abstand zueinander. Der Einzige, der noch etwas weiter entfernt und noch etwas mehr uneinsehbar war, schien unserer zu sein. Der Verantwortliche kam in Windeseile auf uns zu, um die Stühle zurückzuziehen und uns damit das Hinsetzen zu ermöglichen. Tylor hob in einer raschen Bewegung kurz die Hand, um klarzumachen, dass dieses nicht nötig sei. Ich fand seine Art zugegebenermaßen etwas unfreundlich. War aber zugleich dankbar, dass er mir damit ermöglichte, mich einfach selbst hinzusetzen. Wie sich schnell herausstellte, machte ich meinen Plan allerdings ohne ihn. Ihm ging es nicht darum, es mir angenehmer zu gestalten, sondern einzig darum, dass die beiden Männer uns selbst die Stühle zurechtrücken wollten. Mir wäre meine Alternative deutlich lieber gewesen, aber diese Geste war abgesehen davon überaus anziehend.

Dass er sich um seine Begleitung alleine kümmerte, zeigte abermals seine perfekten Manieren. Larry und Tylor halfen uns somit kavaliersmäßig, unsere Plätze einzunehmen, und fanden unverhohlen Gefallen daran, welchen Einfluss sie hier genossen. Das hier war durch und durch ihre Welt! Nachdem wir uns gesetzt hatten, begutachtete ich eingeschüchtert, was vor mir lag. Es gab Dutzende Bestecke, Gläser und Karaffen. Ich ertappte mich bei dem Gedanken, dass ich diesen Abend tierisch verkacken würde. Kira erging es nicht anders, ihrem Blick nach zu urteilen. Der Kellner wartete geduldig, um unsere Getränkebestellung aufzunehmen. Ich fühlte mich unentschlossen. War es okay, in diesem eleganten Etablissement eine Cola zu bestellen? Aber Wasser trank ich überhaupt nicht gerne und Alkohol hatte ich vom Vorabend noch genug. Außerdem musste ich unbedingt einen klaren Kopf behalten, wenn ich mich in der Nähe von Tylor aufhielt. Also beschloss ich, es einfach darauf ankommen zu lassen. Doch ehe ich das Wort an den Kellner richten konnte, bestellte Tylor bereits. Für uns alle!

»Eine Flasche Lillet Rosé, eine Flasche Veuve Clicquot und eine Flasche Wasser bitte.«

»Selbstverständlich, Mr. Cliffort. Für Sie nur das Beste. Sehr gern.« Ich sah Tylor verdutzt an, fing mich aber recht schnell wieder.

»Entschuldigen Sie bitte, aber könnten Sie mir bitte auch noch ein Glas Cola Zero mitbringen, wenn Sie so nett sind.« Er sah kurz zu Tylor herüber, der fast unmerklich nickte und meine Bestellung damit absegnete. Echt jetzt?

»Natürlich. Sehr gern!«, erwiderte der Kellner daraufhin und nickte mir andächtig und mit einem vorsichtigen Lächeln zu. Ich registrierte die Anspannung am Tisch. Man hätte sie mit einem Messer durchschneiden können. Kira grinste hinter ihrer Hand versteckt, als wenn sie kaum glaubte, dass ich das tatsächlich tat. Larry hingegen saß ganz offen mit einem breiten Grinsen auf den Lippen da und lehnte sich zurück, um zu sehen, was sein Bruder nun anstellte. Ich schaute so selbstbewusst, wie es mir möglich war, zu Tylor hinüber. Nicht wissend, was mich bei seinem Anblick erwartete. Er wirkte angespannt. Kämpfte offensichtlich mit sich. Seine Kiefermuskulatur schien verbissen. Es dauerte einen Moment, bis er sich wieder im Griff hatte. Just in dieser Sekunde kam der Kellner mit den Flaschen und meinem Glas zurück. Er schenkte allen Anwesenden einen kleinen Schluck ein und verließ daraufhin fast fluchtartig die aufgeheizte Atmosphäre. Tylor hatte sich inzwischen etwas gefangen, zumindest äußerlich betrachtet. Auch wenn seither keiner nur ein einziges Wort gesagt hatte, so atmeten wenigstens alle wieder und die Anspannung verflog langsam. Tylor erhob sein Glas.

»Auf einen schönen Abend mit zwei hübschen jungen Damen.« Er nickte Kira zu und ließ dann seinen Blick zu mir wandern. »Die noch einiges zu lernen haben!« Bei den Worten nickte er auch mir zu. Ich lief rot an und nippte, verlegen, aber zugleich wütend, an meiner Coke. Er wollte mir also durch die Blume mitteilen, dass ich lernen musste, mich in seiner Gegenwart oder in seiner verkorksten Umgebung zu benehmen. Er? Wenn er mich gefragt hätte, was ich trinken möchte, anstatt über meinen Kopf hinweg zu entscheiden, dann wäre es gar nicht erst zu dieser Situation gekommen. *Wie du mir, so ich dir ... Tylor Cliffort!* Ich erhob ebenfalls mein Glas. Larry registrierte dieses als Erster und tat es mir gleich, wenn auch sehr verwundert und extrem belustigt. Scheinbar übertrat ich direkt wieder eine unsichtbare Grenze, die sich in ihrem Einflussbereich nicht zierte. Aber das war mir egal!

»Dem schließe ich mich gerne an. Auf einen wundervollen Abend mit zwei sehr hübschen jungen Männern.« Ich nickte Larry zu. Und sah dann wie in Zeitlupe zu Tylor hinüber. Dieser hielt sein Glas zwar in der Hand, hatte den Arm konträr dazu aber nicht erhoben, sondern auf dem Tisch abgelegt. »Wovon einer noch lernen muss, dass Frauen für sich selbst entscheiden!« Ich nickte ihm zu und nahm demonstrativ einen genüsslichen Schluck von meiner Cola. Larry fing laut an zu lachen, während Tylor regungslos dasaß und versuchte, seine Contenance zu bewahren.

»Dann habt ihr ja beide noch einiges zu lernen, wie es aussieht«, prustete Larry. »Jetzt lasst uns essen. Ich habe Hunger!« Er rief mit einer flinken Handbewegung den Kellner herüber, welcher die Speisekarten bereits im Arm hielt und zu uns herüber eilte. Er reichte Kira und mir zuerst die Karten und im Anschluss daran unseren Begleitern. Der Plan, den ich mir zu Hause mühsam zusammenlegte, ging schon mal nicht auf. Shit! Meine grandiose Idee bestand darin, das günstigste Gericht von der Karte zu bestellen, was ich auch nur halbwegs gern aß. Es gab allerdings keine einzige Preisangabe. Verflucht! Mir war klar, dass ich in Begleitung von Tylor niemals alleine bezahlen würde, dennoch wollte ich ihm zumindest so wenig wie möglich schuldig sein. Ehrlich gesagt glaubte ich nicht mal, dass ich es überhaupt zahlen könnte. Aber selbst wenn ... Ich war mir sicher, dass Tylor komplett ausflippte, wenn ich es auch nur andeuten würde! Für einen kleinen Moment klang dieser Geistesblitz in meinem Kopf sehr verlockend. Vor allem nachdem ich für ein Glas Cola seine Erlaubnis brauchte. Ihm mitzuteilen, dass ich dieses gerne alleine zahlte, wenn es sein Budget sprengte, war ein sehr unterhaltsamer Gedanke. Ich musste ein Grinsen unterdrücken. Der Anblick dieser erneuten Provokation wäre hundertprozentig sehenswert. Noch voll und ganz in meine Überlegungen vertieft, vernahm ich eine Bewegung neben mir. Aus dem Augenwinkel sah ich, dass Tylor sich in meine Richtung bewegte, um sich zu mir herüberzubeugen. Ab einem gewissen Punkt fühlte ich seine Nähe geradezu. Sobald er mir zu nah kam, spürte ich ihn. Lange bevor ich ihn tatsächlich berührte. Er neigte sich zu mir rüber und hauchte, gleichermaßen gefährlich wie verführerisch, in mein Ohr: »Wenn du so weitermachst, werde ich dieses freche Grinsen in ein Stöhnen verwandeln! Und zwar genau hier!« Ich hörte schlagartig auf zu grinsen und schaute ihn entsetzt an. Er meinte das todernst. Das Lächeln, das ich soeben noch auf den Lippen hatte, verzierte nun sein Gesicht. Ein freches, provokantes und sexy Lächeln. Ich brauchte einen Moment, um mich zu fangen. Mein Herz raste. Meine Beine wurden weich. Wenn er wüsste, wie gerne ich diese Androhung austesten würde. Seine Spielchen machten mich mega an. Seine Dominanz. Seine Anmutigkeit. Seine Arroganz. So, you wanna play? Alright! Ich erkämpfte mir meine Selbstsicherheit zurück und legte das Grinsen abermals auf. Dann schaute ich ihn herausfordernd mit einer hochgezogenen Augenbraue an und ließ den Blick demonstrativ wieder in die Speisekarte vor mir wandern. Mal sehen, wer das Lächeln länger auf seinen Lippen trug, Mr. Cliffort!

15. *Tylor*

Keine Ahnung, ob ich mich mehr über ihre freche und unverfrorene Art aufregte oder über meine Blödheit, dass ich mir nicht merkte, dass sie diese beschissene Cola trank. Kira schaute entsetzt zwischen mir und Larry hin und her, weil dieser noch immer lachte. Wenn er nicht mein kleiner Bruder wäre, würde ich ihm das dämliche Maul stopfen. Ich stellte mein Glas ab, ohne anzustoßen, und lehnte mich zurück. Emily tat so, als wenn nichts gewesen wäre. Sie machte mich wahnsinnig! Aber ausnahmsweise nicht im positiven Sinne. Dass sie auf unseren kurzen Machtkampf mit einem verzögerten Lächeln reagierte, erregte mich seltsamerweise trotz meiner Wut enorm. Entweder, weil ich diese kühne Art an ihr echt sexy fand. Oder aber, weil ich wusste, dass ich diese Challenge nicht verlor. Vielleicht auch beides! Sie würde für mich stöhnen, und zwar laut und hemmungslos. Allein der Gedanke daran machte mich hart. Meine Wut verflüchtigte sich zunehmend. Wir wählten unser Essen aus und bestellten ... jeder für sich. Wie immer lief die Fertigstellung schnell vonstatten. Darauf war Verlass. Einer von unzähligen Vorteilen, wenn man ein Mitglied der Familie Cliffort war. Und vor allem, wenn es sich um mich handelte. Ich streckte meine Finger schon lange in vielen Geschäftszweigen aus. Unter anderem gehörte mir dieses Restaurant. Antonio, der alte Besitzer, geriet vor einiger Zeit in finanzielle Engpässe. Also schlug ich zu, kaufte das Lokal und ließ in der Öffentlichkeit alles unverändert. Allerdings in klarer Absprache mit Antonio, dass dieses niemals veröffentlicht würde, außer ich tat es. Eine Regelung, die auch in seinem Interesse war und sein Ansehen in der Gesellschaft wahrte. Zusätzlich zu diesem Restaurant besaß ich einige sehr gute Hotels in der Umgebung und den ein oder anderen weiteren Gourmettempel. Für jeden bekannt, gehörte mir offiziell allerdings nur das Joy. Darüber hinaus bewahrte ich den Ruf des reichen Waisenkindes, das zu allem Überfluss auch noch in eine reiche Familie adoptiert wurde. Mir war schon immer egal, was andere von mir dachten. Mein Geld nahmen diese Schwanzlutscher und Speichellecker immer gerne an. Somit war mein Wille immer der, der am Ende zählte. Das genügte mir für die Öffentlichkeit vollkommen.

»Emily, es war nicht meine Absicht, dass ich dich gestern stehen gelassen habe.«, ergriff ich als Erstes das Wort. »Larry wird dir bestätigen können, dass dieses wahrhaftig nicht meine Art ist. Es war ein ... Ausnahmefall! Und ich kann absolut verstehen, dass du verwundert warst.«

»Verwundert ist das falsche Wort, denke ich! Ich habe ja gesehen, dass deine Freundin wenig begeistert war von unserem ... was auch immer es war. Leider habe ich es zu spät gesehen. Es tut mir leid für sie! Aber es ist schon ok, wirklich. Es wird sich nicht wiederholen!«

»Da hast du recht. Es wird sich nicht wiederholen!«, bestätige ich ihre Worte, auch wenn meine Aussage eine andere darstellt als ihre.

»Diese Frau ist nicht meine Freundin und sie war es auch nie. Aber das, was sie dachte haben zu können, habe ich gestern beendet. Endgültig! Du kannst mich also zukünftig ohne weitere Eskapaden küssen.«, schloss ich meine Ansprache mit einem frechen Grinsen. Sie verharrte reglos in ihrer Bewegung, als sie verstand, was ich ihr mitteilte. Faktisch sagte ich ihr damit unmissverständlich, dass ich vorhatte, sie erneut zu küssen. Und auch, dass ich davon ausging, dass sie mich ebenfalls ein weiteres Mal küssen wollte. Mir war bewusst, dass ich mich damit weit aus dem Fenster lehnte, aber ich hatte das Gefühl, dass dieses Spiel zu Ende gespielt werden musste.

»Und was lässt dich zu der Annahme kommen, dass ich jemals wieder vorhaben könnte, dich nochmals zu küssen?«, konterte sie mit starkem Blick. So mochte ich es. Frech, stark, provokant, aber willig. Ich würde jede Wette gewinnen, dass sie genau jetzt bereits etwas feucht wurde, bei der Erinnerung an unseren letzten Kuss. Ich nahm demonstrativ einen Schluck Champagner aus meinem Glas. Sah sie dabei jedoch ungeniert weiter intensiv an, bis ich weitersprach.

»Nun, vielleicht die Tatsache, dass du bereits errötest bei dem Gedanken daran. Du leicht unruhig auf deinem Stuhl hin und her rutschst, wenn ich nur davon rede und du den Atem anhältst, wenn ich dir näher komme.«

»Okaaayyy!«, beendete Larry unseren Schlagabtausch. »Es ist so schön, euch zuzusehen. Und vor allem zuzuhören. Fast wie in einer Telenovela. Aber ich befürchte, wir müssen nun gehen. Also Kira und ich. Ihr bleibt! Wir treffen uns nach dem Essen am Ausgang.« Larry stand auf und schleifte Kira hinter sich her, die offensichtlich gar nicht begeistert wirkte. Im Vorbeigehen klopfte er mir kurz auf die Schulter. Kira und Emily wechseln verunsichert einen fragenden Blick, aber Larry ließ den beiden keine Chance, das auf die Schnelle zu klären. Er zog Kira weiter hinter sich her und verschwand im nächsten Augenblick mit ihr aus unserem Sichtfeld.

»Na, das hast du ja toll hinbekommen!«, schoss Emily trotzig in meine Richtung. Ich konnte nicht genau deuten, ob sie aus Angst, mit mir alleine zu sein, so reagierte und deswegen sofort in die Abwehrhaltung überging. Oder aber, ob sie froh war, dass sie auf mein Gesagtes nicht mehr antworten musste, und so versuchte, das Thema abzuschließen. Mir blieb keine Zeit, genauer nachzuhaken, denn just in dem Moment kam der Kellner und servierte unsere beiden Essen. Er schenkte die Getränke nochmals nach. Brachte Emily noch eine Coke Zero und verabschiedete sich. Dabei zog er einen weiteren Sichtschutz zu, damit wir vollends von unliebsamen Blicken abgeschottet waren. Dieser diente eigentlich dem Rückzug bei Geschäftsessen, aber in diesem Augenblick erwies er sich auf andere Weise als überaus nützlich.

16. Emily

Ich brauchte einen Moment, um zu realisieren, dass ich nun vollkommen alleine mit Tylor war. In einer Ecke, die keiner einsehen konnte. Weit genug weg, dass uns niemand hörte, zumindest nicht, wenn wir normal oder sogar etwas lauter sprachen. Ich hatte absolut keinen Mut mehr, ihm noch die Stirn zu bieten. Er war kein Mann, mit dem man sich anlegte. Kein Mann, dem man widersprach. Zusammen mit den anderen beiden im Schlepptau war ich frech und mutig. Doch in dieser Sekunde kam ich mir vor wie ein kleines Mädchen, das nach einem Lolli fragen musste. Ich atmete tief durch. Versuchte mich zu beruhigen. Wir saßen noch immer in einem Restaurant. Mir bliebe jederzeit die Möglichkeit, einfach aufzustehen und zu gehen, wenn es mir zu unangenehm werden würde. Der Gedanke besänftigte mich ein wenig und ließ mich wieder freier atmen, aber ich goss mir nun trotzdem ein Glas Lillet ein. Oder besser gesagt, ich versuchte es. Denn bevor ich die Flasche auch nur berührte, nahm Tylor sie schon an sich und goss mir etwas ein. Danach schenkte er sich ebenfalls nach und reichte mir im Anschluss mein Glas. Beim Übergeben berührten sich kurz unsere Finger. Ich erwartete bereits dieses wohlige, spannungsgeladene Gefühl, wenn wir uns zu nah kamen. Ich wurde nicht enttäuscht. Zu gerne wollte ich wissen, ob er dies ebenfalls spürte oder ob ich nur komplett gestört und untervögelt war.

»Auf einen schönen Abend zu zweit!« Er stieß mit mir an, nahm einen Schluck und lehnte sich entspannt zurück. »Also, wie war das noch gleich mit deiner Antwort. Ich glaube, ich habe noch keine vernommen.« Ich spürte die Schamesröte in mir aufsteigen und hätte mich im gleichen Moment selbst dafür ohrfeigen können. Ich hasste es seit meiner Jugend, dass ich es schlichtweg nicht zügeln konnte. Wenn mir etwas unangenehm oder gar wirklich peinlich war, aber auch vor Wut, platzte mir zum Teil regelrecht der Kopf. Je schlimmer die Situation, desto mehr. »Erstens: Ich werde immerzu rot. Aus unterschiedlichen Beweggründen. Zweitens: Ich rutsche nicht herum, sondern ich habe mich lediglich anders hingesetzt, und drittens: ich atme ganz normal. Und jetzt guten Appetit!« Die Ansage klang selbst in meinem Kopf ausschließlich nach Ausreden. Aber mehr bekam ich beim besten Willen nicht zustande. Ich begann zu essen und hoffte darauf, dass er es mir gleichtat.

17. Tylor

Tonangebend schob sie sich eine Pommes in den Mund, um ihre Aussage zu unterstreichen und das Gespräch zu beenden. Sie ahnte ja nicht, was sie damit in mir auslöste, wenn sie so an dieser Scheißpommes lutschte. Ich nahm meine Gabel und begann ebenfalls zu essen, auch wenn ich auf ganz andere Dinge Appetit verspürte. Nach dem Essen würden wir unsere Unterhaltung fortführen, aber erst mal sollte sie sich für das, was bevorstand, stärken.

»Ich habe dich noch nie im Joy gesehen. Warst du das erste Mal dort?«, begann ich mit etwas Smalltalk.

»Ähm, nein. Aber es ist lange her, dass ich mal da war. Einige Jahre. Die letzten Jahre war ich nicht viel aus.«

»Warum nicht?«

»Na ja, ich war viele Jahre in einer festen Beziehung und bin noch nicht so lange getrennt. Davor waren wir, ... also ich kaum aus.«

»Das eine schließt das andere doch nicht aus, also warum nicht?« Sichtlich verunsichert suchte sie zum ersten Mal wieder meinen Blick. Sie hatte keine Ahnung, was sie darauf erwidern sollte. Wahrscheinlich wollte sie nicht zu viel preisgeben, aber dennoch antworten. Ich war bereits darüber im Bilde, dass dieser Wichser ein psychopathisches Arschloch war. Das wusste sie aber natürlich nicht.

»Ich glaube, das ist kein passendes Thema für ein erstes Date.«, schloss sie das Problem kurzerhand ab und richtete ihren Blick zurück auf ihr Essen. Sie schob die letzte Gabel in den Mund, wischte diesen mit ihrer Serviette ab und legte sie danach ordentlich gefaltet auf dem Teller ab. Der offizielle Teil des Essens war somit beendet und ich entschied mich, das Thema Ex-Freund vorerst beiseitezulassen. Irgendwann würde ich die Geschichte aus ihrem Mund hören und dann konnte ich einschätzen, was aus ihrer Sicht damals vorgefallen war.

»Wir haben also ein Date?«, provozierte ich sie erneut. Man hörte geradewegs den Stein fallen, der sich in ihrem Herzen löste, als ihr klar wurde, dass sie nicht über diesen Penner sprechen musste. Zeitgleich begann sich ihr Gesicht erneut wunderbar rötlich zu färben, weil sie die Vorlage zu meiner Frage selbst geliefert hatte. Unweigerlich schoss mir die Frage in den Sinn, wie sie wohl aussah, wenn sie richtig geil war. Wenn nicht der Scham sie erröten ließ, sondern ein Orgasmus. Ich rückte meinen Stuhl ein Stück näher an sie heran. Wie immer spürte ich eine extreme Erregung, wenn wir uns zu nahe kamen, und ich genoss dieses Gefühl. Mein Verstand schaltete sich in diesen Momenten fast gänzlich aus und ließ pures Begehren zum Vorschein kommen. Leidenschaft! Es lag noch immer ausreichend Sicherheitsabstand zwischen uns, aber wir saßen nah genug beieinander, um diese Spannung wahrzunehmen. Sie bemerkte es auch. Ich sah es in ihren Augen. Es machte sie an, dass ich ihr gegenüber so offensiv auftrat, auch wenn es sie hier und da einschüchterte. Hierbei die Balance zu finden, stellte sich nicht immer als einfach heraus. Da ich aber sexuell ein sehr gutes Gefühl für mein Gegenüber besaß, bereitete es mir keine große Mühe, ihre Bedürfnisse herauszukitzeln. Ich legte eine Hand auf ihren Arm und streichelte ihn sachte mit den Fingerspitzen. Ich wartete darauf, wie sie reagierte, aber jegliche Reaktion blieb aus. Sie saß bloß da wie in Schockstarre. Ich wanderte mit meinen Fingern weiter hinauf und streifte sanft ihre Haare hinter ihr Ohr. Nun übernahm ihr Körper die Aufgabe, mir Signale zu senden, denn diese Berührung erzeugte eine deutliche Gänsehaut auf ihrer Haut. Sie schloss kurz die Augen und legte den Kopf dabei unbewusst ein klein wenig schief.

»Sieh mich an!«, befahl ich ihr. Folgsam kam sie meiner Anweisung nach. Das Ganze war also ausbaufähig. Sie konnte gehorchen. Das war sehr gut! »Es tut mir leid, dass ich dich stehen gelassen habe. Ich war mindestens genauso verärgert darüber wie du. Du erinnerst dich sicher an das Gefühl meines Körpers?!«, deutete ich grinsend meinen harten Schwanz an, an dem sie sich gerieben hatte. Unaufhörlich streichelte ich währenddessen weiter ihren Arm. »Ich musste mich darum kümmern, dass es im Club reibungslos lief, und als ich zurückkam, warst du weg.« Ich glitt hinauf bis zu ihrem Hals, ihrem Nacken, ihren Ohrläppchen, und gefühlt ebbt ihre Gänsehaut gar nicht mehr ab. Ihr Blick noch immer auf mich gerichtet, aber merklich verhangener als zuvor. »Ich hätte es dir gerne gestern besorgt. Dir den Abend verschönert. Dir alles gegeben, was du willst und brauchst, und auch mir mehr von deinem heißen Körper gegönnt.« Ich spürte, wie die Worte in Verbindung mit meinen Berührungen durch ihren Körper hindurch bis in ihr Höschen wanderten. Und noch viel mehr spürte ich es in meiner Hose. Ich begann schon wieder hart zu werden und ich musste das langsam mal wieder loswerden. Und so verschleiert, wie ihre Augen aussahen, galt für sie unübersehbar das Gleiche. Sie wandte den Blick nicht ab. Ich war stolz auf ihre Stärke. Es erregte mich, ihr zuzusehen, wie sie geil wurde. Und sie ahnte es nicht mal. Sie tat es schlichtweg aus ihrem Instinkt heraus. Weil ich es ihr sagte. Ich beugte mich ein weiteres Stück näher an sie heran. Unsere Gesichter befanden sich nun unmittelbar voreinander. Unser Atem gegenseitig spürbar bei jedem Atemzug. Ich wollte sie küssen, aber nach der Aktion vom Vortag überließ ich ihr die Entscheidung. Ich würde mir nichts nehmen, wenn sie nicht zustimmte. Auf der Tanzfläche war es eine offensichtliche Situation. Es ergab sich. Alles an uns war in jenem Moment Bestätigung genug. In der aktuellen Konstellation war es was anderes. Sie hatte die Wahl. Auch wenn ich sicher war, wie sie sich entschied.

»Ich werde dich nun küssen! Okay, Kleines?«
Ihre Antwort war nur ein zaghaftes Nicken, aber unser beider Wunsch war damit klar. Im nächsten Augenblick presste ich meine Lippen auf die ihren.

18. Emily

Bitte was? Hatte ich das echt richtig verstanden? Er hätte es mir gerne besorgt? Ich war hin- und hergerissen. Sollte ich geschockt sein von seinem viel zu großen Ego? Oder eher geschmeichelt, dass ein Mann wie er mich überhaupt wollte. Wenn auch nur in der vergangenen Nacht. Die Wahrheit war, dass seine enorme Männlichkeit und sein gigantisches Selbstbewusstsein mich sehr anmachten. Mehr als das! Es erregte mich! Mich reizte der Gedanke, ihm die Zügel in die Hand zu legen und mich von ihm leiten zu lassen. Aber auch die Vorstellung, ihm genau diese Zügel wieder wegzunehmen und selbst den Ton anzugeben, fand ich extrem anregend. Ob er sich dominieren ließ? Ich genoss seine Berührungen und seine Stimme legte sich wie ein Fluch über mich, der mir den Verstand raubte. Seine Wirkung auf mich schien ähnlich zu sein wie der Gesang von Sirenen auf Seemänner. Ich verstehe euch Jungs!

»Ich werde dich nun küssen! Okay, Kleines?« Ich hörte seine Worte, konnte jedoch längst nicht mehr klar denken. Als mein Hirn das Gesagte realisierte, spürte ich bereits mein eigenes Nicken und postwendend seine Lippen auf meinen. Er war sehr zärtlich und vorsichtig. Dies überraschte mich. Ich konnte gar nicht genau sagen, warum, aber irgendwie hatte ich ihm diese zarte Seite nicht zugetraut. Er berührte mich sachte. Küsste mich mehrfach kurz auf den Mund. Spielte mit mir. Reizte mich mit seinen Lippen, bevor er mit seiner Zunge den Zugang in meinen Mund einforderte. Die Situation war nicht zu vergleichen mit unserem Abend im Joy. Wahrscheinlich wollte er noch keine Grenze überschreiten und sich dadurch gegebenenfalls mehr verbauen, als zu gewinnen. Unser Kuss strotzte vor Erotik und Leidenschaft und entwickelte sich nach und nach zu einer Erkundungstour der Sinne. Seine Finger streichelten mich unaufhörlich. Er glitt hinauf zu meinem Nacken und an mein Ohr und suchte dann den Weg wieder hinunter zu meinem Arm. Doch diesmal stoppte er nicht, sondern wanderte weiter hinab und berührte mein Bein. Umgehend legte ich meine Hand direkt auf seine, um ihn an seiner Weiterreise zu hindern. Ich wollte nicht, dass er mich dort berührte und schon gar nicht höher oder zwischen meine Beine weiterzog. Er löste unseren Kuss, entfernte sich nur so weit wie nötig und sah mich eindringlich an. Mein Blick und meine Hand ließen keine Zweifel offen. Er verstand sofort, dass dies erneut eine Grenze war, die ich ihm setzte. So wie ich es auch im Joy schon einmal machte.

»Ich werde niemals etwas Derartiges tun ohne dein Einverständnis! Verstehst du mich?« Seine Worte vernahm ich sehr wohl, war aber unsicher, wie ich sie deuten sollte. Sprachen wir von der gleichen Beschränkung? Sein Blick wirkte aufrichtig und felsenfest. Ich besann mich auf die Tatsache, dass wir uns in einem Restaurant befanden, und verließ mich darauf, dass er den nötigen Anstand besaß, mich nicht an Ort und Stelle zu verführen. Im Club bewies er mir, dass ich seinen Worten trauen konnte. Ich atmete tief durch, vertraute ihm abermals und nahm meine Hand von seiner, um ihn freizugeben. Ich erwartete ein freches Grinsen auf seinem Gesicht, aber ich täuschte mich. Es gab keinerlei überhebliche Reaktion oder zweideutige Anspielungen darauf. Nichts! Er machte einfach dort weiter, wo er aufgehört hatte. Seine Hand verstärkte den Griff und zog an meinem Oberschenkel. Er spreizte dabei meine Beine, was zur Folge hatte, dass ich mich mechanisch in seine Richtung mitdrehte. Wir saßen nun knapp voreinander. Unsere Knie verbunden. Unsere Blicke gefesselt. Seine Hände setzten sich erneut in Bewegung. Sie streichelten meine Arme, meinen Hals, meinen Nacken und berührten mein Gesicht. Ich schloss die Augen und genoss jede Sekunde. Seine Finger, die meinen Körper erkundeten, ohne auch nur eine Minute unsittlich zu werden. Ich erwischte mich selbst bei dem Gedanken, dass ich ein wenig mehr Unvernunft auch tolerieren würde. Die

Atmosphäre war aufgeheizt. Ohne Frage von beiden Seiten. Diese ersten wirklich intimen Berührungen, die hochgradig erotisch waren. Und zugleich doch nichts hergaben im Vergleich zu dem, was zwischen uns passieren könnte. Er strich mit seinem Finger die Konturen meiner Lippen nach und öffnete diese dabei behutsam. Dann schob er seinen Finger geradewegs ein kleines Stückchen in meinen Mund. Es kostete mich eine Menge Selbstbeherrschung, aber ich ließ die Augen geschlossen. Ich hätte gerne seine Reaktion gesehen, als ich seinen Finger daraufhin gewagt mit meinen Lippen umschloss und ihm entgegenkam, um ihn tief in meinem Mund aufzunehmen. Meine Zunge leckte sanft drumherum, bis ich mich langsam zurückzog. Bevor ich ihn komplett freigab, fixierte ich kurz mit meinen Zähnen seine Fingerspitze, umkreiste diese nochmals mit der Zunge, saugte an ihr und ließ ihn im Anschluss aus meinem Mund herausgleiten. Ich handelte rein aus einem Bauchgefühl. Wie immer, wenn es um Erregung und Sex ging. In dem Moment, wo meine Lust die Oberhand gewann, wurde mein Anstand verdrängt und ich zur Genießerin. Ich vergaß meine Scham und gab mich dem Verlangen hin, ohne darüber nachzudenken. Wo war verdammt noch mal die Anstandsdame, wenn man eine brauchte? Ich konnte ihn zwar nicht sehen, aber die Art, wie er Luft holte, sagte mir alles, was ich wissen musste. Und auch die Momente, wo sein Atem stockte, er ihn sogar zeitweise anhielt, entgingen mir nicht. Das genügte mir für den Anfang. Ich spürte, dass ich mich nicht zum Affen machte und er ebenfalls alles sehr genoss. Dennoch brachte ich nicht den Mut auf, ihn dabei anzusehen. Er ließ seine Hand sinken und strich mit dem feuchten Finger mein Kinn hinunter, fuhr meinen Hals entlang und wanderte weiter über mein Dekolleté. Ich überlegte kurz, ob ich seine Hand erneut stoppen sollte, entschied mich aber dafür, ihn gewähren zu lassen und abzuwarten, was er vorhatte. Er stand zu seinem Wort und berührte mich nicht anstößig, sondern glitt mit seinem Finger zwischen meinen Brüsten hindurch. Mir entging dabei nicht, dass er willentlich den Stoff meines Kleides so eng an meinen Körper drückte, dass mein Busen vollumfänglich zu sehen war. Seltsamerweise gefiel mir das Feeling, das er damit in mir auslöste. Ich mochte meine Oberweite schon immer an mir und sein Handeln gab mir das Gefühl, sexy und begehrenswert zu sein. Im nächsten Moment schien er sein Ziel erreicht zu haben, denn er legte seine Hände erneut auf meine Beine. Nun umfasste er diese allerdings und hob sie an. Ich öffnete die Augen und sah ihn verdutzt an. Mir war nicht auf Anhieb klar, welcher Plan dahintersteckte. Aber in dem Moment, als unsere Blicke sich trafen, war es mir scheißegal. Ich genoss ausschließlich seinen erregten und gierigen Blick. Seine Augen waren ohnehin atemberaubend, aber mit diesem Ausdruck darin waren sie extrem gefährlich für mich. Tylor rutschte näher an mich heran und löschte damit das kleinste Stück Abstand, das wir noch zwischen uns hatten, einfach aus. Er spreizte meine Beine weit und legte diese rechts und links auf seine Oberschenkel. Ich verfluchte mich augenblicklich für meine bescheuerte Unterwäsche, denn mein Kleid rutschte ungehindert so hoch, dass man meinen Slip mehr als gut sehen konnte. Bisher wandte er seinen Blick nicht von meinen Augen ab. Ich war mir aber sicher, dass er dies so bald wie möglich nachholen würde, und wagte den Blick zwischen meine Beine. Er saß vorgebeugt und war dadurch nur einen Hauch mit seinem Gesicht von meinem entfernt. Seine Hände ruhten auf meinen Knien. Seine unergründlichen und lüsternen Augen betrachteten mich eindringlich. Ich wollte ihn berühren, ihn küssen und ihn ebenfalls um den Verstand bringen. Mein feuchtes Höschen bewies, dass er mich unaufhörlich weiter in meine Lust trieb. Ich legte meine Hand an seine Wange, bevor er weitermachen konnte. Ich wollte seine Haut spüren und die Erkundungsreise nun auf seinem eigenen Körper fortführen. Er zuckte kurz zurück und sein Blick klärte sich ein wenig auf. Es war nur ein Moment, aber er genügte, um mich zum Zweifeln zu bewegen. Ich zögerte. Checkte ab, ob ich zu weit gegangen war. Entschied mich dann nichtsdestotrotz dagegen, denn ich machte nichts anderes als das, was er selbst vorher bei mir tat. Ich sah, dass es ihn Kraft kostete, diese Berührungen zuzulassen. Auch wenn ich es nicht verstand. Vielleicht gefiel es ihm nicht?! Vielleicht lag es daran, dass er in der Zeit nichts tun konnte?! Vielleicht stellte ich mich doof an?! Vielleicht, vielleicht, vielleicht! Bei meiner bescheuerten Unsicherheit rollte selbst ich innerlich mit den Augen. Ich tastete mich daher besonders vorsichtig voran und erkundete sein Gesicht. Behielt ihn aber genau im Auge, um auch seine Grenzen nicht im Sturm niederzutrampeln. Ich strich sanft über seine Augenbrauen, woraufhin er die Augen schloss und spürbar angespannt wartete, was ich als Nächstes tat. Entspannung und Genuss sah definitiv anders aus, aber ich wollte den Versuch nicht so schnell aufgeben. Ich wischte ihm eine Haarsträhne von der Stirn, streichelte seine Wange hinab und entschied mich dann, ihn von meinen Berührungen zu erlösen. Ich küsste seine Wange an der Stelle, wo zuvor noch meine Finger lagen, und arbeitete mich von dort sanft küssend vor in Richtung Mund. An jener Stelle angekommen, knabberte ich herausfordernd an seiner Unterlippe. Ein herrliches Zucken breitete sich in meinem Unterleib aus, als er endlich wieder entspannt auf unser erregendes Spiel ansprang.

19. Tylor

Sie berührte mit ihrer Hand mein Gesicht, was sofort einen Fluchtreflex in mir auslöste. Ich wollte mich zurückziehen! Auf der Stelle. Ein kurzes Zurückzucken konnte ich nicht unterdrücken. Sie kannte meine Regeln noch nicht und ich wollte ihr nicht das Gefühl geben, etwas falsch gemacht zu haben. Nicht nachdem ich sie im Club bereits stehen ließ. Mir war klar, dass sie es gut meinte, aber ihre Berührungen waren nicht annähernd angenehm für mich. Ich versuchte ehrlich gesagt nur, sie irgendwie zu ertragen. „Augen zu und durch" schien mir für diese Situation der beste Weg zu sein. Mir blieb nichts anderes übrig, wenn ich sie ins Bett kriegen wollte. Ich schloss die Augen und hoffte, dass ich den Drang, ihre Hand wegzustoßen, so lange unterdrücken konnte, bis sie von alleine aufhörte. Deutlich schneller als gedacht zog sie ihre Hand zurück und erlöste mich von dieser kleinen Tortur. Stattdessen legte sie nun ihre Lippen auf meine Wange. Das war schon wieder mehr nach meinem Geschmack. Dabei ließ ich sie gerne gewähren. Diese wunderbaren Lippen durften gerne meinen Körper liebkosen. Auch gern bis hinunter zu meinem harten Schwanz.

Ich hatte den Gedanken kaum zu Ende gedacht, da spürte ich ihre Lippen erneut auf meinen, und als wenn dies nicht reichen würde, knabberte sie dabei an meiner Unterlippe. Das war zu viel für meine Disziplin. Ich packte sie an den Hüften und hob sie mit einer fließenden Bewegung von ihrem Stuhl rüber auf meinen Schoß. Sie wehrte sich nicht, sondern schloss bereitwillig ihre Hände in meinem Nacken und schob überfallartig ihre Zunge in meinen Mund. *So mag ich das, Babe!* Meine Hose saß schlagartig viel zu eng. Mein Schwanz pulsierte in der Hose und war zum sofortigen Einsatz bereit. Emily saß unmittelbar darauf, sodass auch sie meine Erregung deutlich spürte. Ich hob mein Becken an und presste den Schaft gegen ihre heiße Öffnung. Als Dank erhielt ich ein leises Stöhnen, was ihr zweifelsohne ungewollt entglitt. Ich griff in ihre Haare und drückte sie an mich, während ich den Kuss intensivierte und nur noch pure Leidenschaft unsere Zungen steuerte. Sie begann, auf mir herumzurutschen, und massierte dadurch mit ihrem willigen Körper mein Glied. Vor und zurück. Wieder und wieder. Sie fickte mich, obwohl wir komplett angezogen waren. *Himmel, war diese Frau ein Biest!* Dieser hemmungslose Kuss und die Tatsache, dass sie ihre heiße und feuchte Spalte über mich rieb – nur von etwas dünnem Stoff getrennt – turnten mich an wie noch nie. Alle Instinkte sagten mir, dass ich sie augenblicklich auf den Tisch schmeißen, ihr den Slip herunterreißen und mich in ihr versenken wollte. Sofort! Meine Erregung war grenzenlos und ihre enorm schnelle Atmung bestätigte mir, dass es ihr genauso erging. Unsere Ekstase blieb uns nur einen Moment gegönnt, dann erklang plötzlich und unerwartet ein leises Klopfen, gefolgt von dem Ruf meines Namens. Emily geriet regelrecht in Panik und sprang mit einem Ruck von meinem Schoß. Sie zog ihr Kleid herunter und setzte sich zurück auf ihren Stuhl, während sie hektisch versuchte, ihre zerzausten Haare zu bändigen.

»Augenblick!«, rief ich leicht amüsiert und grinste Emily wartend an, bis sie sich zurechtgemacht fühlte. Dann richtete sie kurzerhand meine Haare wieder in eine ansehnliche Form und nickte mir zu. Erst dann gab ich mein Okay zum Hereinkommen. Ich mochte es nicht, gestört zu werden. Die Kellner wussten das. Diese Anweisungen würden sie niemals ohne akuten Grund brechen, daher war ich gespannt, was so wichtig sein sollte. Als der Ober mit entschuldigender Miene den Sichtschutz um uns herum einen Spalt öffnete und den Kopf hineinsteckte, ahnte ich nichts Gutes. Er spielte mit seinem Job, und das wusste er. *Wehe, es war eine Lappalie und er versaute mir umsonst diese Gelegenheit!* Noch bevor er das Wort ergreifen konnte, stand Kira vor uns. Gefolgt von meinem Bruder, der erfolglos versuchte, sie zu stoppen. Offensichtlich machte sie sich Sorgen um Emily und ließ sich nicht davon abbringen, nach ihr zu sehen. Die Situation war so absurd, dass ich laut anfing zu lachen. Alle sahen mich verwirrt an. Wenn die gewusst hätten, wie mordsmäßig gut es Emily bis zu dem Sturm auf die Burg ging ... Der dämliche Gesichtsausdruck in ihren fragenden Gesichtern ließ mich nur noch mehr losprusten. Der Kellner schaute sichtlich schockiert. Alle versuchten einzuschätzen, ob ich die Situation wirklich lustig fand oder kurz vor einem Nervenzusammenbruch stand. Als Erstes stimmte Larry mit ein und die Frauen starrten uns einfach nur weiter befremdlich an, bis sie unserem Beispiel folgten. Ich deutete den beiden an, sich wieder zu uns zu gesellen. Kira ließ sich nicht zweimal bitten und setzte sich ohne Umschweife zurück auf ihren alten Platz. Der Kellner brachte uns kurz angebunden neue Getränke. Zumindest Emily und ich konnten eine Abkühlung gut gebrauchen. Meine Lust würde mich sicher bis tief in die Nacht verfolgen. Aber für den Moment mussten wir beide wohl oder übel erneut auf die nächste Gelegenheit warten. Klar war jedoch eines ganz gewiss ... Sie war genauso heiß auf mich wie ich auf sie. Ihre Grotte würde sehr bald auf meinem Gesicht sitzen und sich lustvoll lecken lassen.

20. Emily

Das Klopfen und die Worte unmittelbar in unserer Nähe rissen mich aus meiner Trance. Hätte diese Situation nur fünf Minuten länger angehalten, wäre ich auf seinem Schoß gekommen. Seine Hände an meinem Körper, seine Zunge, die meine liebkoste, und seine extreme Härte zwischen meinen Beinen ließen meine eigene Lust explodieren. Ich spürte jeden Zentimeter seiner Männlichkeit, als ich meine Scheide über ihn rieb. Er war wunderbar hart und von beachtlichem Ausmaß. Wie er sich wohl anfühlte? Er küsste unverschämt gut. Aller Wahrscheinlichkeit nach hatte er in seinem Leben ausreichend Chancen, seine Technik zu verfeinern. Darüber wollte ich lieber nicht zu genau nachdenken. Auch als wir längst wieder zu viert dasaßen, war ich noch immer unglaublich erregt. Die Nässe zwischen meinen Beinen erinnerte mich bei jeder Bewegung daran. Ich war Kira total dankbar, dass sie sich um mich sorgte, jedoch hätte es in dem Fall eine Stunde später auch gereicht. Bei dem Gedanken musste ich über mich selbst grinsen, was ich sofort versuchte zu verstecken. Eine Anstandsdame wäre ganz sicher an einem Herzinfarkt gestorben, wenn sie uns gesehen hätte.

Tylor entging meine Belustigung natürlich nicht. Er sah mich mit einer hochgezogenen Augenbraue fragend an. Als Antwort schüttelte ich nur kurz den Kopf, grinste aber weiter und trank meinen Lillet in einem Zug aus.

»Die Nacht war wirklich kurz. Ich würde gerne langsam ins Bett.«, hörte ich Kira sagen. »Wollen wir los, Em?«

Ich nickte zustimmend und machte Anstalten, aufzustehen. Tylor legte prompt seine Hand auf meine und ergriff das Wort.

»Wenn es für die Damen in Ordnung ist, würde ich unsere beiden Fahrer rufen und jeder von uns bringt seine Begleitung nach Hause. So geht die Heimfahrt bedeutend schneller und wir kommen alle zeitnah ins Bett. Außerdem haben wir Männer so das Gefühl, unsere exzellente Erziehung beibehalten zu haben.« Larry fing an zu kichern und fügte frech hinzu: »Die Frage ist nur, in welches Bett.«

»Da ist es direkt wieder vorbei mit der exzellenten Erziehung! Das war nicht mein Bestreben, Bruder! Außer natürlich, das wird von den Damen gewollt.«, konterte Tylor und grinste uns frech an. Er erhob sich und nahm Larry kurzerhand mit, damit Kira und ich uns beratschlagen konnten. Diese Art war deutlich besser als die Handhabung von Larry zuvor. So hatten wir die Möglichkeit, uns abzusprechen. Ohne eine Sekunde zu warten, schoss es aus Kira heraus.

»Der wird es dir so was von besorgen, Süße! Halleluja! Sag mir, dass es okay ist, dass er dich nach Hause bringt! Ich werde drei Kreuze im Kalender machen, damit wir nie mehr vergessen, wann die kleine Em nach allen Regeln der Kunst verführt wurde.« Sie hob beide Hände, als wollte sie beten, und bewegte obszön ihren Körper auf dem Stuhl. Ich musste so sehr lachen, dass wir noch immer keine Luft bekamen, als die Männer schon wieder zu uns kamen. Sie sahen etwas desorientiert aus aufgrund unserer ausschweifenden Laune, registrierten diese aber als gutes Zeichen.

»Wie viele Autos brauchen wir?«, fragte Larry geradeheraus. Ich überlegte kurz theatralisch, obwohl ich meine Entscheidung längst getroffen hatte. Dann nahm ich meinen letzten Schluck Cola, lehnte mich zurück und sah zu Tylor.

»Zwei!«, antwortete ich ohne Umschweife. Er quittierte meine Aussage mit einem aufreizenden Grinsen, während Kira in eine Art unterdrückten Jubel ausbrach. Larry lehnte sich zurück und verschränkte in freudiger Erwartung die Hände hinter dem Kopf.

»Das wird eine lange Nacht!« Es stand offen, wen genau er damit meinte. Aber keiner von uns dementierte seine Antwort.

21. Tylor

Ich musste gestehen, ich war tatsächlich überrascht, dass Emily sich zu der getrennten Heimfahrt überreden ließ. Doch bevor sie es sich anders überlegte, rief ich die Fahrer an und orderte beide umgehend zum Restaurant. Der Oberkellner geleitete uns zum Ausgang und wie es sich gehörte, führten wir unsere Begleiterinnen respektvoll durch das Lokal. Unser Adoptivvater – William Cliffort – brachte uns von klein auf bei, wie man sich in der gehobenen Gesellschaft zu benehmen hatte. Gerade in Bezug auf die Damenwelt war sein Verhalten stets beispielhaft. Eines der vielen Dinge, die wir ihm verdankten. Mit Frauen umgehen konnten wir, auch wenn wir es selten wirklich nutzen mussten. Für lockere Bettgeschichten gab es andere Vorzüge, die sich als nützlich erwiesen. Wir verabschiedeten uns draußen voneinander und stiegen in die jeweiligen Autos, um nach Hause zu fahren. Die Fahrt dauerte nur gut fünfzehn Minuten. Aber dies war ausreichend, um unseren antörnenden Abend nicht mit einem Klopfen enden zu lassen.

»Komm zu mir!«, forderte ich Emily offen und direkt auf, als wir im Auto saßen.

»Wie bitte?«, erwiderte sie mit gespieltem Unverständnis, während sie verlegen zum Fahrer schaute.

»Finley, wenn wir da sind, warte dort. Ich werde Miss Downert verabschieden, wenn es an der Zeit ist. Danach können wir weiter.« Mit dieser Anweisung schloss ich das Fenster im Innenraum. Nun waren wir wieder alleine. Finley war von jetzt an ausgeschlossen. Ich hatte nicht bedacht, dass es für sie unangenehm sein könnte, da es die meisten Frauen nicht juckte. Wenn sie etwas von mir haben durften, griffen sie zu. Und wenn es jemand mitbekam, war es halt so. Das war ihnen lieber, als die Chance verstreichen zu lassen. Finley bekam zweifelsohne schon so einiges mit.

»Kann er uns noch hören?«, flüsterte Emily mir zu.

»Nein Liebes, er kann uns weder sehen noch hören. Die Türen sind aber offen. Zu deiner Rechten befindet sich ein Knopf.« Ich zeigte ihr, welchen ich meinte. »Wenn du diesen drückst, wird Finley augenblicklich anhalten und du kannst ohne Probleme das Auto verlassen. Also pass auf, dass du nicht versehentlich daran kommst.«, schloss ich meine Erklärung grinsend ab. »Kommst du nun zu mir?«

Sie wirkte noch immer gehemmt, rutschte jedoch ein ganzes Stück zu mir herüber. Offensichtlich übernahm ihr Verlangen ihren Körper und ihren Verstand, wenn sie erregt war.

Ansonsten gab sie sich eher schüchtern und schämte sich fast für ihr Begehren. Es war eine interessante Konstellation, aber das musste ich ihr dennoch dringend austreiben. Eine Frau sollte sich immer nehmen, was sie wollte! Wann immer sie wollte und wo immer sie es wollte. Jederzeit! Okay, vielleicht nicht mit jedem dahergelaufenen Schwanz, aber es stand mir nicht zu, das zu verurteilen, da ich selbst nicht besser war, was meine Sexualpartnerinnen betraf. Ich vögelte jede, auf die ich Bock hatte. Aber eine Frau, die jeder ficken konnte, kam mir dennoch nicht ins Bett. Das turnte mich extrem ab. Ich wünschte mir vielmehr, dass ich mir mal richtig Mühe geben müsste, um eine Frau zu erobern. Die Jagd reizte mich, hielt aber immer zu kurz an. »Ich habe dich vorhin sehr genossen!«, eröffnete ich unser Gespräch, während ich meine Hand langsam auf ihrem Knie ablegte. »Erinnerst du dich, wie sich meine Hand auf deinem Körper anfühlt, Emily?« Sie nickte gedankenlos und rutschte etwas hoch, um sich aufrecht hinzusetzen. Dabei straffte sie die Schultern und versuchte, die Haltung zu wahren, aber ich verunsicherte sie merklich. Das gefiel mir! Und ich war sicher, dass es auch ihr gefiel. Zumindest legte sie bislang kein Veto ein. Mal gucken, wie lange sie meinen offenen Ambitionen noch standhielt.

»Magst du das Gefühl, wenn ich dich berühre?« Sie nickte erneut. »Meiner Zunge in deinem Mund?« Sie wurde leicht rot. Ob aus Verlegenheit oder aus Erregung, mochte ich noch nicht zu beurteilen, aber ich vermutete eine Mischung aus beidem.

»Du schmeckst köstlich!«, führte ich weiter aus. »Deine Lippen sind weich und sinnlich und deine Zunge neckt und umkreist meine perfekt. Selbst meinen Finger weiß sie vorzüglich zu umrunden und mich damit an eine harte Grenze der Selbstbeherrschung zu treiben. Und dann knabberst du noch antörnend an meiner Lippe, um mich vollends um den Verstand zu bringen.« Ich beendete meine Aufzählung und begann, leicht kreisend ihr Bein hinaufzustreicheln. Sie biss sich auf ihre Unterlippe und schloss ein ganz kleines Stück die Augenlider. Kaum merklich, aber dennoch eindeutig.

»Wenn du nicht willst, dass ich mich augenblicklich vor dich knie, deine Beine über meine Schultern lege und mein Gesicht zwischen deinen Beinen eingrabe, dann solltest du nicht noch mal auf deiner Lippe kauen!« Sie machte mich wahnsinnig! Ich hatte seit einer gefühlten Ewigkeit keinen geilen und ausgiebigen Sex mehr und Emily war extrem verheißungsvoll. Sie schaute mich erschrocken an und versuchte, ihre Haltung erneut einzunehmen, wich aber nicht vor mir zurück. Stattdessen spürte ich, dass ein Stück ihrer Frechheit zurückkam und ihre Erregung langsam die Überhand gewann. Offensichtlich fand sie den Gedanken, meine Zunge zwischen ihren Beinen zu haben, gar nicht so scheiße. »Also, wo waren wir? Ach ja ... Unsere Zungen. Ich erinnere mich so schlecht. Wie war das noch gleich? Erinnerst du dich?« Sie schaute mich an und realisierte sofort, dass ich den Spielball an sie übergab. Sie gab vor, wie es weiterging. Bei Antonio nahm sie ihren Mut zusammen und entschied, dass wir den Abend mit zwei Autos beendeten. Es war an der Zeit, dass sie tat, auf was sie Lust hatte, und sie enttäuschte mich nicht. Meine Worte waren Anreiz genug, um sie gierig auf mehr zu machen. Sie lehnt sich vor, ohne den Blick von mir abzuwenden. Glitt dabei mit den Händen ihre Schenkel herab und streift die High Heels anmutig von ihren Füßen. Im nächsten Moment saß sie auf meinem Schoß. Ihre Beine rechts und links von mir auf dem Polster abgelegt. *Braves Mädchen!* Sie schaute mich an und grinste angriffslustig. Ich sah noch immer einen leichten Anflug von Unbehagen, der sie fest im Griff zu halten schien. Aber sie war auf einem guten Weg, sich wieder vollends fallen zu lassen.

»Du bist auch allzeit bereit, oder?«, neckte sie mich aufgrund meiner Latte, die sie nun spürte, und legte lachend ihren Kopf an meine Schulter.

»Ich wette darauf, dass du es auch bist, Babe!« Ihr Lachen verstummte, während sie meinen Blick suchte und mir still in die Augen sah. Wir wussten es beide! Sie war heiß und feucht und brauchte es genauso sehr wie ich. Lediglich ihre Unsicherheit hemmte sie. Emily nahm mein

Gesicht in ihre Hände, gab mir einen kurzen, aber intensiven Kuss und kletterte dann von mir herunter und setzte sich mir gegenüber. Erst begriff ich nicht, was sie vorhatte, aber das machte sie schnell deutlich. Unser Spiel erreichte die nächste Stufe. Sie stellte ihre Füße rechts und links neben meinen Beinen auf und präsentierte mir im Zuge dessen den freien Blick auf ihren durchnässten Slip. Und das mit vollem Bewusstsein. Ihr gefiel es, mich damit zu locken. Meine Lust zu steigern. Und das Liebesspiel zu steuern. Meine Hände griffen nach ihren Fesseln. Ich musste mich extrem zurückhalten, um nichts weiter zu tun, sondern abzuwarten, wo sie uns hinführte. Sie zog ihr Kleid ein Stückchen höher, so dass dieses über ihren Hintern rutschte. Dann begann sie mit ihrer Hand, Richtung Slip zu wandern. Wenn sie so weitermachte, dauerte unser erster Akt definitiv nicht lange. Ich war bereits bis zum Anschlag geladen, und was sie allem Anschein nach vorhatte, würde das Fass zum Überlaufen bringen. Und dann tat sie es wahrhaftig. Sie glitt mit ihrer Hand in ihren Slip und schob einen Finger tief in ihre feuchte Spalte. Mit dem Kopf an der Rückenlehne angelehnt, durchschoss das Gefühl ihrer eigenen Berührung ihren Körper. Sie bäumte sich auf und stöhnte ungezügelt. Schob ihren Finger erneut tief hinein und zog ihn dann langsam wieder komplett aus ihrem Slip heraus. Im Anschluss präsentierte sie mir provokant ihre nasse Hand, die von ihrer

Geilheit überzogen glänzte. Ich konnte nicht mehr anders. Ich griff nach ihrer Hand und schob ihren Finger in meinen Mund. Ich leckte das köstliche Sekret, das ihn benetzte, genüsslich ab und zeigte ihr damit, wie sehr ich ihren Geschmack genoss. Zugleich gab ich ihr einen Einblick darin, was mein Mund gerne mit ihrem Kitzler anstellen würde. Diese Geste machte sie an. Ihr Blick dunkel vor ungezügeltem Verlangen. Ich konnte mich nicht erinnern, wann ich zuletzt auf eine Frau gestoßen bin, die sich genauso auf Spielchen verstand wie ich. Das machte mich so dermaßen heiß, dass ich mich in ihrer Gegenwart kaum zügeln konnte. Das kannte ich bisher nicht in dieser Form. Es galt also herauszufinden, wo meine Grenze dabei lag. Auf eine Art lehrte sie mich, meine Selbstkontrolle zu optimieren. Auf der anderen Art hangelte ich immerzu am Rande des Verlusts von eben dieser, und das hasste ich definitiv! Leider lag man bei der Spielfreude selten auf einer Wellenlänge. Bei uns passte es perfekt! Daher wagte ich zumindest den Versuch, alles Weitere auf mich zukommen zu lassen. Ich gab ihren Finger frei und ließ ihre Hand los. Jede ihrer Bewegungen und Gesten gehörte zu ihrem Spiel. Wie gern würde ich es ihr besorgen und damit den Verstand rauben, der sie weiterhin anleitete. Wenn auch in einer erotischen und verfickten Version ihrer selbst. Während ich versuchte, meine Gedanken zu sortieren und nicht wie ein wilder Esel auf sie zu springen, überspannte sie den Bogen. Gewollt! Das war eindeutig! Sie zog den Slip aus, warf ihn unachtsam auf den Boden und spreizte ihre Beine weit auseinander, als sie diese wieder neben meinen Oberschenkeln abstellte. Der Anblick ihrer feuchten, vor Erregung geschwollenen Pussy gab mir den Rest. Sie machte den Weg willentlich für mich frei und knabberte erneut auf ihrer Unterlippe. Ich sagte ihr, was passieren würde, wenn sie dies noch mal wiederholte. Wenn sie es unbewusst tat, würde sie dadurch lernen, dass ich immer zu meinem Wort stand. Ich war mir allerdings sicher, dass es ihre volle Absicht war. Und in dem Fall besorgte ich ihr genau das, was sie einforderte. Innerhalb einer Sekunde überwand ich die kurze Distanz zwischen uns und kniete mich zwischen ihren Schenkeln nieder. Ich packte ihren Hintern und zog sie mir entgegen. Dann legte ich ihre Beine über meine Schultern und sah sie an. Mit einem einzigen bejahenden Blick vergrub ich das Gesicht in ihrer nassen Spalte und gönnte uns beiden die volle Ladung ihrer Erregung.

22. Emily

Mir war vollkommen bewusst, was mich erwartete, wenn ich ihn erneut mit meinem auf der Lippe knabbern provozierte. Dass er jedoch so schnell dazu überging, sah ich nicht kommen. Einen Vorteil hatte es ... Mir blieb keine Zeit mehr, zu denken. Seine Hände packten zu und legten mich in die von ihm gewollte Position. Die explodierende Erregung in seinen Augen, bevor er zwischen meinen Beinen abtauchte, raubte mir die letzte Willenskraft. Ich gab mich hin. Schaltete ab. Betete ihn regelrecht an. Mir war im Vorfeld klar, dass er sehr gut wusste, was er da tat. Wahrscheinlich sammelte er auch darin schon Hunderte Male Erfahrung. Aber das, was ich mir vorgestellt hatte, und das, was er in Wirklichkeit anstellte, lagen kilometerweit auseinander. Liam war gut, aber Tylor göttlich. Für mich war er der zweite Mann, dem ich dieses Privileg einräumte, und er verdiente es sich nicht mal, sondern eroberte mich einfach für den Moment. Ein Moment der Schwäche und der Leidenschaft. Ich genoss ihn und dachte nicht weiter darüber nach, ob dies richtig oder falsch war. Ich ließ ihn gewähren und er enttäuschte meine Erwartungen keine einzige Sekunde.

23. Tylor

Mein einziges Ziel bei dieser Autofahrt bestand
darin, sie noch gieriger auf mich zu machen. Sie
dazu zu bringen, ihrer Begierde freien Lauf zu
lassen und den Kopf auszuschalten. Natürlich
würde ich auch meine Lust dadurch automatisch
mitbefriedigen, aber dies stand erst mal nicht im
Vordergrund. Ich arbeitete mich langsam ihre
Oberschenkel hinauf und küsste sie in kleinen
Abständen bis zum Schambereich. Sie wand sich
in freudiger Erwartung auf die Endstation hin
und her. Ihr Geruch war betörend, ihre Haut
weich und die süße Spalte ordentlich nass. Ich
leckte ihre goldene Mitte und spürte sowohl bei
ihr als auch in meiner Hose ein vergnügliches
Zucken. Sie schmeckte unfassbar gut. Genauso,
wie ich es erwartete. Einen kleinen Vorgeschmack holte ich mir ja bereits an ihrem Finger.
Das vorsichtige Anlecken war der nächste
Schritt. Ich freute mich auf den Moment, wenn
ich meine Zunge tief in ihrer Fotze vergrub und
sie zum Schreien brachte. Das Warten und Aus-
harren, bis es so weit war, stellte sich als betö-
rende Qual heraus, die ich uns beiden auferlegte.
Ich genoss es, sie verrückt nach mir zu machen.
Willig. Gefügig. Gierig! Gleichzeitig wollte ich sie

einfach nur nehmen und hart vögeln, bis sie meinen Namen herausschrie. Sie reckte sich mir entgegen. Wollte sich nicht weiter bändigen lassen. Forderte mich. *Ganz schön ungeduldig, meine Schöne!* Wie sie da lag ... Mit diesem verschleierten, geilen Blick, der mich anflehte, es ihr zu besorgen und sie kommen zu lassen. Ihre Grotte direkt vor meiner Nase. Ich besaß eine gehörige Portion Selbstbeherrschung, aber der Moment der Hingabe war gekommen. Sie durfte kommen, wenn ich es ihr sagte. Ich beugte mich vor und leckte genüsslich ihre komplette Spalte entlang. Dabei drückte ich ihre Beine noch ein kleines Stückchen weiter auseinander und fixierte sie an Ort und Stelle. Ich packte ihre Hüften und saugte ihre Klitoris an meinen Mund. Sie stöhnte laut auf. *Ja, Baby!* Dieses Stöhnen würden wir wiederholen. Wieder und wieder! Ich leckte sie unerbittlich. Jagte sie ihrem Orgasmus entgegen. Aber noch nicht so weit, dass sie kam. Ich wechselte die Geschwindigkeit und den Druck stetig ab. Erst sanft, dann immer fordernder und intensiver, bevor ich wieder Tempo herausnahm und sie neckte. Meine Zunge umkreiste ihre kleinen Erhebungen, während sie ihre prallen Lippen gegen meinen Mund presste. Sie brauchte es. Härter. Dominanter. Ich stieß meine Zunge in ihre Öffnung. Leckte sie wild in ihrem Loch und schob sie immer wieder in ihre Schnecke hinein. Vor und zurück. Sie erwiderte meinen Vorstoß mit ihren Hüften. Ich beobachtete ihre Reaktionen. Sie riss sich zusammen, um nicht laut zu stöhnen. Ich hörte ihren heftigen Atem und auch ein leises Ächzen konnte sie nicht unterdrücken. Sie dachte noch immer nach. Darüber, ob sie stöhnen durfte oder vielleicht zu laut war und Finley sie hören könnte. Eventuell schämte sie sich auch vor mir. Zumindest ließ sie sich nicht fallen. Das musste ich ändern. Ich packte sie und leckte sie umso intensiver. Saugte an ihr und spielte mit ihrem Kitzler. Ich umkreiste ihn und bediente ihren G-Punkt, bis sie zuckte. Der Augenblick war denkbar beschissen und es fiel mir übermäßig schwer, aber ich musste mich dennoch absichern.

»Emily, willst du das ganz sicher? Darf ich in dich eindringen? Ich tue es nur mit deiner Zustimmung!«, hörte ich mich selbst mit belegter Stimme krächzen. Sie sah mich an, als wenn ich von einem anderen Planeten käme, aber überlegte keine Sekunde.

»Du darfst nicht, du musst!« Just in diesem Moment schob ich einen Finger tief in sie hinein. Sie bäumte sich auf. Versuchte sich mir zu entziehen. Ich zog sie mit meiner freien Hand zu mir zurück und fingerte sie dafür noch ungezügelter. Ein zweiter Finger gesellte sich dazu. Ich leckte sie heftig mit meiner Zunge und fickte sie zugleich mit meinen Fingern. Immer und immer wieder. Das Stöhnen konnte sie längst nicht mehr unterdrücken und das Denken stellte sie auch endlich ein. Ich spürte, dass sie nur noch ein kleines Stück davon entfernt war, zu kommen. Ihre feuchte Pussy legte sich eng um meine Finger. Ihre Geilheit war zutiefst erregend für mich. Ebenso wie ihre Hingabe. Sie fühlte sich an wie Wachs in meinen Händen. Am liebsten hätte ich sie mit meinem Schwanz aufgespießt und sie bis zum Anschlag ausgefüllt. Ich richtete mich auf. Behielt aber meine Finger tief in ihr versenkt. Mein Daumen stimulierte ihren Kitzler und übernahm damit die Aufgabe, die zuvor mein Mund erledigte. Mit meiner anderen Hand zog ich ihr Kleid etwas herunter, um ihre geilen Nippel in meinem Mund aufzunehmen. Zum Glück wählte sie ein Kleid, bei dem dies machbar war. So ergab sich die Möglichkeit, alle ihre Gelüste gleichzeitig anzuheizen. An ihren Brustwarzen knabbernd, stimulierte ich ihre Nippel weiter mit meiner Zunge. Umkreiste sie und saugte neckend an ihnen. Parallel penetrierte ich sie mit meinen Fingern und spielte mit dem Daumen an ihrer Lustperle. Ihr Verlangen zeigte sich unübersehbar. Auch Erregung bewirkte offensichtlich, dass sich ihre Gesichtsfarbe bemerkbar machte. Emily war deutlich errötet und atmete heiser.

»Komm für mich, Babe!«, befahl ich ihr und ließ ihr keine andere Alternative. Ich widmete mich wieder ihren Knospen, ihrer Klitoris und ihrer heißen, engen Vulva. Alles zeitgleich und im stetigen Rhythmus. Sie kam augenblicklich. Ich wollte sie schmecken, wenn sie für mich kam, daher versenkte ich meinen Kopf erneut zwischen ihren Schenkeln. Dies war eine gute Entscheidung, denn sie packte meine Haare, positionierte mich genau da, wo sie mich wollte, und kam auf der Stelle ein weiteres Mal. Ich leckte sie gnadenlos. Schob die Zunge in ihre Ritze. Saugte sie in meinen Mund hinein und leckte dann jeden Tropfen ihrer Erregung genüsslich ab. Ihr Griff an meinem Kopf lockerte sich. Ihr Zucken an meinen Lippen ließ nach. Sie kam für mich, wie ich es voraussagte. Heftig und laut. So, wie ich es mochte. Diese Frau war nicht das letzte Mal durch meine Hände gekommen, so viel stand fest. Mir war klar, dass es in den folgenden Tagen an der Zeit war, sie über mich und meine Regeln aufzuklären, damit es mit den gelegentlichen Nummern klappte. Aber ich war optimistisch, dass ich sie mit dem Erlebten hinreichend süchtig machte und sie noch nicht genug von mir hatte. Da gab es erheblich mehr, was wir uns gegenseitig Gutes tun konnten, wenn sie sich auf meine Bedingungen einließ. Für den Moment musste der Verstand jedoch erst mal wieder die Oberhand gewinnen. Wenn ich mir weiterhin ihre Lippen um meinen Schwanz vorstellte, kam ich wahrscheinlich ebenfalls, und das noch ohne weiteres Zutun. Daher schob ich den Gedanken umgehend zur Seite und setzte mich wie zuvor auf den Platz ihr gegenüber. Dann stellte ich ihre Beine wieder auf den Boden, gab ihr den Slip an und reichte ihr danach meine Hand, um ihr beim

Hinsetzen zu helfen. Das hier musste unbedingt wiederholt werden. Ich konnte es kaum erwarten, sie erneut stöhnen zu lassen.

24. Emily

DAS war genau das, was ich brauchte. Ich konnte mich nicht erinnern, wann ich zuletzt so dermaßen scharf war. Liam und ich empfanden längst keine Leidenschaft mehr füreinander. Wobei, wenn ich es recht bedachte, galt das wohl eher nur für mich. Tylor hingegen elektrisierte mich regelrecht. Dennoch war es mir in dem Moment, wo mein Verstand zurückkehrte, dann doch etwas unangenehm. Er gab mir zwar nicht das Gefühl, dass irgendwas davon nicht okay war oder dass er es scheiße fand, allerdings verunsicherte er mich mit seiner Art und Weise. Er schaltete regelrecht auf Autopilot. Das Getane war erledigt und er ging übergangslos in gleichgültigen Small Talk über. Das war mir fremd. Wahrscheinlich lief das schlichtweg so, wenn nur eine unbedeutende Liaison bestand. Aber irgendwie erweckte das in mir ein unwohles Gefühl, das ich noch nicht richtig deuten konnte. Ich wollte schnellstmöglich aus dieser Situation heraus. Meine Antworten auf sein belangloses Geplauder waren höflich, aber kurz und knapp. Tylor sah mich zwar etwas verwundert an, registrierte aber immerhin zügig, dass ich gehen wollte. Beim Blick aus dem Fenster bestätigte sich die Vermutung, dass wir längst angekommen waren und vor meiner Haustür standen. Die Fenster! Ein Schock machte sich in mir breit. Meine Nachbarn und alle anderen Passanten erlebten quasi einen Liveporno. Verdammte Scheiße! Tylor schien meine Gedanken zu erahnen. Vermutlich verlor ich jegliche Gesichtsfarbe auf einen Schlag.

»Die Scheiben sind gespiegelt. Du kannst raussehen, aber niemand von außen herein!« Mir fiel ein Felsbrocken vom Herzen. Das war verflucht unüberlegt! Was dachte ich mir nur dabei? Ich nickte ihm zu, bedankte mich knapp und packte nach dem Türgriff, um auszusteigen. Tylor hielt mich am Arm fest und sah mich fragend an.

»Ist alles okay?«

»Ja, natürlich. Alles bestens. Ich bin nur müde ...« Ich gähnte gekünstelt und rügte mich in Gedanken sofort für meine schlechte schauspielerische Einlage.

»Okay, dann gute Nacht, Emily!« Er nahm seine Hand weg und ließ mich gehen.

»Gute Nacht, Tylor!« Ich verließ den Wagen und lief, ohne mich noch einmal umzudrehen, hinüber zum Haus. Mit zittrigen Händen sperrte ich die Türe auf und betrat in Windeseile den Hausflur. Sobald diese hinter mir ins Schloss fiel, schossen mir auch schon die Tränen in die Augen. Ich wusste nicht, was mit mir los war. Womöglich war ich einfach übermüdet. Ich fühlte mich schlecht ... billig ... benutzt ... Dabei wollte ich alles davon zu hundert Prozent. Und ich war sicher, dass er es ebenfalls genoss. Zumindest dachte ich das bis zu dem Moment, als er den Autopiloten aktivierte. Je mehr ich darüber nachdachte, desto bescheuerter kam ich mir vor. Ich wusste nicht, was ich erwartete. Dass er mich danach noch mal in den Arm nahm? Mich zum Abschluss küsste? Mir was Nettes sagt oder seine Begeisterung gestand? Das war doch absolut lächerlich! Ich selbst wollte ja keinen neuen Mann an meiner Seite. Dank Liam hatte ich noch lange genug davon. Aber ob ich so was wollte, war in der Tat sehr fraglich. Beabsichtigte ich, ein gelegentlicher Fick zu sein, den er sich nahm, wenn er ihn nötig hatte? Oder den ich anrief, wenn ich es brauchte? In meinem Kopf fühlte sich das falsch an. Ich beschloss, die Gedanken darüber vorerst aufzuschieben, bis es mir besser ging, und stattdessen erst mal in die Wanne zu hüpfen. Ein wenig Ruhe und Entspannung täten mir sicher gut. Ich rappelte mich auf und schleppte mich die Treppen hinauf in meine Wohnung. Meine Schuhe und den Slip transportierte ich versteckt in der Hand. Da ich beides im Auto nicht wieder anzog, entkam ich schneller dieser unangenehmen Situation. Ich schmiss die Heels achtlos an der Garderobe auf den Boden und zog das Höschen noch mal an. So fühlte ich mich nicht komplett nackt, bis das Wasser zu Ende einlief. Auf dem Weg zum Badezimmer ließ ich das gedämpfte Licht der Wohnung so, wie es war. Ich genoss diese Stille um mich herum und entledigte mich Stück für Stück meiner anderen Klamotten. Als ich an der Badewanne ankam, trug ich lediglich noch meine Unterwäsche. Der Rest lag in den Räumen verteilt umher. Darum kümmerte ich mich später. Ich öffnete den Wasserhahn, stellte die richtige Temperatur ein und entschied mich für meinen Lieblingsbadezusatz. Augenblicklich duftete es im ganzen Badezimmer herrlich nach Lavendel. Ich schloss die Augen und genoss einen Moment den Geruch, der alles durchflutete. Durch die Autofahrt und das anschließende Rumgeheule hatte ich wahnsinnigen Durst. Daher beschloss ich, mir eine schöne kalte Coke aus dem Kühlschrank zu holen und diese genüsslich in der Wanne zu schlürfen. Als ich meine Augen wieder öffnete, erlitt ich fast einen Herzinfarkt. In meiner Wohnung, direkt vor mir in der Badezimmertüre, stand Liam. Meine Gedanken überschlugen sich. Er war gewiss der Letzte, den ich sehen wollte. Wir waren getrennt. Und das aus gutem Grund! Was verdammt noch mal suchte er hier? Und wie kam er überhaupt hier herein? Ich hatte das Gefühl, nicht mehr atmen zu können. Meine Angst vor ihm hatte mich augenblicklich zurück im alten eisernen Griff. Mir wurde bewusst, dass ich halb nackt vor ihm stand. Also suchte ich hektisch nach meinem Bademantel oder einem Handtuch. Einfach nur irgendetwas, womit ich mich verhüllen konnte. Unser letztes Aufeinandertreffen endete mit einem Besuch im Krankenhaus meinerseits. Die Erinnerung an diesen Tag ließ mich vor Furcht erstarren.

»Was machst du hier?«, fragte ich vorsichtig, aber so bestimmend, wie es mir möglich war. Mein Blick fiel auf den Bademantel, der an der Türe hing. Ich kam nicht an ihn heran. Doch Liam bemerkte meinen Ausdruck und war zumindest so nett, ihn mir rüberzuwerfen. Ich zog ihn umgehend über.

»Ich musste dich sehen, Em! Ich vermisse dich!« Erst jetzt bemerkte ich, dass er eine Flasche in der Hand hielt. *Jackpot!* Er war auch noch besoffen! Wie auf Kommando nahm er einen weiteren Schluck. *Wunderbar!* Ich beschloss, so weit wie möglich auf Abstand zu bleiben, und setzte mich auf den Rand der Badewanne. Ich hatte den Eindruck, dass meine Beine mich nicht länger trugen. Vorsorglich stellte ich das Wasser ab. Der soeben noch angenehme Geruch und das beruhigende Geräusch des fließenden Wassers nervten mich. Er passte nicht in dieses Gefühl hinein. Er machte alles kaputt. Zudem übertünchte seine Alkoholfahne den lieblichen Duft, der vorher den Raum beseelte.

»Liam, wir haben uns getrennt. Du hast kein Recht ...«

»Du hast dich getrennt!«, unterbrach er mich schreiend. »Du bist einfach abgehauen. Ich habe dir gesagt, dass es nie wieder passiert, und du bist trotzdem abgehauen! Hast mich einfach angezeigt, du mieses Stück!« Er versuchte, sich selbst zu bremsen, aber es gelang ihm kaum. Ich sah ihm an, dass er mit der Fassung rang. Er musste raus aus der Wohnung. Ich wollte ihn nicht um mich haben und meine Angst ließ meine Beine und meine Stimme zittern.

»Ich möchte mich nicht mit dir streiten. Es gibt kein Zurück mehr. Bitte geh, Liam!«

Er kam wie aus der Pistole geschossen auf mich zu und kniete vor mir nieder. Mein Herz raste. Er packte mich an den Beinen, um mich festzuhalten. Vielleicht auch, um sich selbst festzuhalten, denn sein Suff ließ ihn gehörig schwanken. Er stank und seine Hände auf meinem Körper ekelten mich an. Wo eben die Hände von Tylor waren, lagen jetzt die von Liam. Das ließ die Berührung doppelt so unangenehm erscheinen. Ich bereute es, dass ich so bescheuert gewesen war und Tylor nicht hereingebeten hatte. Wenn ich im Hausflur noch dachte, dass ich Probleme hätte, besann ich mich unter diesen Umständen wieder darauf, wie echte Probleme aussahen. Ich wollte nicht, dass er mich anfasste. Und ich wollte ihm auch nicht so nah sein. Ich versuchte aufzustehen, doch er hielt mich felsenfest. Es tat weh. Sehr weh! Er drückte viel zu feste, also gab ich nach und setzte mich wieder auf den Wannenrand. Erneut rannen Tränen aus meinen Augen, obwohl ich alles daran setzte, stark zu wirken.

»Bitte weine nicht, Schatz!« Liam versucht, mir die Tränen wegzuwischen. Doch ich drehte mein Gesicht in die entgegengesetzte Richtung. Da ich ihn nicht ansah, hörte ich den Schlag, bevor ich etwas sah. Er schlug mit voller Wucht gegen die Badewanne und verletzte sich dabei selbst an der Hand. Blut floss aus der klaffenden Wunde heraus und besudelte mein Bein und den Fußboden. Immerhin stand er nun auf und ließ mir etwas mehr Raum zum Atmen. Meine Angst wuchs ins Unermessliche. Dieser Schlag hätte mich treffen können.

»Dir, kleines Miststück, kann man es nie recht machen!«, schrie er erneut in meine Richtung. »In diesem Scheißapartment willst du wohnen? Okay! Bis abends spät ausgehen? Okay! Mich immer wieder verletzen? Okay!«, brüllte er unentwegt weiter. »Macht dich das an, mich am Boden zu sehen? Mich bluten zu sehen? Antworte mir verdammt noch mal!« Bei den Worten wischte er das Blut von seiner Hand an meinem Bademantel ab. Er griff nach meinem Kinn und hielt es fest. Der Druck darauf war extrem. Er tat mir so weh, dass ich anstatt der geforderten Antwort nur ein Wimmern herausbekam. Sein Griff war absolut unnachgiebig, damit ich den Kopf nicht wegdrehte. Er schaut mich abwertend an. Kam so nah, dass ich seinen Atem auf meinem Gesicht spürte. »Du bist eben auch nur ein billiges Flittchen, wie es sie an jeder Ecke gibt. Kein Mann will dich! Ich bin deine einzige Chance.«

Er lachte theatralisch, bevor er weitersprach. »Sieh dich nur an. Als ob sich irgendwer für dich interessieren könnte.« Mit einem heftigen Stoß schleuderte er mein Gesicht zur Seite und lachte laut auf. Es war kein echtes Lachen, sondern nur eine dazugehörige Demütigung. Meine Beine taten noch immer unsagbar weh von seinem harten Griff. Mein Kinn schmerzte und mein Kopf dröhnte. Ich hatte nicht die geringste Chance, ihm zu entkommen. Ich betete, dass Kira mich irgendwann fand, wenn Liam mit mir fertig war und mich wie ein Stück Dreck liegen ließ. Nichts anderes erwartete ich von ihm. Ich hoffte einfach nur, dass sie früh genug kam, um mich ins Krankenhaus zu bringen. Ich gab auf. Jeglicher Widerstand und Stolz waren verschwunden. Ich konnte nicht mehr. Meine Angst und mein Schmerz lähmten mich. In dem Moment klingelte es an der Türe. Ich stand wie mechanisch auf, um zu öffnen. Ich hatte keine Ahnung, wer um diese späte Zeit herkommen sollte. Aber es war mir auch egal! Ich dankte dem Universum nur für die Ablenkung und hoffte auf eine Rettung aus dieser ausweglosen Situation. Liam sah zur Haustüre, daher versuchte ich, mich hinter ihm aus dem Badezimmer herauszuschleichen. Leider machte ich meinen Plan ohne ihn. Bevor ich an ihm vorbeikam, packte er meine Haare, riss mich zurück und wollte wissen, wer das sei. Ich wusste es selbst nicht, daher konnte ich ihm diese Frage nicht beantworten. Meine Antwort stimmte ihn nicht gerade positiver. Es klingelte erneut und direkt ein weiteres Mal hinterher. Liam ließ mich los und begutachtete mein Aussehen. Meine Haare standen wild von meinem Kopf ab. Die ausgerissenen Haare, die noch an seinen Fingern hingen, entfernte er achtlos und warf sie auf den Boden. Überall war ich blutverschmiert von seiner Hand. Der weiße Bademantel wies an diversen Stellen rote Flecken auf, weil er seine Verletzung daran abschmierte. Allem Anschein nach gefiel ihm nicht, was er sah, denn er verwarf die Überlegung, ob ich die Türe aufmachen konnte.

»Du machst nicht auf! Setz dich auf die Couch und sei still. Ich mache auf. Du schläfst bereits! Also halt die Fresse!«, betonte er Wort für Wort. Die Art, wie er mit mir sprach, machte klar, dass es keinen Raum für Diskussionen gab. Ich lief rüber zur Couch, wie er es mir sagte. Währenddessen betete ich dafür, dass es sich um Kira handelte, die sich überzeugen wollte, dass Tylor mich heil zu Hause ablieferte. Ihr wäre sofort klar, dass Liam hier nicht hergehörte und sie anlog. Sie würde Hilfe holen. Das war meine einzige Option. Ich setzte mich genau in dem Moment, als es deutlich hörbar mehrfach an der Wohnungstür klopfte. Wer auch immer dort stand, diese Person befand sich nicht unten vor der Haustüre, sondern nur ein paar Meter entfernt, direkt vor der Wohnungstüre. Mein Herz begann zu rasen. Meine Hoffnung wuchs.

25. Tylor

»Was meinst du mit ... Er ist hier?«, fragte ich
Finley genervt. Der Abgang von Emily pisste
mich richtig an. Wenn ihr etwas nicht passte,
sollte sie verdammt noch mal den Mund aufmachen. Gerade war noch alles okay und sie zer-
floss in meinen Händen, um direkt danach einge-
schnappt aus dem Auto zu flüchten. Frauen! Und
da wunderten die sich, dass Männer sich nicht
binden wollten. Woran das wohl liegen könnte!

»Er ist hier. Im Haus!« Ich sah Finley voller
Unverständnis an. Ich musste erst mal meine
Gedanken sortieren. Dieser Wichser von
Exfreund befand sich in ihrem Haus? In ihrer
Wohnung. Warum? Wusste sie davon? Wollte sie
deswegen das Auto fluchtartig verlassen? Um zu
ihm zu kommen? War sie tatsächlich so blöd und
ging zu ihm zurück? Das Ordnen meiner
Spekulationen gestaltete sich schwerer als
erwartet. Es gab zu viele ungeklärte Fragen. Ich
lehnte mich zurück, stützte meinen Ellenbogen
auf den Fensterabsatz an der Türe und legte
meinen Zeigefinger an die Lippen. Eine für mich
typische Geste, wenn ich eine Entscheidung treffen musste. Ein ungutes Gefühl machte sich in
mir breit. Ich konnte nicht einschätzen, ob es

daran lag, dass die Möglichkeit bestand, dass er ungewollt bei ihr war und sie womöglich in Gefahr sein könnte. Oder aber ob ich ihren Entschluss, zu ihm zurückzugehen, schlichtweg für absolut waghalsig und bescheuert hielt. Es ging mich nichts an, welche Entscheidungen sie traf und mit wem sie zusammen sein wollte. Aber dieser Typ war ein rotes Tuch. Zumindest für mich. Das Problem dabei war allerdings, dass ich ihr nicht hätte erklären können, weshalb. Offiziell kannte ich ja ihre Lebensgeschichte nicht. Verfickte Scheiße! Ich haderte mit mir. Sollte ich wirklich fahren und ihren Wunsch respektieren, dass sie mich sitzen ließ, um bei ihm zu sein? Der Gedanke löste fast ein Lachen in mir aus. Das war unmöglich! Das konnte nicht der Fall sein!

»Seit wann ist er hier?«

»Seit ca. zwei Stunden.«

»Und warum erfahre ich das erst jetzt, verdammt noch mal?«, fragte ich aufbrausend.

»Ich habe dir umgehend eine Nachricht geschickt. Und dir immer wieder Updates hinterhergesendet.« Ich kramte mein Handy aus der Hosentasche und schaltete es ein. Acht Nachrichten und drei verpasste Anrufe. Ich hasste es, immer erreichbar zu sein. Daher stellte ich das Telefon hin und wieder auf lautlos, wofür ich mich nun selbst rügte. Ich vernachlässigte den Rest und sah mir ausschließlich die Infos von Finley an. Eine enthielt Auskünfte zu den Ergebnissen seiner Suche nach diesem Pisser, zu der ich ihn beauftragt hatte. Und eine weitere Nachricht, in der er mir mitteilte, dass Liam C. Escher in die Wohnung von Emily Downert eingedrungen sei. Laut der Beschreibung in der Nachricht beobachtete er zuerst nur das Haus. Nach einiger Zeit schellte er bei den Nachbarn, die ihm jedoch keinen Einlass gewährten. Als letzte Möglichkeit brach er schlussendlich mit einem Gegenstand die Türe auf. Gegenstand unklar. *Das war der Beweis, den ich brauchte!* Sie lud ihn nicht ein, zu ihr zu kommen. Sie wusste nicht mal, dass er sie aufsuchte. Das reichte mir als Einladung, um zu überprüfen, ob da oben alles in Ordnung war. Wenn Emily mir sagte, dass sie okay sei, ging ich ohne weitere Nachfrage. Dann traf sie ihre Wahl und ihr war nicht mehr zu helfen. Wenn aber nicht alles gut war, dann gnadete ihm Gott.

»Ich werde mir das mal ansehen. Für den Fall der Fälle, dass ich in ein paar Minuten nicht wieder unten bin, ruf die Polizei. Und einen Krankenwagen. Aber lass mir 'ne Viertelstunde Zeit mit dem Wichser!«

»Ty, er ist es nicht wert!«

»Ich kann mich nicht erinnern, dich nach deiner Einschätzung gefragt zu haben, Finley. Tu, was ich gesagt habe. Fünfzehn Minuten!« Ohne weitere Worte stieg ich aus dem Wagen. Auf dem Weg zur Türe holte ich das nötige Werkzeug aus dem Etui, das ich vorsorglich aus dem Auto mitnahm. Ich öffnete die Haustür problemlos mit ein paar geübten Handgriffen. Ich wusste nicht genau, welche Wohnung ihr gehörte. Nur dass diese in der ersten Etage lag. Ich schellte unten an und versuchte zu hören, von wo ungefähr das Geräusch der Klingel widerhallte. Ich folgte meinem Gefühl und fand die Wohneinheit auf Anhieb. Zu meinem Glück befand sich ein Namensschild an der Türe. Zu ihrem Pech riss ich dieses just in diesem Moment ab. Es war immer gut, so anonym wie möglich zu bleiben. Vielleicht hätte dieser Bastard ihre Bude ohne den freundlichen Hinweis gar nicht gefunden. Ich klingelte erneut. Und direkt danach noch mal, um mein Anliegen unmissverständlich zu untermauern. Ich wartete auf eine Reaktion. Aber es geschah nichts. In der Wohnung vernahm ich leise Stimmen. Unverkennbar ein Mann und eine zweite, leisere Stimme, die nicht zu erkennen war. Das musste Emily sein. Nach meinem Klingeln herrschte Ruhe. Kein einziges Geräusch war mehr zu hören. Ich wartete einen Moment, auch wenn ich am liebsten diese beschissene Türe einfach eingetreten hätte. Das Schweigen in der Wohnung hielt an und mir reichte es nun endgültig. Ich bewies im Verlauf des Tages eindeutig genug Geduld. In jeglicher Hinsicht! Ich klopfte laut und deutlich. Knock, Knock, Knock! Das war die letzte Chance, diese Türe zu retten, ansonsten landete sie als Brennholz im Kamin. Jetzt war auch dem größten Idioten klar, dass ich oben vor der Wohnung stand und alles hören konnte. Ich wartete einen Augenblick, dann hörte ich Schritte, welche langsam näher kamen. Die Türe öffnete sich und der Hurenbock begrüßte mich freundlich lächelnd.

»Guten Abend. Es ist ziemlich spät. Was kann ich denn für sie tun? Wir schlafen bereits.« Sie schliefen bereits? Der Typ stank wie eine ganze Brauerei und war zudem noch saudoof. Er stand in Alltagskleidung da und wollte mir weismachen, dass er geschlafen hatte?! Der Drang, ihm einfach direkt seine schleimige Fresse zu polieren, war riesig, aber ich besann mich auf die winzige Option, dass, auch wenn er uneingeladen herkam, es trotzdem für Emily okay sein könnte, dass er da war.

»Ich möchte gerne zu Mrs. Downert.«

»Und sie sind?«

»Tylor Cliffort. Und ich wiederhole meine Bitten sehr ungern! Bitte holen Sie Miss Downert an die Türe. Danach bin ich gleich wieder weg.«

»Es tut mir leid, sie schläft!«, antwortet er abweisend und schloss die Tür vor meiner Nase. Ich stoppte sein Vorhaben mit meinem Fuß. Drückte sie mit Leichtigkeit wieder auf und trat einen Schritt vor.

»Überaus freundlich, dass sie mich hereinbitten. Ich überzeuge mich gerne selbst davon, bevor ich das Haus wieder verlasse!« In dem Moment, als ich die Türschwelle übertrat, sah ich Emily auf der Couch sitzen. Sie quetschte sich in eine Ecke. Voller Angst. Und nun, wo ich sie ansah, auch noch voller Scham. Sie war komplett mit Blut beschmiert und zudem trug sie nur einen verfickten Bademantel. Auch dieser hatte sein blütenreines Weiß einbüßen müssen. Ihre Haare hingen wild durcheinander und das lag definitiv nicht an unserer Autofahrt. Als sie ihr Gesicht wieder hob und mir einen hilfesuchenden Blick zuwarf, erkannte ich, dass dieses ebenso blutbefleckt war. Es vergingen nur Sekunden, in denen ich dastand. Es fühlte sich jedoch an wie eine Zeitschleife, die sich vor mir abspielte. Plötzlich spürte ich eine Hand, die sich auf meine Schulter legte. Ich hörte weit entfernt eine Stimme, die mir erzählte, dass hier alles in bester Ordnung sei. »Ausgerutscht«, hörte ich ihn noch sagen. Im nächsten Moment brach die Hölle los.

26. Emily

Als Liam die Türe öffnete und seine freundlichste Masche abzog, verließ mich der letzte Funke Hoffnung. Kira konnte es nicht sein. Da hätte er ganz anders reagiert. Aber wenn es nicht Kira war, lag meine Chance, hier rauszukommen, bei null Prozent. Liam vermochte es, extrem höflich und wortgewandt zu sein. Er wickelte seine Mitmenschen geradezu um den Finger. Es gab eine Zeit, da mochte ich das an ihm. Mittlerweile verabscheute ich es regelrecht. So wie alles an ihm. Ich flüchtete mich in die Ecke der Couch, die der Türe am nächsten stand. So konnte ich vielleicht etwas besser mitbekommen, mit wem Liam da sprach. Gegebenenfalls ergab sich die Chance, um Hilfe zu rufen, dafür musste ich aber sicherstellen, dass die Person vor der Türe auch helfen konnte. Mein Herz setzte einen Moment aus, als ich hörte, dass es sich um Tylor handelte. Das war nicht die Hilfe, mit der ich rechnete. Aber in jedem Fall eine Verstärkung, die effektiv sein könnte. Tylor war groß und kräftig. Möglicherweise hatte er gegen Liam keine Chance, doch der optische Eindruck würde Liam zumindest erst mal etwas einschüchtern. Liam informierte Tylor darüber, dass ich bereits schlief, und schloss die Tür. Meine Zeit lief ab. Ich musste was tun. Mich irgendwie bemerkbar machen. Gerade als ich aufstehen wollte, um nach Tylor zu rufen, schwang die Türe wieder auf und Tylor betrat den Raum. Ich war noch nie in meinem Leben gleichzeitig so dankbar und doch im höchsten Maße peinlich berührt wie in diesem Augenblick. Tylor war trotz allem ein Fremder. Im Prinzip haben wir uns erst zweimal gesehen. Und nun stand er da und sah dieses Häufchen Elend. Blutverschmiert und verheult in einer Ecke kauern. Ich konnte seinem Blick nicht standhalten, daher schaute ich hinab auf meine Hände und hoffte, dass dieser beschämende Moment endete. Was sollte ich tun, wenn er Liams Worten Glauben schenkte und sich umdrehte und zur Türe herausspazierte, ohne mich mitzunehmen? Ich hörte, wie Liam versuchte, Ausreden zu finden, und blickte erneut zu Tylor. Wir kannten uns zwar kaum, aber wir hatten auf irgendeine Weise eine Verbindung zueinander. Zumindest wenn ich mir das nicht einbildete. Daher musste ich versuchen, ihm irgendwie zu signalisieren, dass Liam ihn anlog. Dass es mir nicht gut ging. Doch dazu kam es gar nicht mehr. Tylors Blick wanderte von mir zu Liam. Sein ganzer Körper bebte vor Zorn. Ich dachte, dass er im Restaurant schon wütend war wegen meiner blöden Cola, aber das war nichts im Vergleich zu dem Mann, der hier vor uns stand. Er schloss die Wohnungstür und knallte

Liam ohne Vorankündigung gegen die Wand dahinter. Ein Aufschrei blieb in meinem Hals stecken. Ich hatte Angst. Um mich. Um Tylor! Liam war brutal. Das hatte er allzu oft in unserer Vergangenheit bei anderen bewiesen. Was, wenn er Tylor verletzte? Dieser hielt seinen Kontrahenten zum Glück mühelos mit einer Hand am Hals fest. Liam wandte sich hin und her und versuchte, sich aus dem Haltegriff zu lösen, aber er hatte keine Chance, sich auch nur einen Millimeter zu bewegen.

27. Tylor

Ich schnappte mir diese Missgeburt und schleuderte ihn gegen die Wand. Sein Kopf knallte bei der unvorhersehbaren Stoßkraft mit voller Wucht dagegen. Es war mir scheißegal. Ich hoffte sogar, dass es wehtat. Dann erhielt er einen Vorgeschmack auf das, was ihm noch blühte.

»Halt deine verdammte Fresse, du Wichser! Ansonsten drücke ich so lange zu, bis du sie hältst!« Liam versuchte, sich aus meinem Griff zu befreien und mir zu antworten. Ich drückte zu. Er sah mich schockiert an und begann zu röcheln. Ich hielt den Druck ein paar Sekunden, dann lockerte ich meine Maßnahme etwas, damit er Luft bekam.

»Wie ich dir bereits sagte, wiederhole ich meine Bitten sehr ungern!« Liam verstand mich wohl langsam, denn er nickte zustimmend und war still.

»Emily, ist das dein Blut?«

»Nein, ich glaube nicht.« Ich war etwas beruhigter, dass es sein eigenes beschissenes Blut war. Wenn auch nur minimal, denn die wichtigste Frage stand noch aus.

»Hat er dir wehgetan?« Ich hielt den Atem an und wartete auf ihre Antwort. Doch sie schwieg.

»Emily?!«

»Ja!«, schluchzte sie mehr, als es wirklich zu sagen. Ihr versagte die Stimme und mir versagte die Geduld. Ich rammte diesem Penner meine Faust in den Magen. Einmal, zweimal. Dann ließ ich seinen Hals los, damit er sich hinunterbeugen konnte, um sich wegen seiner Schmerzen zu krümmen. Das tat ich keineswegs aus Nächstenliebe. Sondern nur, um ihm sogleich mein Knie in seine hässliche Visage zu donnern. Er fiel auf den Boden und blieb reglos liegen. Zum ersten Mal in meinem Leben verspürte ich den Drang, weiter draufzutreten, obwohl jemand am Boden lag. Dieser Haufen Dreck hatte es echt nicht anders verdient. Dennoch ließ ich von ihm ab und ging stattdessen zu Emily rüber. Ich spürte ihr Unbehagen. Sie wusste nicht, was sie tun sollte. Ich reichte ihr meine Hand und zog sie zu mir hinauf in meine Arme. Es kostete mich etwas Überwindung, diese Nähe zuzulassen, aber überraschenderweise doch weniger, als ich dachte. Diese Umstände waren in allen Belangen eine Ausnahmesituation. Ich wollte mich nicht setzen und dem Typen auch nicht den Rücken zudrehen. Also nahm ich Emily kurzerhand einfach stehend in den Arm. So hatte ich ihn im Blick, wenn er versuchen sollte, sich aufzurappeln. Ich ließ sie ihre nicht vergossenen Tränen endlich weinen und beobachtete den am Boden liegenden Jammerlappen. Ich war nicht gut in so was und wünschte mir, dass Larry oder Melissa hier wären. Meine Geschwister hatten ein Händchen dafür. Mir blieb nur, mein Hemd als Taschentuch anzubieten und sie zu halten. Und das war schon mehr, als viele andere Menschen jemals von mir erhielten. Es dauerte nicht lange, dann standen drei Cops in der Wohnung und nahmen Liam fest. Einer der Polizisten wollte wissen, wie sich der Mann am Boden so schwer verletzen konnte und ob die Frau etwas damit zu tun hätte. Die Fragen ließ ich einfach unbeantwortet. Als ob ich ihn nicht hörte. Offensichtlich hatte ich es nur mit Idioten zu tun. Emily wird ihm das wohl kaum zugefügt haben, verdammt noch mal! *Denk nach, du Ochse, dann brauchst du nicht blöd zu fragen!* Emily hingegen beantwortete alles, was die Polizisten wissen wollten. An mich geklammert stand sie Rede und Antwort. Sie beteuerte, dass es ihr gut ginge und sie nur wollte, dass Liam das Haus verließ. Und dass er nie wieder zurückdurfte. Sie berichtete kurz angebunden, dass es schon mal einen Vorfall gegeben hatte und bereits ein Beschluss existierte, dass er sich ihr nicht mehr nähern durfte. Es war ausgesprochen wichtig, dass sie sich diesbezüglich öffnete. Und ich war dankbar, dass sie es auch vor mir tat. Das eröffnete die Möglichkeit, darüber irgendwann mal sprechen zu können. Die Kriminalbeamten nahmen alle Informationen auf, verbrachten Liam in den Streifenwagen und verabschiedeten sich danach zügig. Den Krankenwagen lehnte Emily ab, aber ich versicherte den Sanitätern, dass sie in den nächsten Stunden nicht unbeobachtet bliebe und sich schnellstmöglich in einem Krankenhaus blicken ließe. Mit dem Versprechen verließen auch sie die Wohnung und ließen uns allein.

28. Emily

Ich fühlte mich grenzenlos müde und erschöpft. Mein Körper schmerzte an jeglichen Stellen und dank des Blutes, das überall an mir klebte, ekelte ich mich vor mir selbst. Aber ich empfand wieder ein gewisses Sicherheitsgefühl. Die Erbarmungslosigkeit, die Tylor von einer Sekunde auf die andere an den Tag legte, erschreckte mich. Dennoch fürchtete ich mich nicht im Geringsten vor ihm. Er verteidigte mich. Und das bis aufs Äußerste. Ich war ihm unendlich dankbar. Er kam auf mich zu und ich hatte keine Ahnung, was ich tun sollte. Was machte man in so einer Situation? Was sagte man? Ein schlichtes Danke schien mir deutlich zu wenig. Zu mehr war ich jedoch nicht in der Lage. Ich wollte mich einfach nur verkriechen und allein sein. Weinen. Schreien. Irgendwas, aber sicher nicht reden. Tylor reichte mir seine Hand und zog mich zu sich hoch. Er drückte mich an sich und hielt mich wortlos fest. Er machte mir damit auf seine Weise klar, dass alles okay sei. Dass ich in Sicherheit war. Und dass ich eben nicht reden musste. Ich drückte mich an seine Brust, schlang die Arme um ihn und fing an zu weinen. Wie ein kleines Kind weinte ich alle aufgestauten Tränen, die sich in den letzten Monaten angesammelt hatten. Immer wieder versagten meine Beine ihren Dienst, aber Tylor hielt mich felsenfest. Im wahrsten Sinne des Wortes. Er war mein Fels in der Brandung. Ich hörte ihn zwischendurch sprechen, aber alles um mich herum war wie in Watte gepackt. Ich verstand nicht, was er sagte. Oder mit wem er überhaupt sprach. Und es interessierte mich auch nicht. Mir war alles egal, solange er nur bei mir blieb. Als ich mich langsam etwas fing, löste er mich vorsichtig von sich und sah mich eindringlich an. Er musterte mich regelrecht und setzte mich dann zurück aufs Sofa. Ohne den Blick von mir abzuwenden, hockte er sich vor mich.

»Tut dir etwas weh?« Ich dachte kurz über seine Frage nach. Versuchte, meinen Körper zu spüren, um ihm ehrlich antworten zu können. Aber ich empfand nichts. Alles in mir war wie betäubt. Also zuckte ich nur mit den Schultern, um ihm zu verstehen zu geben, dass ich keine Antwort hatte. Er nahm meine Hände und zog die Ärmel des Bademantels hoch. Er drehte meinen Arm hin und her und ergriff danach den anderen. Dort wiederholte er das Prozedere. Ich fragte mich, was er suchte. Aber dann wurde mir klar, dass er nach Verletzungen schaute. Als er sich vergewissert hatte, dass meine Arme in Ordnung waren, stand er auf und ging rüber in die Küche. Mit einem feuchten Tuch ausgestattet, kam er zurück zu mir. Erneut hockte er sich vor mich und wusch mir dann vorsichtig das Blut aus dem Gesicht. Sein Blick war düster und seine Miene angespannt. Wenn er so weitermachte, hatte er am Ende des Abends keine Zähne mehr, so hart biss er seine Kiefer aufeinander. Seine Wut war scheinbar noch nicht verflogen, oder vielleicht kochte sie auch erneut hoch. Ich konnte es nicht genau einschätzen.

»Bist du okay?« Tylor lachte humorlos auf, aber sein Blick wurde freundlicher und seine Anspannung verbesserte sich ein klein wenig. Zumindest dem äußeren Anschein nach zu urteilen.

»Ich wische dir gerade das Blut aus dem Gesicht und du fragst mich, ob ich okay bin?« Er schüttelte den Kopf und entfernte die letzten Rückstände.

»Es tut mir leid!«

»Jetzt entschuldige dich nicht noch!«, fuhr er mich an. »Wofür entschuldigst du dich? Dass du einen Idioten als Exfreund hast? Dass er sich an dir vergriffen hat? Dass du mich wahnsinnig machst?« Er hielt kurz inne. »Entschuldige, ich sollte dich jetzt nicht auch noch anmaulen. Aber bitte entschuldige dich nie mehr dafür, okay!« Er rückte ein Stück von mir ab, um den Bademantel an meinen Beinen weiter zu öffnen. Instinktiv klemmte ich diese zusammen und zog den Bademantel enger. Sein Blick ließ mich diese Aktion umgehend bereuen. Es lag doch nicht an ihm, für mich war es nur so ungewohnt, mich so freizügig zu geben. Und gerade war eh alles kacke und ich fühlte mich unästhetisch.

»Ist das dein Ernst? Denkst du wirklich, dass ich jetzt versuchen würde, dich unsittlich anzufassen? What the fuck, Emily. Ohne Scheiß!« Nun war er nicht nur wütend auf Liam, sondern auch auf mich. Super, Emily! Ich ließ den Bademantel los und lockerte ihn ein kleines Stückchen. Natürlich dachte ich das nicht. Es war einfach nur seltsam für mich. Wir kannten uns gefühlt erst wenige Stunden und mein ganzes Leben stand plötzlich Kopf. Und er mittendrin! Er klappte den Stoff des Mantels zur Seite und sah mich kurz, aber intensiv an. Nach seiner Begutachtung wandte er den Blick von mir ab. Ich wusste nicht genau, warum. Doch offensichtlich gefiel ihm nicht, was er vorfand.

»Tylor, was ist los?« Er atmete tief durch. Brauchte einen Moment. Dann hob er eines meiner Beine hoch, damit ich es selbst sehen konnte. An der Wade befand sich ein großer, geschwollener Abdruck von Liams Hand. Das musste entstanden sein, als er mich am Aufstehen hindern wollte. Als ich auf dem Badewannenrand saß. Ich spürte zwar, dass er mir wehtat, aber meine Angst musste den gröbsten Schmerz in dem Moment unterdrückt haben. Ich hob mein anderes Bein. Es sah identisch aus. Es verfärbte sich bereits bläulich. Der komplette Handabdruck war deutlich erkennbar. Er wirkte fast wie ein Stempel. Wie ein Stück Vieh, das eine

Kennzeichnung erhielt. Und so fühlte es sich auch an.

»Ich möchte nicht indiskret sein, aber hat er dich sonst noch irgendwo berührt?« Ich musste überlegen. Das Erlebte spielte wie ein Film vor mir ab. Alles lief irgendwie eine Spur zu schnell und schien doch endlos lang zu dauern. Ich strengte mich wirklich an, einen klaren Gedanken zu fassen. Als ich Tylor ansah, der mit angespanntem Gesicht und geschlossenen Augen vor mir saß, war mein erster Geistesblitz, wie hübsch er war. Und dann fiel es mir wie Schuppen von den Augen. Er meinte intim. Deswegen war er so ernst bei seiner Frage und versuchte schon, sich selbst runterzufahren, bevor er überhaupt die Antwort kannte.

»Nein!«, sagte ich eine Spur zu laut und wohl genauso hektisch. »Nein! Nein, wirklich nicht!«

»Sagst du das, weil es so ist? Oder weil du nicht möchtest, dass ich nachsehe?«

»Du kannst gerne nachsehen, aber ich versichere dir, du warst früh genug hier. Es ist nichts in der Art passiert!«

»So verlockend das Angebot auch ist. Ich komme gerne in einer anderen Situation darauf zurück.« Da war es wieder, das verschmitzte Lächeln, das jede Frau umhaute. Und mich selbst in diesem Durcheinander dazu brachte, zu grinsen. Just in dem Moment klingelte es an der Haustüre. Ich erschrak so dermaßen, dass ich kurzerhand direkt auf Tylors Schoß hüpfte.

»Bitte mach nicht auf. Bitte, Tylor! Nicht!« Ich klammerte mich an ihn und hielt mich fest. Was, wenn Liam wieder auf freiem Fuß war? Wenn er sich rächen wollte.

»Ganz ruhig, Liebes. Es sind sicherlich Larry und Kira. Ich habe ihn angerufen, weil ich Kiras Nummer nicht hatte. Ich denke, es ist besser, eine Freundin hier zu haben als mich. Larry wird die Wohnung nicht betreten. Entspann dich!« Er setzte mich zurück auf die Couch und ging zur Türe. Ich hielt die Luft an und betete, dass er recht hatte. In der Sekunde, als er die Tür aufmachte, kam Kira schon hereingestürmt. Tränenüberströmt sprang sie zu mir aufs Sofa und umarmte mich schluchzend. Sie löste sich kurz, sah mich an und umarmte mich erneut. Ich hörte sie immerzu wimmern, wie leid es ihr tat, während sie mich wie ein Baby in ihren Armen wiegte. Tylor sprach leise mit jemandem an der Türe. Sicher stand Larry dort und er erklärte ihm kurz die Lage. Danach kam er zu uns herüber. Er klärte Kira über die Verletzungen auf, die er gefunden hatte. Scheinbar existierte auch eine am Kinn, von der ich dadurch erfuhr. Da der Schock langsam nachließ, tat mir eh alles weh. Daher glaubte ich seinen Worten ungesehen. Er wies Kira an, dass sie schnellstmöglich mit mir zum Arzt musste. Die Dokumentation war extrem wichtig, um gegen Liam vorzugehen. Außerdem stellte er einen Fahrer vor unserer Türe ab, der uns jederzeit im Auge behielt. Tylor versicherte uns, dass wir bei ihm absolut sicher und beschützt waren. Er fuhr uns überall hin. Egal wo. Unter keinen Umständen sollten wir alleine das Haus verlassen. Mit dieser Erklärung verabschiedete er sich kurz, knapp und sachlich. Drehte sich um und verschwand.

29. Tylor

Ich stieg zu Finley in den Wagen und beauftragte ihn, umgehend herauszufinden, ob Liam noch in Haft saß. Zum Glück bestätigte sich dies schnell. Sobald sich daran etwas änderte, erhielten wir augenblicklich eine Information. Es bewies sich wieder mal, wie wichtig die richtigen Kontakte waren. Larry wartete bereits im Auto auf mich. Sein Fahrer blieb vor Ort bei den Mädels und hielt dort vorerst die Stellung. Rodriguez war ein erfahrener Personenschützer und absolut loyal. Larry vertraute ihm seit Jahren. Und ich vertraute Larry. Das sollte ausreichen. Ich informierte meinen Bruder über die wichtigsten Details, die sich an dem Abend ereigneten. Dass ich im Vorfeld Erkundungen eingeholt hatte, ließ ich bei meiner Schilderung aus. Ich wollte jetzt einfach nur nach Hause. Dieses Scheißblut abwaschen, was ebenso an mir haftete. Danach musste ich dringend ins Gym. Ich wollte endlich auf etwas einprügeln, bis ich alleine entschied, wann es genug war. Und nicht nur bis mein Gegner schlappmachte. Vor meinem Haus angekommen, stieg ich aus und ging zur Abwechslung durch den Hauseingang rein, damit Finley nicht in die Tiefgarage fahren musste. So konnte er sofort weiterfahren, um Larry nach Hause zu bringen. Ich tippte den aktuellen Sicherheitscode in die Anlage ein und ging hinein. Endlich zu Hause lief ich direkt durch ins Bad. Zog alle meine Sachen aus und warf sie in die Wäsche. Ich wusch mir gründlich die Hände und das Gesicht, bis ich keine Blutrückstände mehr erkennen konnte. Danach schaute ich mir meine Hand an. Dieser Schlappschwanz hatte nicht mal eine Delle in meinen Knöcheln hinterlassen. Immer die gleichen Lappen, die sich an Schwächeren vergriffen und sich dann groß und stark fühlten. Und wenn jemand kam, der sich wehren konnte, pissten sie sich ein. Witzfigur! Ich lief hinüber ins Schlafzimmer und nahm mir eine Shorts aus dem Schrank. Mittlerweile war es kurz vor drei. Mitten in der Nacht. Aber ich war bis in die Haarspitzen geladen und hellwach. Ich marschierte hinunter ins Gym. Dort war es immer angenehm kühl und diese frische Brise tat mir in dem Moment ungemein gut. Ich entschied mich kurz entschlossen dafür, keine Handschuhe anzuziehen. Ich brauchte den Schmerz zum gegenwärtigen Zeitpunkt einfach. Ich bandagierte mir kurz die Handgelenke und fing an, auf den Sandsack einzuprügeln. Immer wieder kam mir das Gesicht dieses Wichsers in den Sinn. Mit welcher Selbstgefälligkeit er mir weismachen wollte, dass Emily schlief. Dass sie selbst schuld sei ... Sie war halt gestürzt! Er hatte damit ja gar nichts zu tun. Ich schlug zu! Wieder und wieder!

Seine dämliche Fresse war mein Antrieb. Ich spürte, wie meine Hände feucht wurden, aber ich hörte nicht auf. Ich dachte immerzu an Emily. Ihr Gesicht war blutverschmiert, und als ich es säuberte, kamen die ersten blauen Flecke zum Vorschein. Ich prügelte weiter auf den Sack ein, aber meine Gedanken waren weit entfernt. Die Anstrengung powerte mich aus. Ich lud den Schmerz zu mir ein und war wieder einmal froh, dass meine Adoptiveltern mich viele Jahre zuvor vor mir selbst beschützten und mich zu Dan in den Boxklub schickten. In einer Konstellation wie dieser hätte ich ansonsten ganz bestimmt nicht die Entscheidung getroffen, den Typen nur außer Gefecht zu setzen, um dann später einen Sandsack zu vermöbeln. Ich hätte nicht aufgehört, da war ich mir hundertprozentig sicher. Doch nun stand ich hier. In meinem Gym. Und sah Blut. Und davon eine Menge. Diesmal war es meines. Am Sack und auf dem Boden. Überall klebten rote Spritzer. Ich sah auf meine Hände hinab. Das weiße Tape war komplett rot verfärbt. Ich empfand keinen richtigen Schmerz. Eher ein wohltuendes Kribbeln, das ich gerne verspürt hätte, während ich Liam zu Brei schlug. Ich war ehrlich zu mir selbst. Wahrscheinlich hätte ich ihn kaputtgeschlagen. Wenn nicht sogar tot. Ich sollte dankbar sein, dass mein Ehrgefühl gegenüber Dan und meinen Eltern wichtiger war als dieser Pisser. Emily platzte vor achtundvierzig Stunden unverhofft in mein Leben. Einfach nur, weil sie im Joy eine Cola trank. Und seitdem stand alles Kopf. Ich musste mich ernsthaft fragen, ob ich noch ganz dicht war. Ich würde ihr helfen, ihren Scheiß geregelt zu bekommen, und dann gingen wir definitiv wieder getrennte Wege. Das alles war die Sache nicht wert. Nun verschaffte ich ihr erst mal die Möglichkeit, sich zu erholen. Ihr Ex würde ihr nicht mehr zu nahekommen, dafür sorgte ich. Aber sobald das Thema Liam sich erledigte, war es an der Zeit, sich zu verabschieden. Um unser beider willen. Ich stand noch immer da und mein Blut tropfte ungehemmt weiter auf den Fußboden. Ich wickelte das Klebeband von meinen Händen und warf es in den Mülleimer in der Ecke. Rosalie würde leider einiges zu tun haben, um meine Wäsche und den Boden wieder sauber zu bekommen. Ich stieg die Stufen hinauf und spürte endlich vollkommene Erschöpfung. Ich stellte mich unter die Dusche. Wusch mir mein Blut, den Dreck und die Erinnerungen von diesem Tag ab und kletterte anschließend splitterfasernackt in mein kühles Bett. Zum ersten Mal seit Ewigkeiten schwebte ich sekundenschnell in eine traumlose Nacht.

30. Emily

Die nächsten Stunden verbrachte ich damit, Kira zu erzählen, was genau an diesem Abend mit Liam geschah. Man sollte meinen, dass irgendwann alle Tränen geweint waren, aber dem war nicht so. Wir weinten noch lange zusammen weiter. Zu gegebener Zeit verfrachtete Kira mich dann wie versprochen ins Krankenhaus. Die Untersuchungen zogen sich endlos und ich erinnerte mich, dass ich die Dokumentationen schon damals hasste. Mir war klar, dass Tylor recht hatte. Es musste alles festgehalten werden. Aber ich fühlte mich beschämt und gedemütigt. Das Schlimmste waren die Blicke. Manche schauten mich mitleidig an. »Oh je, die Arme!«, vernahm ich diverse Male hinter meinem Rücken. Noch abscheulicher waren aber die Blicke der Leute, die voller Unverständnis auf mich herabblickten. Dieses Schubladendenken, dass ich selbst schuld war, weil ich bei so einem Mann blieb. Am liebsten hätte ich diese Idioten angeschrien: »ICH HABE MICH LÄNGST GETRENNT!« Aber auch dazu fehlte mir die Kraft. Ich war überaus dankbar, dass Larry uns seinen Fahrer zur Verfügung stellte. Er begleitete uns unauffällig, so dass wir zu keiner Zeit schutzlos waren. Zudem gestaltete

sich die Fahrt zum Krankenhaus dadurch reibungslos. Kira versprach mir, dass sie bei mir
übernachtete und mich keinesfalls allein ließ. Es
wurde schon hell draußen, als wir aus dem Auto
stiegen und wieder zu Hause ankamen. Wir ver-
sorgten meine Wunden mit Kühlpacks und ver-
frachteten uns dann auf die Couch. Ich war froh,
dass Kira bei mir blieb. Als Tylor ging, verlor ich
meinen Fels in der Brandung, aber sie ersetzte
ihn effektiv. Wir schliefen eng beieinander auf
dem Sofa ein und erwachten erst wieder spät am
Tag. Zum Glück hatte ich frei. So musste ich mir
für die Arbeit keine Ausrede einfallen lassen. Ich
wüsste nicht, wie ich den Arbeitstag hätte über-
stehen sollen. Ehrlich gesagt fehlte mir die Vor-
stellungskraft, wie ich überhaupt jemals wieder
irgendetwas alleine schaffen sollte. Der Schreck
saß mir noch immer tief in den Knochen. Ich war
müde, erschöpft und mir tat alles weh. Sowohl
von der Tortur mit Liam als auch von der
unbequemen Nacht auf der Couch. Kira schien
es nicht besser zu gehen, denn als sie sich streckte, knackte es mehrfach laut. Wir fingen beide an
zu lachen und konnten uns gar nicht mehr
beruhigen. Wir sahen extrem scheiße aus. Und
fühlten uns wie alte Omas. Als Kira dann hinzu-
fügte, dass wir zumindest nicht als alte Jungfern
sterben werden, gab es kein Halten mehr. Immer
wenn eine von uns sich halbwegs beruhigte,
lachte die andere wieder los. Minuten später
taten uns beiden die Bäuche weh und nach jedem

neuen Lachanfall atmeten wir laut aus, was das Ganze nur von vorne anfachte. Es tat gut. Auch wenn es sich in Anbetracht der Umstände seltsam anfühlte. Dennoch war ich froh, dass sich mal nicht alles um Liam drehte. Das Leben aller lief weiter, obwohl ich das Gefühl hatte, dass meines in Zeitlupe vonstatten ging. Nachdem wir uns irgendwann dann doch einkriegten, sah Kira mich innerlich hin- und hergerissen an. Ich sah, dass ihr etwas auf der Seele brannte, und wartete geduldig darauf, dass sie mit der Sprache rausrückte.

»Was lief zwischen dir und Tylor Cliffort? Ich will jedes Detail!«, fragte sie mit entschuldigendem und zugleich kessem Gesichtsausdruck. Sie fügte hinzu, dass wir auch zu einem anderen Zeitpunkt darüber sprechen konnten, aber ich war dankbar für die Ablenkung. Also tat ich ihr den Gefallen und schilderte jedes pikante Detail aus dem Restaurant und von der Heimfahrt. Ihre Mimik wechselte quasi sekündlich zwischen Interesse, Schock und Erregung. Ich erzählte ihr ebenso von meinen Zweifeln, als ich das Auto verließ, und dass ich mich danach schlecht und benutzt fühlte. Sie kannte diese Lebensweise sehr gut und genoss genau diese Freiheit, die ich bemängelte, daher konnte sie mein Empfinden nur im Ansatz nachvollziehen. Aber dennoch verstand sie, was ich meinte. Ihrer Meinung nach gab es nur zwei Möglichkeiten. Entweder ich nahm es in Kauf und gewöhnte mich daran, ausschließlich etwas Spaß zu haben. Oder aber ich ließ es bei diesem einmaligen Erlebnis, genoss die Erinnerung und lehnte zukünftige Arrangements derart ab. Sie hatte recht. Ich musste mich entscheiden, gerade war mir jedoch überhaupt nicht nach Entscheidungen zumute, dementsprechend schob ich es erst mal auf. Stattdessen beschloss ich, ein Bad zu nehmen. Das, was ich am Abend verpasste. Kira hatte schon in der Nacht das Badezimmer und den Eingangsbereich gereinigt, damit nichts mehr an die Ereignisse mit Liam erinnerte. Es kostete mich dennoch eine Menge Überwindung, mein eigenes Bad zu betreten. Ich atmete ein paar Mal tief durch und wagte mich dann hinein und ließ mir Wasser einlaufen. Lavendel versenkte ich in der untersten Schublade und entschied mich ersatzweise für Tannennadelduft als Badezusatz. Ich saß da und musterte meine Beine, die zwar nicht mehr geschwollen aussahen, aber in den verschiedensten Farben hervorstachen. Die Handabdrücke noch immer deutlich zu sehen. Ich wusch meinen Körper mehrfach komplett ab. Schrubbte ihn regelrecht. Ein besseres Gefühl verschaffte es mir leider nicht. Nachdem ich aus der Wanne stieg, betrachtete ich zum ersten Mal mein Gesicht. Zum Glück waren die meisten Verfärbungen wieder weggegangen. Nur an der Stelle, wo sein Daumen auflag, befand sich ein mittelgroßer blauer Fleck. Die restlichen Finger hinterließen bloß eine leichte farbliche Veränderung.

Ich legte ordentlich Make-up auf und verdeckte alles so gut wie möglich. Nur wenn man wusste, dass dort etwas drunter versteckt war, bemerkte man es. Erst mal genügte mir das, so entkam ich der Pein, jedem eine Erklärung liefern zu müssen. Die nächsten Stunden und Tage vergingen im Flug. Ein Termin jagte den anderen. Polizei, Kontrolluntersuchungen, weitere Aussagen, Arbeiten. Alles ging in den alltäglichen Trott über und Liam rückte bald fast gänzlich in den Hintergrund. Lediglich die Verfärbungen an den Beinen erinnerten mich täglich daran, ihn zu hassen. Und natürlich der Wagen, der weiterhin zum Schutz vor meiner Türe stand. Von Tylor hörte ich nichts mehr. Es fühlte sich fast an, als hätte es ihn nie gegeben. Nur meine Erinnerungen und die Sicherheitsleute bewiesen mir, dass er existierte. Kira telefonierte hin und wieder mit Larry. Da sie aber jede freie Sekunde mit mir verbrachte, sahen auch sie sich in den vergangenen Tagen nicht. Sie versuchte, sich keine Hoffnungen zu machen, dass mehr aus den beiden werden könnte, und betonte immer wieder, dass die Clifforts nun mal nicht tickten. Womöglich wollte sie sich selbst davon überzeugen. Ihr Gesicht signalisierte mir etwas komplett anderes, sobald es um Larry ging. Ich hoffte für sie, dass zumindest einer der Brüder doch so tickte. Ich war froh, dass die Fahrer in meiner Nähe waren, aber mittlerweile nutzte ich den Wagen kaum noch. Und da Liam meines Wissens nach zurzeit in Untersuchungshaft steckte, fühlte ich mich einigermaßen sicher. Ich war Tylor sehr dankbar für seine Hilfe. Das würde sich nie ändern! Aber ich hatte mich entschieden, es bei einer einmaligen Sache zwischen uns zu belassen. Daher wollte ich nicht, dass er weiterhin in meinem Leben auftauchte. Wenn man sich mal zufällig sah, war es ok. Wenn nicht, aber auch. Mittlerweile war eine Woche vergangen. Das nächste Wochenende stand an und ich fieberte dem Ende meiner Schicht entgegen. Als sich die Türe öffnete und die Klingel mir einen Kunden ankündigte, hätte ich in den Tisch beißen können. *Ich wollte nach Hause!* Dann sah ich, dass es sich um Finley handelte, den Fahrer von Tylor. Er und Rodriguez teilten sich meine Überwachung. Eigentlich stand er heute aber nicht auf dem Plan. Aber gut, sobald ich zu Hause war, würde ich den Wagen sowieso wegschicken. Ich war ihnen dankbar, aber ich brauchte sie nicht mehr. *Das hoffte ich zumindest!* Finley kam geradewegs auf meine Kasse zu und legte mir einen hellblauen Umschlag auf den Tresen. Er nickte mir kurz zu und verschwand mit dem Hinweis, dass er im Wagen wartete. Ich war verwirrt. Sehr verwirrt. Ich öffnete den Umschlag. Drinnen befand sich eine Karte mit Tylors handgeschriebenen Worten:

»Ich muss mit dir reden. Mein Fahrer wird dich nach der Arbeit herbringen.«

Das war's? Das meinte er doch nicht wirklich ernst? Okay, dass er die Karte mit der Hand beschrieb, mochte ich sehr. Ich liebte Briefe. Besonders handgeschriebene. Ich fand diese Art der Kommunikation äußerst intim. Aber er entschied sicher nicht, wann ich was tat. Und schon gar nicht so. Eine Woche juckte es ihn nicht mal, ob ich überhaupt lebte! Ich schloss ab und machte meinen Kassenabschluss. Erledigte den Rest, der noch anfiel, und nahm dann im Laden eine Grußkarte aus dem Regal. Ich wählte bewusst die Unauffälligste, die ich fand. Und schrieb ebenfalls per Hand eine Botschaft darauf. Ich steckte die Karte in das Kuvert und machte Feierabend. Als ich herauskam, stieg Finley wie zu erwarten aus, um mir die Türe zu öffnen. Ich grinste ihn freundlich an, übergab ihm meinen Umschlag und dankte ihm für seine Dienste in den letzten Tagen. Ich erklärte ihm, dass ich ab jetzt wieder ohne fremde Hilfe zurechtkam und seine Familie sich sicher auf ihn freute. Dann lief ich weiter. Mein Grinsen wurde noch größer. Natürlich konnte das keiner sehen. Ich war alleine unterwegs. Aber es fühlte sich absolut genial an, Tylor nicht wie ein Hund hinterherzurennen, sondern ihm die Stirn zu bieten. Ich entschied, was ich wollte. Nicht er oder sonst wer. Die Vorstellung, wie er statt mir eine Karte in Empfang nahm, amüsierte mich zutiefst. Ich sah sein Gesicht bildlich vor mir.

31. Tylor

In den vergangenen Tagen plätscherte sämtliches eher vor sich hin. Ich fuhr einen Tag im Hope vorbei, um zu sehen, ob alles reibungslos lief. Zwei Kinder waren kurz vor ihrem Auszug. Es fanden sich tolle Pflegefamilien für die beiden. Zudem gab es zusätzliche Interessenten für weitere Kids. Ich war absolut zufrieden mit der Entwicklung. Im Joy war es unter der Woche eher ruhig. Den normalen Papierkram und die Bestellungen erledigte größtenteils Ben. Was für mich übrig blieb, bewältigte ich im Handumdrehen. Daher ließ ich mich die letzten zwei Tage breitschlagen, mit Patrick surfen zu fahren. Ich genoss diese Zeit immer sehr, aber gönnte sie mir selten. Patrick war mein bester Freund und die einzige Person, die alles von mir wusste. Alles! Wenn ich es recht bedachte, war er sogar der Einzige, den ich wirklich als Freund bezeichnen würde. Ich kam mit einigen gut klar, wie Ben oder Finley. Und auch mein Bruder stand mir nahe. Aber er war eben mein kleiner Bruder. Den ich zu beschützen hatte. Da lud ich sicher nicht meine Sorgen ab. Bei Patrick war das anders. Er war damals mit Larry und mir im Blackhood-Kinderheim. Larry und ich durften nicht in einem

Zimmer untergebracht werden. Die Heimleitung war der Meinung, dass es sinnvoll wäre, uns so früh wie möglich zu trennen. Wer würde schon zwei unerzogene Rotzlöffel bei sich aufnehmen wollen ... Patrick und ich wurden daraufhin zusammen in ein Zimmer gesteckt. Was wir beide maximal zum Kotzen fanden. Er kam einen Monat vor uns dorthin und hatte seitdem ein Einzelzimmer bewohnt. Seiner Akte nach schien er ein ganz schlimmer Junge zu sein. Verhaltensauffällig. Aggressiv. Unbelehrbar. Einzelhaft schien den Erzieherinnen angebracht. Bis ich hinzukam. Wir hassten uns von Tag eins an. Prügelten uns fast täglich. Jede Kleinigkeit eskalierte. Eines Tages kam der Wendepunkt. Jeff, ein zwei Jahre älterer Typ, mit seiner kleinen Gang aus Idioten, brachte alles ins Rollen. Er klaute beim Frühstück im Vorbeigehen ein Brötchen von Patricks Teller. Da wir immer mit den Zimmerkollegen an einem Tisch sitzen mussten, saß ich direkt gegenüber und bekam alles mit. Blitzschnell griff ich nach seiner Hand und hielt ihn fest. Im gleichen Moment stand Patrick auf und versetzte Jeff einen rechten Haken der Extraklasse. Wir sahen uns an und lachten uns kaputt über den dämlichen Gesichtsausdruck von Jeff bei seinem Abgang. Seit diesem Tag waren wir das perfekte Team. Wir prügelten uns noch immer, aber von nun an als Training. Wir waren quasi Sparringspartner, und was wir bei uns testeten, probierten wir dann fleißig im Alltag aus. Jedes Geheimnis des anderen kannten wir untereinander. Mal abgesehen von meiner Familie war er die Person, der ich jederzeit bedingungslos vertraute. Wir waren gleich und doch so unterschiedlich. Aber unsere Werte standen immer felsenfest. Und ein wichtiger Punkt darin war unsere Freundschaft. Daher genoss ich die Zeit mit ihm extrem. Reden zu können, wie ich wollte. Einfach ich zu sein. Bei ihm musste ich nicht überlegen, bevor ich was sagte. Oder wie ich etwas sagte. Ich musste keine Erwartungen erfüllen. Wenn ich ihn nachts anriefe, um eine Leiche wegzuschaffen, wäre seine einzige Frage, wo er hinkommen soll. Und genauso war es andersrum. Das war in jeglicher Hinsicht Gold wert. Natürlich thematisierten wir auch das letzte Wochenende ausgiebig. Sowohl Emily als Person als auch wie heiß sie mich machte. Als auch die Situation mit Ihrem Ex und die Ereignisse, die sich daraus ergaben. Patrick schaute sich immer jede Gegebenheit aus allen möglichen Blickwinkeln an. Er war besonnen und fokussierte sich auf Details. Ich betrachtete alles objektiv, aber kühl. Wir ergänzten uns daher nahezu perfekt. Oftmals war der Mittelweg aus unseren unterschiedlichen Ansichten dann der richtige. Umso mehr ärgerte es mich, dass er direkt nach meinen Schilderungen aus heiterem Himmel in schallendes Gelächter ausbrach. Auf meinen zornigen Blick hin warf er sich rücklings in den Sand.

»Dass ich das noch mal erleben darf!«, lachte er vor sich hin. »Der kleine Tylor kriegt 'ne Freundin ...!«

»Du spinnst doch! Warum erzähle ich dir überhaupt davon. Du hast keine Ahnung, du Pappnase!«, stieß ich wütend hervor. »Ich hätte bei jeder Person in so einer verfickten Situation eingegriffen!« Patrick setzte sich wieder hin. Er versuchte, sich zu beruhigen, und überlegte einen Augenblick.

»Ja, das stimmt! Und dafür lieben wir dich. Also die, die in den Genuss kommen, dich so zu kennen. Aber Alter ... mal ehrlich. Wenn du sie nicht wollen würdest, dann wärst du gar nicht erst in diese beknackte Situation gekommen. Dann hätte es dich gar nicht interessiert, wer sie genau ist. Es wäre dir schnuppe gewesen, was ihre Vergangenheit verbirgt. Und schon gar nicht hätte es dich auch nur eine Sekunde gejuckt, ob sie, nachdem ihr rumgemacht habt, einge-schnappt nach Hause geht.« Erneut begann er, ein Gelächter anzustimmen, und zog dabei eine dumme Grimasse, als ob er mich enttarnt hätte. Ich schleudere ihm eine Handvoll Sand ent-gegen, welche sich in seinen Haaren verteilte und zu meiner Belustigung auch in seinem Mund ausbreitete. Nun war ich derjenige, der in einen Lachanfall verfiel, als er anfing, den Sand auszu-spucken.

»Ist dir dein Lachen vergangen, Arschloch?« Wir sanken beide lachend in den Sand und schauten stumm grinsend in den Himmel. Vielleicht hatte Patrick recht. Zumindest zum Teil. Na ja, leider behielt er das fast immer. Aber das gab ich natürlich nicht zu. Möglicherweise gab es irgendwas an ihr, was mich anzog. Ja, ganz sicher war es so. Ich konnte es aber nicht deuten. Nicht greifen. Wenn ich an sie dachte, war ich augenblicklich erregt. So viel stand fest. Ich würde nichts lieber tun, als sie pausenlos flachzulegen. Ihren Körper zu verwöhnen. Sie zu ficken, wann immer wir Lust dazu hatten. Und ihr eine Befriedigung zu verschaffen, die sie süchtig nach mir machte. Aber da war auch noch etwas anderes. Ich wollte sie beschützen. Sie glücklich sehen. Und unter keinen Umständen sollte sie Interesse an irgendwelchen anderen Typen haben. Die Frage war: Warum? Und würde sich das ändern, wenn ich sie endgültig eroberte? Also voll und ganz mit allem Drum und Dran? Das wäre nicht das erste Mal, dass meine Begeisterung danach verflog. Ich war ein Jäger. Und was ich wollte, war meine Beute. Wenn ich diese jedoch erlegt hatte, zog es mich zu der nächsten Beute. So tickte ich nun mal. Und ich wollte es auch nicht anders. Alles andere endete doch ständig mit einem Drama. Man musste sich nur umsehen. Was man da mitbekam, reichte aus, um meinen Entschluss immer wieder neu zu festigen. Mehr als Bettgeschichten juckten mich nicht. Bislang bezog sich mein Interesse ausschließlich auf Sex. Aber war es bei Emily genauso? Mein Beschützer-instinkt verwirrte mich. Vielleicht war sie wie eine Schwester für mich. Igitt! Nee. Das konnte es bei der sexuellen Spannung definitiv nicht sein. Ich wusste es einfach nicht. Sie machte mich nervös und das störte mich extrem.

»Ty, du weißt, dass ich recht habe. Hör auf, dir den Kopf zu zerbrechen, und genieß doch einfach mal, dass der harte Mr. Cliffort doch ein Herz hat.«

»Vergiss es, Pat! Die Rolle ist schon beim Grinch zu Ende gespielt worden. Und jetzt komm, wir müssen los. Um sieben muss ich geduscht sein und bereit für eine heiße Nacht!« Ich stand auf und klopfte Patrick dabei auffor-dernd gegen die Schulter. Dann bot ich ihm meine Hand als Aufstehhilfe an.

»Als ob dir das jemals schwergefallen wäre, du Hengst«, lachte er erneut vor sich hin und nahm die Hand, die ich ihm reichte.

32. Emily

Seit langem verspürte ich endlich wieder richtig gute Laune. Es beflügelte mich, dass ich Tylor eine Abfuhr für den Abend erteilte. Ich hätte ihn wirklich gerne gesehen. Ich genoss seine Nähe. Aber es war eindeutig besser, wenn wir das zwischen uns nicht mehr zuließen. Ich war ein romantischer Herzmensch und er durch und durch kopfgesteuert. Ähm, ... und ich glaube auch schwanzgesteuert. Über meine Gedanken grinsend, lief ich in die Küche und wühlte eine Tiefkühlpizza aus dem Gefrierschrank. Ich stellte den Ofen an, nahm mir ein Glas und eine Flasche Wein mit ins Wohnzimmer und suchte mir einen Film für den Abend heraus. Ich konnte mich kaum entscheiden. Schnulze oder Action. Oder doch ein Horrorfilm? Nee, Horror hatte ich genug die letzten Tage. Ich hatte Lust auf etwas Schönes. Liebesfilm also! Ich akzeptierte nicht, dass es die wahre Liebe nicht geben sollte. Liam war es nicht. Und Tylor auch nicht. Aber irgendwo da draußen wartete er. Der eine, der mich auf Händen trug. Jeden Wunsch von meinen Lippen ablas und mich bedingungslos und mit Hingabe liebte. Das Piepen des Ofens riss mich aus meinen Gedanken. Ich holte die

Pizza aus der Küche und stellte sie auf den Wohnzimmertisch. Goss mir noch etwas Wein ein und drücke auf Play. Twilight – bis zum Morgengrauen. Ich sah diesen Film bestimmt schon das hundertste Mal, aber das machte ihn nicht weniger sehenswert. Ich nahm die Pizza auf meinen Schoß, lehnte mich zurück und genoss den Vorspann. Dann plötzlich schellte es an der Türe. Einmal, zweimal. Ich saß wie erstarrt auf der Couch. Schaute auf mein Handy ... Vergeblich ... Es waren keine Nachrichten angekommen. Rodriguez sagte mir immer wieder, dass er mich unverzüglich informierte, wenn Liam oder eine sonstige Gefahr in Vollzug wäre. In dem Moment war ich heilfroh, dass er weiterhin mit dem Wagen vor der Türe stand und nur Finley sich abwimmeln ließ. Er stand doch noch vor der Türe, oder? Ich entsperrte mein Telefon und schrieb ihm eine Nachricht.

»Rodriguez, jemand klingelt Sturm bei mir!« Es schellte ein weiteres Mal. Und direkt noch mal hinterher. Seine Antwort kam umgehend.

»Es ist Mr. Cliffort. Tylor Cliffort.« Mir fiel ein Stein vom Herzen und gleichzeitig war ich wütend. Konnte er nicht klingeln wie ein normaler Mensch? Oder mich kurz anrufen beziehungsweise eine Nachricht schicken, dass er kommen wollte. Und warum kam er überhaupt? Ich sagte doch ausdrücklich, dass ich keine Zeit hatte. Ich ging zur Türe und machte sie auf. Es dauerte einen Moment, bis er oben ankam. Aber in dem Augenblick, als ich ihn sah, bereute ich bereits, geöffnet zu haben. Mein Herz setzte einen Schlag aus. Schmetterlinge flogen wild ihre Bahnen. Wie konnte ein Mensch so eine Ausstrahlung und so eine Anziehungskraft besitzen und zugleich so ein Eisblock sein. Sein Gesichtsausdruck spiegelte eindeutig keine Schmetterlinge wider. Ich sammelte mich und lächelte ihn halbherzig an.

»Ist deine Gegensprechanlage kaputt?«

»Ähm, wie bitte?«

»Sie muss defekt sein, denn du hast sie nicht benutzt. Jeder Affe hätte jetzt vor der Türe stehen können.« Er blieb vor mir stehen und verschränkte die Arme vor der Brust.

»Ich habe Rodriguez gefragt, bevor ich geöffnet habe. Ich wusste also, dass du es bist.« Mit diesen Worten drehte ich mich plump um und ging ins Wohnzimmer. Ich ließ die Türe jedoch offenstehen, damit er mir folgen konnte.

»Aber du hast recht. Ein Affe stand wohl tatsächlich vor der Türe!«, sagte ich beiläufig. »Willst du was trinken?« Ich setzte mich auf die Couch, nahm mein Glas und sah ihn fragend an. Er lehnte am Türrahmen und hatte ein kaltschnäuziges Grinsen aufgesetzt. Sein Blick musterte mich einige Sekunden, dann schüttelte er kaum wahrnehmbar den Kopf, bevor er sich vom Rahmen abstieß und zu mir herüberkam.

»Touché, Madame!« Er setzte sich auf die Couch, nahm das Glas aus meiner Hand und trank einen Schluck daraus. Wohlgemerkt: aus meinem Glas!

»Ja, danke. Ich nehme gerne einen Schluck. Was machst du?«

»Ich gucke einen Film.«

»Und deswegen bist du heute so sehr beschäftigt, dass du keine Zeit hast, mich zu sehen?«

»Nein, ich habe keine Zeit, dich zu sehen, weil du nicht über meine Zeiteinteilung bestimmen kannst, wie es dir beliebt.« Ich nahm mir das Glas zurück und trank selbst einen Schluck daraus. Dann stellte ich es zurück auf den Tisch.

»Verstehe.«, sagte er schlichtweg und war einen Moment still. »Ich wollte mit dir sprechen. Aber das weißt du ja. Meine Karte hast du ja zumindest gelesen.«

»Was möchtest du mit mir besprechen, Tylor?«

»Dein Ex. Er kommt morgen aus der Haft frei. Ich wollte, dass du das weißt.« Ich saß da wie vom Blitz getroffen. Ich spürte, wie Angst in jeden Zentimeter meines Körpers kroch. Meine Gesichtsfarbe verabschiedete sich komplett, während mir schwindelig wurde. Tränen rannen ungewollt über mein Gesicht. War es tatsächlich noch der gleiche Tag wie vor drei Stunden? Als ich dachte, ich wäre stark und frech, weil ich eine blöde Karte schrieb. Oder ich vollkommen optimistisch und mit guter Laune einen Liebesfilm schauen wollte? Ich hörte, wie Tylor mit mir sprach, aber ich vernahm kein einziges Wort davon. Würde dieser Albtraum denn nie enden? Vielleicht sollte ich einfach die Stadt verlassen? Eine neue Identität würde es ihm zumindest erschweren, mich so schnell wiederzufinden. Ich musste dann meinen Job kündigen, aber das war okay. Ich fand was Neues. Wenn ich direkt packte, hatte ich einen Vorsprung. Wie im Wahn stand ich auf. Die Zeit verstrich. Ich musste mich beeilen. Auf der Stelle wurde ich zurück auf die Couch gezogen. Erst da bemerkte ich, dass Tylor weiterhin dort saß und auf mich einredete. Ehrlich gesagt wusste ich nicht, was er seit der Hiobsbotschaft erzählte.

»Hast du mir zugehört?«

»Ja, er kommt wieder her.« Ich wollte erneut aufstehen. Doch er hielt mich fest.

»Ich meinte danach. Was habe ich danach gesagt, Emily?« Ich wusste es nicht. Kein einziges seiner weiteren Worte hätte ich wiedergeben können. Ich versuchte, mich zu beruhigen. Tylor saß hier, also konnte mir erst mal zumindest nichts passieren. Ich nahm die Weinflasche, setzte sie an und kippte einen großen Schluck hinunter. Dann kroch ich zurück unter meine Decke.

»Ich habe keine Ahnung, entschuldige! Was hast du gesagt?«

»Ich werde nicht zulassen, dass dir das noch mal passiert! Ich nicht und auch Larry, Kira, Finley und Rodriguez nicht. Hörst du?« Mir liefen erneut Tränen über die Wangen. Diesmal aus Dankbarkeit.

»Ich weiß das wirklich sehr zu schätzen, aber ihr könnt nicht immer und zu jeder Zeit auf mich aufpassen. Abgesehen von Kira kennt ihr mich alle kaum. Ich kann unmöglich erwarten, dass ihr diese Opfer für mich bringt. Rodriguez und Finley sitzen seit einer Woche rund um die Uhr vor meiner Türe. Das geht so nicht. Bitte schicke beide nach Hause. Ich schaffe das ... Ich werde einfach von hier weggehen. Mein Aussehen etwas ändern und dafür sorgen, dass er mich nicht findet.« Ich tätschelte kurz dankbar seine Hand, dann stand ich erneut auf, um auf die Schnelle die wichtigsten Sachen einzupacken. Ein weiteres Mal griff Tylor nach mir, um mich am Weggehen zu hindern.

»Wenn du jetzt noch mal versuchst, dieses Sofa zu verlassen, während ich mit dir spreche, dann muss ich dich wohl leider an Ort und Stelle fixieren, und glaube mir, ich würde den Akt und den Anblick sehr genießen. Also nur zu!« Er ließ mich los und lehnte sich zurück. Seine Worte machten mich verlegen und ich lief mal wieder rot an. Ich spürte die Hitze in meinem Gesicht aufsteigen.

»Wenigstens bekommst du jetzt schon wieder etwas Farbe!« Ich schlug ihm beschämt lächelnd gegen den Oberarm, aber er zuckte nicht mal. Ein Grinsen konnte er dennoch nicht gänzlich unterdrücken. Ich mochte es so sehr, wenn er seine Selbstdisziplin verlor und ein wenig von dem richtigen Tylor Cliffort durchkam. Unbedacht und natürlich.

»Ich werde die Sicherheitsleute nicht abziehen und ich werde auch nicht zulassen, dass du wegen diesem Haufen Scheiße abhaust. Liam kann dich überall finden.« Bei den Worten überzog eine Gänsehaut meinen Körper und ich nahm erneut einen großen Schluck Wein. Ich bemerkte den missbilligenden Blick von Tylor, aber er äußerte sich nicht dazu.

»Emily, hier hast du uns. Woanders wärst du komplett auf dich gestellt.« Was er sagte, machte Sinn, dennoch fühlte ich mich nicht wohl damit. Sie konnten doch nicht alle ihr eigenes Leben nach meinem richten. Tylor ließ mir keine Zeit, groß in Gedanken zu verfallen, da er unaufhörlich weitersprach.

»Daher habe ich zwei Angebote für dich. Erstens: Ich statte Liam einen Besuch ab, sobald er entlassen wurde. Ich werde ihm unmissverständlich klar machen, dass er sich von dir fernzuhalten hat. Für den Fall, dass er das noch nicht verstanden haben sollte. Oder alternativ: Einer von uns bleibt immer bei dir. Egal was du machst, wo auch immer du hingehst. Und ich werde den Wichser vorerst beschatten lassen, damit wir jederzeit wissen, was er tut. Was ist deine Wahl?«

»Ich will nicht, dass einer von euch sich in Gefahr begibt, und auch nicht, dass ihr euer Leben einstellt, um meines zu schützen!«

»Was ist deine Wahl?«

»Tylor, bitte! Ich möchte das nicht. Ich kann das nicht verlangen.«

»Emily, ich bin nicht der geduldigste Mensch. Und ich diskutiere auch extrem ungern. Wenn du nicht entscheidest, entscheide ich selbst!« Als diesmal er aufstand, hielt ich ihn fest. Ich musste wählen. Ich verstand, dass alles andere keinen Sinn machte. Er würde in dem Punkt nicht nachgeben. Und mir war klar, dass er die erste Variante aussuchte, wenn ich ihm die Entscheidung überließ. Das kam nicht infrage. An dem Abend, als er auf Liam stieß, hatte ich natürlich Angst um mich, aber mindestens genauso um Tylor. Er bewies in der Situation zwar, dass er sich durchaus zu verteidigen wusste, trotzdem wollte ich kein Risiko eingehen.

»Du gehst nicht alleine zu ihm. Ich will nicht, dass du dich unnötig in Gefahr begibst. Vielleicht geht er auch von alleine, sobald er wieder frei ist. Ich bin sicher, dass er deine eindeutigen Worte verstanden hat und sich nun fernhält. Lass uns abwarten.«

»Okay, dann akzeptiere ich deine Wahl. Die andere wäre mir persönlich als erster Schritt lieber gewesen, aber wir machen es so, wie du sagst. Des Weiteren ist es ja auch gut zu wissen, dass du dich um mich sorgst.« Er zwinkerte mir zu und setzte einen selbstgefälligen Gesichtsausdruck auf. Ich musste lachen. Von Herzen. Trotz dieser ernsten Lage. Er spielte seine Rolle wirklich gut. Mittlerweile konnte ich immer wieder mal einschätzen, wann seine Arroganz echt war. Aber auch die Maske, die er nutzte, um andere fernzuhalten, konnte ich hier und da bereits erkennen. Und dann gab es noch den Player. Der mit seinem Charme allen Frauen den Kopf verdrehte.

»Das habe ich so nicht gesagt! Also, was hast du jetzt vor? Ich möchte den Film weiterschauen.«

»Was guckst du denn?«

»Mädelskram!« Ich nahm mein Glas vom Tisch und lehnte mich zurück. »Twilight. Erster Teil. Nichts für Machos!«, meinte ich keck.

»Gut, dass ich keiner bin, sondern nur ein Mann, der weiß, was er will! Wo finde ich ein Glas? Oder wollen wir uns weiterhin eins teilen?« Er stand auf und sah mich fragend an. Als er meinen Blick sah, fing er laut an zu lachen. Offensichtlich verriet mein Gesicht den Schockzustand, in den ich gerade verfiel. Ich starrte ihn an wie von Sinnen. Dieses Lachen ließ ihn wie einen kleinen Jungen wirken. Sorgenlos, unbeschwert, sexy. Das wollte ich öfter hören.

»Ich kann auch gehen, wenn du nicht willst, dass ich bleibe.«, schlug er vor. Offensichtlich verstand er meinen Blick anders. Mich haute er schlichtweg mal wieder um. Er dachte aber, dass ich ihn nicht hier haben wollte. Oder gar verunsichert war, wenn er blieb. Das konnte ich nicht so stehen lassen. Als ob ich Angst hätte, dass er hier war. Pahhh. So weit kam es noch. Na gut, vielleicht etwas ...

»Nein, kein Problem. Bleib ruhig, ich bin nur verwundert, das ist alles. Im Schrank rechts neben der Spüle sind die Gläser. Möchtest du auch eine Pizza? Ich kann dir noch eben eine in den Ofen schmeißen.«

»Ne, schon gut, du teilst ja so gerne mit mir. Deine Pizza wird vorzüglich schmecken. Übrigens kennst du meine Schwester nicht, sonst würdest du dich nicht wundern! Melissa liebt solche Filme, also kennt die ganze Familie sie zwangsläufig auch. Außerdem könnte meine Gesellschaft heute Abend schlechter sein.« Er kuschelte sich in der Tat mit seinem Glas Wein zu mir unter die Decke, um den Film anzusehen. Ich wusste nicht, ob das ein Traum war. Und auch nicht, ob er hierblieb, weil er mich mit der neuesten Information nicht alleine lassen wollte. Aber egal, was der Grund war, ich genoss seine Anwesenheit und die Wärme, die er unter der Decke verbreitete. Er nahm die Fernbedienung und drückte erneut auf Start.

33. Tylor

»Sie hat dich stehen gelassen?«

»Es tut mir leid. Sie hat mir nur diese Karte in die Hand gedrückt. Außerdem sagte sie, dass sie meine Unterstützung nun nicht mehr brauche, und ist gegangen.« Unfassbar, was sie sich alles erlaubte. So was war mir noch nie untergekommen. Wie konnte man so stur und dickköpfig sein? Am liebsten würde ich sie maßregeln und ihr beibringen, zu tun, was man ihr sagte. Ich öffnete den Umschlag und las ihre Nachricht.

»Danke, dass du für mich da warst ... Ich werde dir das niemals vergessen! Danke! Aber wenn du mit mir sprechen möchtest, kannst du anfragen, wann es mir passt, dann schaue ich gerne nach. So spontan kann ich leider nicht jedem zur Verfügung stehen!«

Ich las die Nachricht erneut und erneut. Sie konnte nicht JEDEM so spontan zur Verfügung stehen. What? Ich war doch nicht jeder, verdammt noch mal! Außerdem, wie viele gab es denn, die sie spontan sehen wollten? Das konnte sie komplett vergessen! Ich musste mit ihr reden. Ob sie nun wollte oder nicht.

»Finley, mach den Wagen fertig. Ich bin in fünf Minuten unten.«

»Schon erledigt. Wir sind sofort abfahrbereit.« Ich zog mich noch mal auf die Schnelle um. Die geile Nummer, die ich mir erhoffte, würde nach ihrem Rumzicken wohl nicht zustande kommen. Super! Dennoch legte ich natürlich Wert auf mein Erscheinungsbild und auf meinen Geruch. Die Anzughose und das Hemd ersetzte ich durch eine Jeans und ein Shirt und legte noch schnell Sauvage von Dior auf, bevor ich das Haus verließ. Ich fuhr hinunter in die Tiefgarage und stieg in den SUV. Bei Emily angekommen, sah ich sanftes Licht in der Wohnung. Sie war also zu Hause. Ob sie alleine war, würde sich herausstellen. Ich ging zur Türe und klingelte an. Kurz danach ein weiteres Mal. Ich erwartete an der Gegensprechanlage ihre Stimme und stellte mich bewusst etwas näher daran, um antworten zu können. Schließlich musste sie zukünftig besser aufpassen, was ihr Leben betraf. Als nichts geschah, schellte ich erneut zweimal. Sie konnte unmöglich schon schlafen. War sie vielleicht wirklich mit jemandem zusammen? Liam konnte nicht da sein, der saß noch im Bau. Aber hatte sie sich einen Spielgefährten für den Abend eingeladen? Ließ sie mich deswegen so lange warten? Wenn sich in zwei Minuten diese verfickte Türe nicht öffnete, würde ich sie selbst aufmachen. Dann plötzlich drückte sie doch noch auf. Meine

Anspannung verflog geringfügig. Ich hätte ihr den Hintern versohlen können. Warum öffnete sie die Scheißtür einfach so? Ich ging hinauf. Mein Plan für heute war klar. Ich musste ihr von Liam erzählen und eine Lösung finden. Sollte alles gut laufen, hatten wir die ganze Nacht Zeit für einen beruhigenden Fick. Wenn ich sie ja eh beschützen musste, machte es Sinn, so nah wie möglich bei ihr zu bleiben. Nur zur Vorsicht! Ein paar extra Runden würden wohl in einer Nacht drin sein, wenn sie endlich wüsste, was ihr bisher entging. Oben angekommen kam ich direkt mal wieder in den Genuss ihrer rotzigen Klappe. Ich mochte diese Nickeligkeiten zwischen uns. Sie gab mir Konter, das gefiel mir. Zumindest oftmals! Bei weitem nicht immer! Sie besaß ihren eigenen Willen, das fand ich extrem anziehend. Und zudem ließ es den Jäger in mir konstant wieder aufhorchen. Sie musste erobert werden, und das war eine Herausforderung, die ich bisher selten kannte. Außerdem lockte mich ihre schüchterne Art, weil ich genau wusste, dass hinter der Fassade so viel mehr steckte. Ich platzte relativ zügig mit der schlechten Nachricht heraus. Dieser Bastard von Ex kam auf freien Fuß und ich musste mit ihr die Alternativen absprechen, die sie nun hatte. Es war zwar nicht so, dass ihr eine wahnsinnig große Auswahl blieb, aber zumindest besser als nichts. Wie zu erwarten, zog ihr diese Botschaft kurzfristig den Boden unter den Füßen weg. Es kostete etwas

Anstrengung, mit ihr einigermaßen sprechen zu können. Und noch mehr, eine Entscheidung von ihr zu erhalten. Aber am Ende lachte sie auf jeden Fall wieder, also stellte ich mich nicht so schlecht an. Nachdem wir das ätzende Thema abhaken konnten, gingen wir in den gemütlichen Teil des Abends über. Sie wollte einen Film gucken. Na ja, warum nicht. Eigentlich lag mir so ein Scheiß gar nicht, aber wenn sie erst mal in einer entspannten Stimmung war, würde sie sich von ganz alleine in meine Arme begeben. Win-win-Situation quasi. Wir setzen uns beide unter die Decke. Jeder mit einem Glas Wein in der Hand, und schauten Twilight. Mir fielen Patricks Worte wieder ein. »Dass ich das noch mal erleben darf! Der kleine Tylor kriegt 'ne Freundin ...« Dieser Trottel. Natürlich war dem nicht so. Emily brauchte Schutz und ich gab ihn ihr. Punkt! Das war's! Nicht mehr und nicht weniger ...

34. Emily

»Bei dem Film bekommt die Aussage ›Ich kann dich nicht riechen‹ einen ganz eindeutigen Sinn.«, lachte Tylor, weil Edward fluchtartig den Raum verließ, als es zur Pause klingelte.

»Aber doch nur, weil er sie so sehr wollte.«, versuchte ich Edwards Stimme nachzuäffen. Was uns einen Lachanfall einbrachte.

»Aber mal im Ernst, ich finde es eine tolle Liebesgeschichte. Ich habe den Film schon Dutzende Male gesehen.«, fuhr ich fort, nachdem wir uns wieder beruhigt hatten. »Sie, das kleine graue Mäuschen. Er, der angesehene Schönling, den jede will. Und der sich dann ausgerechnet in sie verguckt. Und alles aufs Spiel setzt, um sie zu bekommen. Das ist ein Traum von einer Lovestory!« Tylor nahm die Fernbedienung und stellte den Film auf Pause. Er drehte sich in meine Richtung und setzte sich in die mir gegenüberliegende Ecke. Meine Beine legte er dabei zwischen seine, damit wir uns beide lang ausstrecken konnten. Es fühlte sich etwas unangenehm an, denn es war eine sehr vertraute und innige Situation, die sich dadurch entwickelte. Wir berührten uns zwangsläufig an einigen Stellen. Diese Berührungen waren gleichermaßen schön wie seltsam.

»Was du sagst, mag aus deiner Sicht so zutreffen. Aber wer sagt, dass er das auch so empfindet? Dass er sich als diesen Schönling sieht? Vielleicht fühlt er sich ganz normal.«

»Das ist eine interessante Theorie.« Ich dachte kurz darüber nach. »Er ist oft sehr zurückhaltend und verschlossen, was er aufgrund seines Lebens natürlich auch muss. Aber ich denke, dass diese Art ihn zusätzlich geheimnisvoll macht und somit erst recht zum Objekt der Begierde, weil man ihn nicht bekommen kann.«

»Für ihn – in seiner Welt – ist er nichts Besonderes. Eventuell nervt es ihn eher, dass andere das denken, und er interessiert sich für sie, weil sie eben nicht so ist wie die anderen, die ihn immerzu anschmachten.«

»Ich verstehe, was du meinst. Er hat halt auch leider nicht die große Wahl. Sein Leben ist kompliziert.«

»Richtig! Er hat keine Wahl. Er ist, wie er ist. Und sein Leben ist, wie es ist. Eine Frau passt dort einfach nicht rein, deswegen ist er schon immer allein. That's Life.«

»Nicht ganz, denn sie hat es trotz der erschwerten Umstände in sein Herz geschafft. Sie sieht ihn, wie er ist. Und er lässt es zu, wahrhaftig von ihr gesehen zu werden. Er verliebt sich, obwohl das nie sein Plan war.«

»So einfach ist das nicht, Emily. Jeden, den er in sein Leben lässt, muss seine Bürde mittragen, und die Last ist nicht immer schön.«

»Sind wir noch beim Film?«

»Ja, natürlich.« Da war es wieder. Dieses Grinsen, das ich so toll fand. Es zeigte für einen Moment schlicht und einfach nur ihn. Komplett ohne die Fassade, die er jederzeit aufrecht hielt. So stellte ich ihn mir auch im Kreise seiner Familie vor. Echt!

»Okayyy! Ich hab nur kurz gezweifelt.«, entgegnete ich kichernd. »Also gut. Auch wenn seine Last verständlicherweise schwer auf ihm lastet, ist es dann nicht dennoch sinnvoller, diese gemeinsam zu tragen? Geteiltes Leid und so?«

»Ja, von außen betrachtet schon. Aber bis es soweit kommt, sind extrem viele Hürden zu überwinden. Da trägt man seine Bürde alleine viel schneller. Es bleibt ja trotzdem immer die Alternative, sich dennoch auf lockerer Ebene hier und da etwas Schönes in seinen Alltag einzubauen. Gerade wenn man so wie er jede haben könnte.«

»Ja, und dieses schöne Ding randaliert dann im Club ...«, flüstere ich vor mich hin.

»Wie bitte?«

»Ähm, nichts, vergiss es! Schaltest du wieder an?«

»Sicher nicht! Was hast du gesagt?«

»Dass du eine interessante Ansicht hast.«, log ich strategisch.

»Nein, das hast du nicht gesagt!« Er zwickte mich lässig in den Fuß.

»Hey, das ist nicht fair.«, lachte ich und zog die Füße aus seiner Reichweite.

»Dass du mich anlügst, auch nicht. Also los, hau raus, was du zu sagen hast.«

»Ich sagte nur ... ähm, ... dass ... äh ... das Schöne, was ... mhhh ... man sich dann mal so mitnimmt ... ähhh ... dann im Club randaliert.« Kaum hatte ich die gestammelten Worte über meine Lippen gebracht, spürte ich, wie mir heiß wurde. Ich schlug die Hände vors Gesicht, damit er mich nicht ansah.

»Sind wir noch beim Film Emily?«, lachte Tylor unbekümmert los. Ich fühlte mich dumm, aber musste gleichermaßen mitlachen. Vielleicht hatte ich unser Gespräch nicht richtig interpretiert. Jedenfalls passte es sowohl zu ihm als auch zu Edward. Er stellte sein Glas auf den Tisch und rückte ein Stück näher an mich heran. Diese Intimität war schön und doch ungewohnt. Ich sagte nichts. Ich wartete nur darauf, was er als Nächstes tat.

»Okay, reden wir darüber! Ja, es kann vorkommen, dass dieses Schöne dann irgendwann nicht mehr so schön ist. Dann muss man ehrlich sein und Konsequenzen ziehen. Jedoch weiß das Schöne bei mir im Vorfeld immer, wo es dran ist. Es gibt also keinerlei Grund, im Club zu randalieren.«

»Sie scheint es nicht gewusst zu haben.«

»Oh doch, das wusste sie, und zwar sehr genau. Noch deutlicher hätte ich es ihr nicht sagen können. Aber sie verliebte sich und dachte nicht mehr rational über ihr Tun nach. Ich bin nicht der Typ, in den man sich verlieben sollte. So einfach ist das!«

»So einfach ist das?« Nun setzte auch ich mich aufrecht hin, wodurch ich ihm genau gegenüber saß. Warum dachte er so? Er war erfolgreich, unfassbar gut aussehend und vermögend. Seine Last würde so manchen glücklich machen. Oder steckte mehr hinter Tylor Cliffort als nur der Schönling, der alle haben konnte, aber nicht wollte?

»Nein, Tylor, so einfach ist das nicht! Man sucht sich doch nicht aus, wann oder in wen man sich verliebt. Das ist ein Gefühl, das irgendwann einfach da ist. Das steuert man nicht.«

»Da mag jeder drüber denken, wie es ihm gefällt. Das ist für mich vollkommen okay. Jeder hat seine Art, mit Emotionen umzugehen. Sieh mich und meine Geschwister an. Melissa ist die leidenschaftliche Romantikerin. Ich bin das genaue Gegenteil. Und Larry eine Mischung aus uns beiden. Ich finde, wir sind alle drei okay, wie wir sind.« Er nahm sein Glas und schaltete den Film wieder an. Augenblicklich setzte ich mich auf die Knie, um näher an ihn heranzukommen und ihm die Fernbedienung aus der Hand zu nehmen. Diese Unterhaltung war noch nicht zu Ende! Ich wollte ihn verstehen! Er zog die Fernbedienung weg, aber stellte den Film dennoch auf Pause. Ich lehnte halb über ihm, mit einer Hand auf seiner Armlehne abgestützt. Er legte eine Hand in meinen Rücken und hinderte mich somit daran, mich zurück auf meinen ursprünglichen Platz zu setzen.

»Du kannst mir ruhig sagen, wenn du näher bei mir sein möchtest. Du musst dafür nicht so tun, als ob du die Fernsteuerung haben willst.«

»Hochmut kommt vor dem Fall, mein Lieber. Ich reihe mich nicht in deinen Harem ein.« Er lockerte seinen Griff keinen Millimeter, daher rückte ich einfach näher und setzte mich unmittelbar neben ihn.

»Was muss ich tun, damit du dich den schönen Dingen in meinem Leben hingibst?«

»Nichts. Ich habe kein Interesse an einem Mann wie dir!«

»Was genau ist ein Mann wie ich?« Er schaute mich skeptisch an. »Du magst keine gut aussehenden Männer?« Er zog künstlich eine Augenbraue nach oben. Ich schüttelte lachend den Kopf.

»Doch durchaus! Du hast vieles an dir, was ich mögen könnte.« Nun zog ich die Augenbraue hoch. »Aber ich stehe nicht auf Menschen, die sich auf ihrem Erfolg und auf ihrem Geld ausruhen und dann meinen, dass ihnen alles und jeder zu Füßen liegt. Mich interessiert der Mensch hinter der Fassade!«

»Und, du bist der Meinung, dass ich so bin? Erfolgsverwöhnt. Reicher Schnösel und nicht echt?«

»Teilweise. Ich kann deinen Erfolg und deinen Reichtum nicht einschätzen. Und auch nicht, wie du dazu gekommen bist. Aber was deine Fassade betrifft ... Ja! Du machst es deinem Umfeld extrem schwer, dich zu sehen. Es blitzt manchmal durch, aber in der Regel lässt du einem keine Chance dazu. Und zudem kommt erschwerend hinzu, dass ich keine Frau für eine Nacht bin. Ich will nicht die Masse sein, sondern die einzige.«

»Also auch die leidenschaftliche Romantikerin.«, zog er folgerichtig seine Schlüsse aus meiner Erklärung.

»Ja, und somit das genaue Gegenteil von dir. Du hast es selbst gerade auf den Punkt gebracht.« Wir schwiegen uns eine Zeit lang an. Jeder in seinen Gedanken versunken. Wir saßen noch immer unmittelbar nebeneinander. Seine Hand in meinem Rücken. Meine Schulter an ihn gelehnt und meine Knie auf seinen Beinen abgelegt. Unsere Nähe war für beide deutlich spürbar. Er roch unfassbar gut. Alles an ihm verursachte bei mir ein Kribbeln. Ich dachte an unseren Abend im Auto. Wie zärtlich und doch bestimmend er zugleich war. Und wie sehr es mich erregte. Allein bei dem Gedanken daran spürte ich, wie sich auch jetzt erneut alles in mir zusammenzog. Lust stieg auf und es wurde feucht in meinem Höschen.

35. Tylor

Sie zierte sich also, weil ich mich nicht festlegte. Okay! ... Ich rechnete damit, aber dennoch nervte es. Sie verstand nicht, dass all das hier eine Ehre für sie war. Nie zuvor ließ ich mich so weit auf eine Frau ein, nur um sie ins Bett zu bekommen. Ich wollte sie haben und mich in ihr versenken. Sie spüren und ihr gut tun. Reichte das verdammt noch mal nicht? Etwas Festes kam einfach nicht infrage. Punkt! Selbst bei dem Gedanken daran würde ich am liebsten auf der Stelle die Flucht antreten. Die Situation war zum Durchdrehen! Denn zeitgleich mit diesem ganzen Theater reizte sie mich ins Unermessliche. Wenn sie bei mir saß, direkt neben mir, und ich ihr Knie an meinem spürte. Ihren Geruch in meiner Nase und ihren Körper so nah an mir. Dann zwang sie mich geradezu, mir vorzustellen, wie sie breitbeinig vor mir lag und meine Zunge erneut in ihrer heißen Grotte versank. Ich wollte sie schmecken und sie um den Verstand bringen, bis sie meinen Namen schrie und mich bat, sie endlich zu ficken. Verdammt! Ich lehnte mich nach vorne, um die heranwachsende Beule in meiner Hose zu vertuschen. Meine Hand musste ich dazu von ihrem Rücken entfernen, aber sie sollte nicht weggehen. Daher nahm ich ihre Hand in meine und strich unbedacht mit den Fingerspitzen ihre Konturen nach. Unmittelbar danach breitete sich eine deutliche Gänsehaut auf ihrem Arm aus. Da es hier alles andere als kalt war, lag diese körperliche Reaktion definitiv an mir. Sie wollte mich ebenso wie ich sie. Warum machte sie es unnötig schwer? Ich musste sie haben. Aber eine Beziehung ging ich dafür nicht ein. Wir brauchten einen Kompromiss. Einen, der für uns beide akzeptabel war.

»Was würdest du sagen, wenn es nicht nur für eine Nacht wäre?«

»Was meinst du?«

»Du hast gesagt, du bist keine Frau für eine Nacht. Ich bin aber eben nicht der Mann, der sich bindet. Daher meine Frage: Was ist, wenn es nicht nur eine Nacht ist? Aber eben auch keine feste Bindung im eigentlichen Sinne?«

»Freundschaft plus? Das ist dein Vorschlag?«

»Das ist eine beschissene Bezeichnung dafür, aber ja. So in der Art. Halt das Beste von jeder Variante. Keine Emotionen ... kein Stress. Nur Spaß!«

»Du lässt dir also geschickt alle Möglichkeiten offen ... Und wie viele dieser Gespielinnen hast du dann so?«

»Du meinst, ob ich dann mehrere wie dich nebenbei hätte? Ist das deine Sorge? Ist das für dich ein K.-O.-Kriterium??«

»Ja!«

Diese ehrliche und direkte Aussage überraschte mich. Sie schien erst mal nicht abgeneigt. Aber sie wollte nicht, dass sie eine von vielen war, sondern in der Form dennoch ein Alleinstellungsmerkmal erhielt. Dies war wiederum für mich neu. Ihre Anforderung beinhaltete dann schon eine Art Bindung, auch wenn es sich nicht Beziehung schimpfte. Eine Einschränkung, die ich mir noch nie vorschreiben ließ. Ich fickte, auf wen ich Lust hatte. Diese Freiheit wollte sie mir nehmen oder besser gesagt begrenzen. Bisher lief nichts Großes zwischen uns, daher konnte ich schlecht einschätzen, ob sie es wert war. Würde sie mich so gut befriedigen, dass ich mich ausschließlich auf Sex mit ihr zu dezimieren vermochte? Hatte ich mich so weit im Griff, dass ich mein Wort diesbezüglich hielt? Und vor allem würden wir mit dieser Zwischenlösung dennoch die Distanz halten können, die für mich unumgänglich war? Am Ende hatte ich nichts zu verlieren. Wenn es nicht klappte, beendeten wir diese Vereinbarung wieder. Ein Versuch war es wert!

»Vorschlag! Was hältst du davon, wenn wir jegliche sexuelle Aktivität nur auf uns beide beschränken? Niemand anderes nebenher. Diese Bedingung gilt dann jedoch auch für dich! Ich bin sexuell gesehen der einzige Mann, der dich berühren darf. ABER ...! Wir sind kein Paar. Ich meine es ernst, Emily! Ich bin kein Mann zum Verlieben. Nicht der Mann für große Emotionen.

Ich trage meine Lasten alleine. Du bist lediglich für das Schöne in meinem Leben zuständig. Und ich in deinem. Ich weiß, es klingt hart, aber das ist mein Entgegenkommen. Was sagst du?« Wie zu erwarten, schwieg sie erneut. Aber ich sah, dass sie über meine Worte nachdachte. Sie wog jeden Punkt genau ab. Ich hatte eine Chance. Zumindest eine kleine. Wie auch immer, das war alles, was ich ihr anbieten konnte. Mit diesem Angebot war sie bereits eine absolute Ausnahme in meinem Leben. Ich versuchte es immerhin. Entweder sie befriedigte mich so ausgiebig, wie ich es mir erhoffte, dann würde sie mir ausreichen. Oder aber es war nicht so. In dem Fall beendeten wir diese Abmachung wieder. Es lag an ihr, ob sie es ebenfalls versuchen wollte. Ihre Stille machte mich nervös. Wenn sie absagte, würde ich zukünftig die Finger von ihr lassen. Alles andere ergab keinen Sinn. Die Vorstellung kotzte mich nichtsdestotrotz an. Ich war nicht der Mensch, der nicht bekam, was er begehrte. Und bei Gott, ich lechzte nach ihr seit dem ersten Abend im Joy. Wenn ich mich zurücklehnte, könnte auch Emily das sehen. Meine harte Männlichkeit war unbeirrbar in ihrer Lust. Sollte sie nur halb so geil sein wie ich, dann würde sich das hier zum Guten wenden.

»Können wir handeln?«, fragte sie plötzlich in die Stille hinein.

»Über was?«

»Über den Umfang des Arrangements.«

»Ich bin ehrlich, das solltest du mittlerweile erkannt haben. Du bist die erste Frau, der ich jemals in irgendeiner Form ein Angebot gemacht habe. Und erst recht so eins. Ich weiß nicht, ob ich dir noch mehr entgegenkommen kann, als ich es bereits tue.«

»Ich danke dir, dass du so offen mit mir sprichst.« Sie ergriff meine Hand und streichelte zärtlich darüber. Aus Reflex wollte ich diese Berührung direkt unterbinden. Da mir jedoch klar war, dass dieses im Augenblick alles andere als zielführend gewesen wäre, harrte ich aus. Ich brauchte derart Zuneigung nicht. Und noch viel wichtiger: Ich wollte sie auch nicht! Für Sex war ich zu haben. Aber darüber hinaus verspürte ich keinerlei Bedarf. Ich hielt körperliche Nähe aus, doch ich genoss sie nicht. Unauffällig zog ich meine Hand weg und tat so, als ob ich was trinken müsste. Ich wollte ihre Entscheidung nicht gefährden, aber ebenso wenig diese unnötige Innigkeit weiter ausreizen. Ich sah in ihrem Gesicht, dass sie das Ausweichmanöver begriff. Und die Enttäuschung darüber ließ sich in ihren Augen ablesen. Sie rückte zurück in ihre Ecke der Couch. Augenblicklich hätte ich mir selbst in den Arsch treten können. Es lag wirklich nicht an ihr. *Warum verstanden Frauen das eigentlich nicht?* So lebte ich nun mal. Das war ich! Sie sagte doch, ich soll keine Maske aufsetzen. Aber wenn ich mich zeigte, war es auch falsch ... *Frauen, Alter!*

Erneut verfiel sie in Schweigen. Zum Glück nicht so lange wie zuvor.

»Also, hier ist mein Angebot!«, ergriff sie nach kurzer Zeit das Wort. »Wir sind kein Paar. Aber wir haben Intimität nur zwischen uns. Keine anderen! Weder auf deiner noch auf meiner Seite. So weit stimmen wir überein, richtig?«

»Richtig!«

»Für mich ist das alles neu. Ich habe bisher nur mit Liam sexuelle Erfahrungen gesammelt. Ich brauche Zeit und Vertrauen, um mich dir hingeben zu können.«

»Ich würde dich niemals drängen, etwas zu tun, was du nicht willst. Vielleicht entdecken wir aber zusammen auch Dinge, die du noch nicht kennst und die du mal probieren magst.«

»Ja, vielleicht ... Ich werde es auf mich zukommen lassen und versuchen, in deine Welt einzutauchen. Das ist meine Herausforderung! Kommen wir nun zu deiner Herausforderung bei dieser Sache ...« Ich spürte, wie die Anspannung in mir wuchs. Ich dachte, das war's. Ich teilte ihr mit, dass ich ihre Wünsche respektierte, und dann konnten wir starten. Und nun kam noch eine Auflage dazu. Wenn sie so weitermachte, konnte sie die ganze Scheiße abhaken. Sollte ich zusätzlich einen beschissenen Vertrag aufsetzen, nur um meinen Schwanz in sie zustecken? Ich legte mein Pokerface auf und lehnte mich entspannt zurück.

»Meine Herausforderung? Und was soll das deiner Meinung nach sein?«, fragte ich vermutlich einen Tick zu hart.

»Du wirst mich nie wieder wie eine Prostituierte behandeln!«, sagte sie fast ein wenig starr. Ich merkte, dass es ihr wichtig war. Aber ich verstand es nicht. *Nie wieder?*

»Bitte was?« Ich schaute sie geschockt an. Was dachte sie, verfickt noch mal, von mir? »Habe ich dir je das Gefühl gegeben?«

»Jain!« Tolle Aussage. Ich war verwirrt. Ging in meiner Erinnerung unsere erlebten Stunden zurück und reflektierte, wann das gewesen sein soll. Sie schien meine Gedanken zu lesen, denn sie präsentierte mir ohne weiteres Nachfragen meinerseits die Antwort.

»Nachdem wir im Restaurant waren. Im Auto. Für mich war es eine unübliche Situation, wie ich dir gerade schon erklärte. Als wir fertig waren, hast du meine Beine geschlossen, sie hingestellt und hast dich verabschiedet. Es hätte nur noch gefehlt, dass du mir Geld in die Hand drückst, bevor ich aussteige.«

»Ja, aber wir waren fertig und schon bei dir zu Hause angekommen. Was hätte ich noch tun sollen?«

»Na ja, vielleicht menschlich sein, Tylor! Wäre es zu viel gewesen, noch etwas Nettes zu sagen? Oder mir einen Kuss auf die Wange oder die Hand zu geben. Oder auch einfach nur nicht so zu tun, als wenn alles getan wäre und ich nun gehen dürfte?!« Ich sah sie an. Sie hatte Tränen in den Augen, versuchte aber, diese zu unterdrücken. Sie sprach hart, geradeheraus und einen Touch zu laut. Sie war emotional geladen. Genau das, was ich nicht wollte. Die nervigste Eigenschaft in einer Beziehung. Ich konnte mit so einem Rotz nicht umgehen und hatte auch einfach keinen Bock auf so eine Scheiße. Ich stand auf, ging ohne ein Wort ins Badezimmer und verschloss die Türe hinter mir.

36. Emily

In dem Moment, als es aus mir herausplatzte, ärgerte ich mich über mich selbst. Aber es musste dennoch gesagt werden. Mit dieser total auffälligen Finte befreite er seine Hand aus meiner. Damit ich ihn nicht berührte? So wie auch im Restaurant, wo er so aussah, als ob ich ihm Qualen zufügte, nur weil ich ihn streichelte. Aber wenn er mich anfasste, war es okay? Nee, so nicht! Dadurch kam alles wieder hoch. Das Gefühl, das ich nach der Liaison im Auto spürte. Die Tränen, die ich im Anschluss weinte. Ich stieg nicht mit jemandem ins Bett. Und schon gar nicht mit jemandem, der ansonsten keinerlei Körperlichkeiten zuließ. Wie sollte das seiner Meinung nach ablaufen? »Ich bin da, leg dich hin. Ich vögel dich schnell und dann bin ich wieder weg. Tschööö!?« Das konnte doch nicht sein Ernst sein?! Das wollte ich auf keinen Fall! Ich spürte seine Wut, als er aufstand und ins Bad lief. Mir war durchaus bewusst, dass ich schon viel von ihm erhielt, was er anderen nicht einräumte. Das tat er gewiss aus irgendeinem Grund heraus. Ich wusste noch nicht genau, welcher dies war. Aber ich entschied mich, zu testen, wie weit ich es ausreizen konnte. Sein Abgang zeigte mir, dass ich offensichtlich an diesem Punkt angelangt war. Ich hatte Angst, dass alles zwischen uns nun endete. Doch gleichzeitig wollte ich mich auch nicht einfach so hergeben. Es lag bei ihm. Was auch immer sein Grund für diese teilweise kühlen Momente war. Er musste entscheiden, ob er diese Gründe oder mich priorisierte. Mein Herz schlug mir dennoch bis zum Hals.

37. Tylor

Ich kühlte mir das Gesicht mit arschkaltem Leitungswasser und setzte mich auf den Rand der Badewanne. Wie konnte sie mir so was vorwerfen? Ja, ich war ein Arschloch, wenn es um Gefühle ging, aber ich trug Frauen darüber hinaus immer auf Händen. Erfüllte ihnen die geheimsten Wünsche und behandelte sie wie Königinnen im Bett. Und sie unterstellte mir, dass ich sie wie eine Nutte abfertigte. Ich war wütend. Wirklich wütend! So fühlte ich mich schon lange nicht mehr. Es war nicht so eine rasende Wut wie bei Liam. Dieser Hass, der bei ihm hochkam. Diese Wut war ganz anders, aber dennoch massiv. Intensiv! Und definitiv nicht das, was ich wollte ... Wie stellte sie sich das vor? Sollte ich, bevor ich mit ihr ins Bett stieg, erst mal 'ne Stunde ihren Rücken kraulen und die Füße massieren und am besten danach noch kuscheln und Händchenhalten, bevor ich ihn endlich reinsteckte? Verfickte Scheiße! Das konnte doch nicht ihr verdammter Ernst sein. Das bekam sie auf keinen Fall! Das konnte ich ihr nicht geben! Und ich wollte es ihr auch nicht geben. Ich brauchte solche Sachen nicht. Ich genoss sie nicht. Warum also sollte ich mich auf so eine

Scheißidee einlassen? Das war's … Ich würde mich entschuldigen, dass wir keine gemeinsame Lösung fanden, mich bei ihr für den Abend bedanken und gehen. Dann verschwand ich aus ihrem Leben. Die Sicherheitsleute und Kira würden ausreichen, um ihren Schutz zu gewährleisten. Ich war raus. Ein für alle Mal!

38. Emily

Als sich die Badezimmertüre wieder öffnete, mied ich den Blick dorthin bewusst. In der Zwischenzeit befüllte ich mein Glas erneut und strich mit dem Zeigefinger den Rand entlang. Ich wollte ihn nicht ansehen. Aus Wut und aus Scham. Er setzte sich wieder auf seinen Platz und schaute einen gefühlt endlosen Moment auf seine Hände. Ich sah ihm seine Anspannung regelrecht an. Sein Körper war verkrampft. Am liebsten hätte ich ihn umarmt und ihm gesagt, dass es mir leidtat. Aber ich tat es nicht. Obwohl es hart ausgedrückt war, hatte ich trotzdem recht. Ich fühlte mich in dem Moment nicht gut. Und auch nicht, wenn er sich mir ständig entzog. Das musste er einfach wissen, wenn das hier funktionieren sollte.

»Es tut mir leid, aber ...«, ergriff er als Erstes das Wort.

»Mir auch!« Er sah mich fragend an, daher ergänzte ich meine Reaktion. »Es war hart ausgedrückt. Aber zu dem Kern der Sache stehe ich. Ich möchte mich nicht so fühlen wie in diesem Moment. Und auch nicht so wie gerade, als du deine Hand weggezogen hast. Oder im Restaurant, als ich dein Gesicht berührt habe. Verstehst du, was ich meine?« Er nickte zögerlich. Aber immerhin verstand er mich.

»Ich will ehrlich zu dir sein, Emily. Das ist mir immer wichtig. Ich sagte dir schon, dass das Schöne in meinem Leben jederzeit die Grenzen sehr genau kennt. Das will ich auch jetzt nicht ändern.« Nun nickte ich, um ihm die Gewissheit zu vermitteln, dass ich ihm zuhörte. Er registrierte meine Geste und sprach weiter. »Ich weiß nicht, ob ich dir geben kann, was du von mir erwartest. Und was noch viel wichtiger ist, ob ich das überhaupt will. Ich begehre dich. Sehr sogar. In deiner Nähe zu sein, erregt mich bereits. Und ich glaube, dass es dir genauso geht.« Ich bestätigte seinen fragenden Blick mit einem weiteren Zunicken. »Ich bin aber nicht der Typ Mann, der feste Beziehungen eingeht. Das weißt du und darauf haben wir uns ja auch bereits geeinigt! So weit, so gut. Hinzu kommt aber, dass ich auch nicht der Typ für Filmabende auf der Couch, Kuscheln und Händchenhalten bin. Nichts von so einem Kram wünsche ich mir.«

»Merkst du selbst, wie blöd deine Aussage ist? Du bist doch derjenige, der sich zum Filmabend eingeladen und später mit mir Händchen gehalten hat. Du hast meine Hand als Erstes genommen, Tylor.«

»Das war eine Ausnahme, mehr oder weniger ein Versehen. Einfach unbedacht.«, gab er kurz grinsend zu. »Ich möchte nicht angefasst werden. Beim Sex ist es in Maßen okay. Da obliegt der

Leidenschaft das Tun. Doch auch dort will ich keine Zärtlichkeiten, die nicht erforderlich sind.« Ich konnte den Blick nicht mehr auf ihn gerichtet lassen. Es tat mir weh, diesen tollen Mann anzusehen und diese Worte von ihm zu vernehmen. Was war denn nur passiert? Jeder Mensch mochte doch Zuneigung und Zärtlichkeiten. Er nicht! Ich hätte heulen können, so sehr ergriff mich seine Offenbarung. Er zeigte sich verwundbar und versuchte dennoch, seine Stärke zu wahren. Hatten wir eine Chance auf eine Affäre, oder wie auch immer wir das nannten? Er wartete auf ein weiteres Zeichen meinerseits, um zu sehen, ob ich weiterhin bei ihm war. Ich konnte ihm diese jedoch nicht geben. Ich war definitiv noch bei ihm, aber schlicht und einfach zu keiner Reaktion imstande. Er setzte seine Ellbogen auf die Knie und griff in seine Haare. Er zog regelrecht daran, bevor er sie losließ und erneut meinen Blick suchte. »Ich kann dir zusagen, dass ich dich verwöhnen werde, aber auf meine Weise. Ich bereite dir die größte Lust, die du je gespürt hast. Ich lese dir jeden Wunsch von den Lippen ab. Immer und überall. Ich beschütze dich. Und ich werde mich dahingehend binden, dass ich, solange was zwischen uns läuft, keine andere Frau anfassen werde. Und ich werde mich bemühen, dir danach kein schlechtes Gefühl mehr zu geben. Aber hierbei musst du deine Wünsche zurückschrauben. Wie hast du es vorhin so schön gesagt? Du brauchst Zeit und

Vertrauen ... Beides gebe ich dir, Emily! Aber du wirst wiederum viel Zeit und Geduld mit mir haben müssen. Und selbst dann werde ich dir noch lange nicht alles geben können, was du dir ersehnst.«

»Okay, Tylor!«

»Okay?«

»Ja, okay. Wir versuchen es ... Freundschaft Plus ... und ich hoffe auf viele weitere Ausnahmen beim Händchenhalten, weil du schlichtweg nicht die Finger von mir lassen kannst.« Tylor fing an zu lachen. Ich genoss dieses Geräusch so sehr. Es war ein ehrliches Lachen. Gedankenlos und frei, einfach nur er! Ich fragte mich erneut, was genau hinter seinen Mauern steckte. Ich wusste nicht, ob ich damit zurechtkam, aber ein Versuch war es wert. Er machte mich heiß. Unendlich heiß. Und was mir bei seiner Rede noch mehr bewusst wurde ... ich mochte ihn. Vielleicht schon zu sehr! Er versicherte mir, dass er die Finger von anderen lassen würde, ich brauchte also nicht darüber nachdenken, wo er diese eine Stunde zuvor drinsteckte. Zudem konnte ich meine Eifersucht, die ich unbestreitbar hatte, besser kontrollieren. Egal welche Frau sich ihm an den Hals warf, er gehörte ausschließlich mir. Zumindest im Moment. Ich vertraute auf sein Wort! Und hielt mich gleichermaßen an unsere Auflage. Außerdem würde er versuchen, meinen Bedürfnissen entgegenzukommen. Weiteres konnte ich nun wirklich nicht erwarten. Mir war mehr als bewusst, welches Privileg er mir in seinem Leben einräumte. Und ihm war es ebenso bewusst, denn er war der zweite Mann, dem ich mich sexuell anvertraute. Auf jeden Fall konnte ich ab sofort öffentlich behaupten, dass ich eine Freundin von Mr. Cliffort war. Die Plusleistungen behielt ich allerdings besser für mich. *Das gehörte nur uns!* Der Gedanke amüsierte mich. Und turnte mich zugleich auch grenzenlos an.

39. Tylor

Ich brauchte einen Moment, um zu realisieren, dass sie tatsächlich zustimmte. Es würde mich eine enorme Menge an Kraft und Mühe kosten. Selbst wenn ich mich nur minimal in ihre Vorstellungen einfügte. Aber genauso strengte es sie emotional an, sich mit meinen Regeln anzufreunden. Mein ursprünglicher Plan aus dem Bad verabschiedete sich schnell, als ich sie sah. Ich war selbst überrascht, dass ich die Worte, die mir über die Lippen kamen, wahrhaftig aussprach. Ich meinte all das genau so, aber dass ich mich in dem Moment so ungeschützt präsentierte, war eine Premiere. Ich mied Emotionen, wann immer es ging. Was eigentlich ständig der Fall war. In der Situation spürte ich jedoch, dass die einzige Alternative gewesen wäre, sie gehen zu lassen, und dazu war ich noch nicht bereit. Nicht bis ich hatte, was ich wollte! Ihre freche Anspielung darauf, dass sie sich auf unsere Ausnahmen beim Händchenhalten freute, machte mich erneut unglaublich an. Ich freute mich zwar nicht auf diese Ausnahmen, aber ihre rotzige Art genoss ich in höchstem Maße. Sie sabberte mir nicht pausenlos hinterher, sondern zeigte mir die Stirn. Sagte mir ihre Meinung. Das war extrem anziehend. Vor allem, weil ich das bisher so nicht kannte. Ich sprang zu ihr herüber und legte mich halb auf sie. Mein Körper bedeckte sie, aber ich stützte mich mit den Händen seitlich ab, um ihr Raum zu lassen.

»Möchtest du jetzt gerne weiter deine Zeit mit Edward verbringen? Oder darf ich dir den Abend versüßen?«

»Ich denke, Edward kann noch etwas warten. Insofern du danach nicht fluchtartig die Wohnung verlässt und wir im Anschluss den Film zu Ende schauen!« Mir entging nicht, dass dies sowohl eine Aufforderung als auch eine Frage darstellte. Somit war es meine Wahl, ob etwas lief oder nicht. Schlaues Mädchen.

»Dann ist wohl alles gesagt für den Moment.«

»Das ist es wohl.« Ich strich ihre Haare zur Seite und beugte mich hinab, um ihren Hals zu küssen. Dort leckte ich jeden Millimeter mit meiner Zunge ab. Umspielte ihr Ohrläppchen und wanderte dann zurück zu ihrem Hals. Ihr Geruch betörte mich. Eine Mischung aus Vanille und Kokos lag auf ihrer Haut. Ich spürte ihre Hände auf meinem Hintern. Und auch den Druck, den sie damit ausübte, um unsere Körper aneinanderzupressen. Ihr gefiel also, was ich tat. Das stachelte mich noch mehr an, mir endlich zu holen, was ich wollte. Ich stand auf und hielt ihr meine Hand hin, damit auch sie hochkam. Ich kannte aus Finleys Recherchen den Grundriss ihrer Wohnung und wusste dadurch, wo sich ihr

Schlafzimmer befand, doch das musste sie ja nicht wissen. Daher ließ ich ihr den Vortritt. Sie ging voran und zeigte mir den Weg. Ich wollte ihr die Hand wieder entziehen, aber sie hielt mich fest. Somit lief ich dicht hinter ihr her und betrachtete diesen geilen Arsch, der mir gehörte. Sie machte das Licht an und zog mich hinein. Im Vorbeigehen schaltete ich es direkt wieder aus. Es fiel ausreichend Helligkeit von draußen herein. Ich wollte, dass sie sich wohlfühlte. In voller Beleuchtung nackt und willig vor mir zu liegen, würde sie garantiert beim ersten Mal hemmen. Sie sollte sich ausschließlich entspannen und genießen. Nicht mehr und nicht weniger! Am Bett angekommen, blieb sie stehen. Es war offensichtlich, dass sie nicht wusste, was sie tun sollte. Und das war vollkommen okay. Sie hatte bisher nur mit diesem Penner Sex. Ich würde sie leiten müssen, und das übernahm ich mit Vergnügen. Dominanz lag mir im Blut. Die führende Rolle nahm ich daher mehr als gerne ein. Ich drehte sie so, dass sie mich ansah. Dann begann ich, mich auszuziehen. Ich trat einen Schritt zurück und zog mir dabei das Shirt über den Kopf. Es landete auf dem Stuhl, der hinter mir stand, dann sah ich sie erneut an. Ich wollte, dass sie mich anschaute. Dass sie sah, was ab diesem Moment ihr gehörte. Aber sie blickte zu Boden und wich der Situation aus. Sie dachte zu viel. Mal wieder!

»Sieh mich an, Emily!« Sie gehorchte zögerlich, und ich könnte wetten, dass sie rot anlief. Ich hatte also richtig entschieden, das Licht doch auszuschalten. Sie sollte mich genießen und nicht über solche Nebensächlichkeiten nachdenken. Ich griff an meinen Gürtel und machte ihn langsam auf. Meinen Blick unaufhörlich auf ihr Gesicht gerichtet, damit sie nicht erneut wegsah. Ich öffnete die Knöpfe meiner Jeans und ließ sie vorerst so an. Sie sollte Zeit haben, sich an die Situation zu gewöhnen. Mich direkt splitternackt vor ihr hinzustellen, könnte vielleicht zu viel sein.

»Gefällt dir, was du siehst?« Sie nickte verlegen. Durch die geringe Beleuchtung fielen Schatten auf ihr Gesicht. Aber das Verlangen in ihren Augen fing deutlich an, sich zu zeigen.

»Fass mich an!« Ich wagte mich weit heraus, denn ich ließ bewusst offen, wo genau sie mich berühren sollte. Sie grinste unverhohlen. Zufrieden mit der Möglichkeit, die ich ihr bot. Sie durfte mich berühren. Und das tat sie, bevor ich es mir anders überlegte. Sie griff zögerlich an meine Brust. Strich hinunter zu meinem Bauch und glitt dann an die Seite und streichelte über mein Tattoo. Ich spürte, dass ich Gänsehaut bekam, und auch sie bemerkte es, denn sie lächelte mich frech an. Keine Ahnung, wann ich zuletzt Gänsehaut hatte, aber es war gut so! Sie vergaß dadurch ein Stück weit ihre Unsicherheit. Wurde selbstsicherer, weil sie sichtbare Reaktionen bei mir auslöste. Auch wenn es für mich bedeutete, dass ich ihre Berührungen aushalten musste. Ich griff nach ihrem T-Shirt.

»Bist du sicher, dass du das willst?« Sie nickte erneut. »Sag es!«

»Ja. Ich bin sicher.« Um ihre Absichten zu bestätigen, fasste sie den Rand ihres Shirts und zog es gemeinsam mit mir über ihren Kopf. Sie trug einen schlichten hellen BH. Ich notierte mir im Geiste, dass wir das dringend ändern mussten. Wir brauchten neue Unterwäsche! Sie war zwar auch darin heiß, doch mit den passenden Dessous würde sie mich noch mehr in den Wahnsinn treiben. Ich trat einen Schritt an sie heran und schob meine Finger in den Rand ihrer Hose. Nur minimal, dann wartete ich auf einen Einwand, der aber nicht kam, also zog ich sie ganz langsam herunter. Ich hockte mich vor sie, um ihr jene von den Füßen zu streifen. Aus dieser Position heraus setzte ich sie vor mich auf ihr Bett. Ich spreizte ihre Beine und genoss den Anblick. Ihr ebenfalls heller Slip enthüllte in der Mitte einen betörenden, feuchten Fleck. Direkt an ihrer Spalte. Zu gerne hätte ich unverzüglich von ihr gekostet. Ich nahm ihr Bein und begann es zu küssen. Stückchen für Stückchen wanderte ich hinauf. Knabberte hier und da sanft an ihr und machte mich dann weiter auf den Weg hinauf. An ihrem Oberschenkel angekommen stoppte ich. Kurz vor ihrem Intimbereich. Ich spürte ihre Sehnsucht, dass ich das letzte Teilstück überwand und ihre nasse Spalte ableckte, aber sie musste sich gedulden, genau wie ich. Stattdessen wiederholte ich die gleiche süße Qual am anderen Bein. Sie wurde ungeduldiger. Gieriger. Sekunde für Sekunde stieg ihr Verlangen, und das genoss ich sehr. Als ich erneut oben ankam, suchte ich ihren Blick. Sie hatte die Augen geschlossen und biss auf ihrer Lippe herum, um ein Stöhnen zu unterdrücken. Meine eigene Beherrschung kostete mich Kraft, als sollte sie ebenfalls ihre Schwierigkeiten haben, mir zu widerstehen oder sich endlich gehen lassen. Ich vergrub mein Gesicht in ihrer Mitte und leckte durch ihren Slip an ihrer heißen Venusspalte. Saugte an ihren Lippen und sorgte für das erste Stöhnen an diesem Abend. Ich war augenblicklich steinhart. Ich stand auf und zog ihr in kleinen Schritten den Slip herunter. Ihr Blick fiel dabei auf mein bestes Stück, welches sich deutlich sichtbar durch die geöffnete Hose sehen ließ. Ihre Augen glänzten. Sie war erregt und wollte alles, was sie sah. Und zwar sofort. Aber das konnte sie vergessen ... Das würde ein langer Abend werden. Ich zeigte ihr, dass sie die richtige Wahl getroffen hatte. Und bewies es mir gleichermaßen.

»Rutsch zurück. Leg dich auf dein Kissen. Mach es dir bequem.«, wies ich sie an. Sie folgte meiner Anweisung umgehend. Als sie die geeignete Position eingenommen hatte, zog ich mich aus. Diesmal schaute sie nicht weg. Sie war lüstern und wollte sehen, was sie erwartete, und das demonstrierte ich ihr. Ich blieb einen Augenblick nackt vor dem Bett stehen. So konnte sie den Anblick meines Körpers in sich aufnehmen. Er war perfekt, so wie alles an mir, insofern man das Offensichtliche mochte. Wenn man genauer hinsah, war nichts an mir perfekt. Aber den Blick darauf würde sie nie erhaschen. Ich wusste, was ich hier tat, somit würde sie keine Zeit haben, irgendeinen Gedanken an so was zu verschwenden. Ich kletterte zu ihr und kniete mich zwischen ihre Beine. Mit einer knappen Bewegung zog ich sie zu mir hinauf, griff um sie herum und öffnete ihren BH, um diesen ebenfalls auszuziehen. Nun waren wir beide komplett unverhüllt. Nichts, was sich mehr verstecken ließ. Lediglich die Dämmerung erlaubte noch die ein oder andere Verschleierung. Emily war wunderschön. Ihr Körper für mich perfekt. Ich liebte eben nicht das Makellose, sondern das Normale und Ehrliche. Das Echte! Daher genoss ich jeden noch so kleinen Fehler, den sie irgendwo reininterpretierte. Das Schlimme daran war, dass sie sich nicht so sah. Sie fühlte sich ein Stück weit unwohl. Ich merkte es ihr an.

40. Emily

Keine Ahnung, wann ich zuletzt so geil war. Oder ob ich überhaupt jemals in meinem Leben so erregt gewesen bin. Tylor war sowas von heiß! Sein Körper, sein Blick, seine Berührungen. Alles an ihm ließ mich bis in die Haarspitzen fühlen, wie nötig ich es hatte, mal wieder richtig rangenommen zu werden. Und das nicht von irgendwem. Ich wollte ihn! Und ich wollte diesen Penis spüren. Wo auch immer ... Ich wusste, dass man Menschen nicht vergleichen sollte, doch in dem Moment konnte ich nicht anders. Liam war schon gut gebaut, in jeglicher Hinsicht. Aber das, was sich mir hier präsentierte, ließ mich verstehen, warum die Frauen sich an ihn warfen und ihn nicht mehr gehen lassen wollten. Wenn er mit diesem Schwanz nur halb so gut umgehen konnte, wie ich dachte, dann war ich verloren! Sein Traumkörper war gewiss schön anzusehen, aber gleichzeitig hemmte er mich in meiner Nacktheit. Die Situation gab mir ein unangenehmes Gefühl. Er war so definiert und perfekt und ich hatte meine Pölsterchen und war keineswegs das schlanke Püppchen, das er sonst wahrscheinlich nackt sah. Natürlich war mein Körper dadurch auch weiblich geformt, aber das reichte in dem Fall niemals aus. Ich war heilfroh, dass er vorher das Licht wieder ausschaltete. Vielleicht ahnte er das Desaster dort bereits?! Nachdem er meinen BH ausgezogen hatte, sah er mich einen Moment an. Ich konnte nicht deuten, ob er seine Entscheidung nun doch bereute, weil ich einfach nicht so heiß war, wie er erhofft hatte, oder ob er den Anblick trotzdem zumindest ein wenig genoss. Dank meines mangelnden Selbstbewusstseins schloss ich auf Ersteres und rutschte aufgewühlt ein Stückchen von ihm ab. Er hielt mich fest und deutete mir an, dass ich mich entspannen sollte. Er drückte mich zurück aufs Kissen und legte sich wie vorher auf der Couch auf mich. Mit der klitzekleinen Änderung, dass wir nun beide nackt waren! Er küsste meinen Hals herunter bis zum Schlüsselbein.

»Du riechst unfassbar gut!«, hörte ich ihn flüstern. Wenigstens etwas ... Wenn ich schon scheiße aussah, konnte ich wenigstens überzeugen, indem ich nicht stank ... Er hielt bei seinen Worten nicht inne, sondern leckte weiterhin mit der Zunge über meinen Körper. Erkundete mich. Ich ersehnte den Moment, wo er an meiner Brust ankam, und er tat mir den Gefallen ohne Umwege. Er glitt ein Stück hinab, umfasste beide Brüste mit seinen Händen und nahm meine Nippel zwischen seine Lippen. Ich musste mich wirklich bemühen, nicht auf der Stelle zu kommen. Das laute Aufstöhnen konnte ich jedoch nicht unterdrücken. Ich war so scharf auf ihn, dass sich mein Orgasmus längst eindeutig bemerkbar machte. Tylor spielte mit meinen Brüsten. Leckte und knabberte an meinen harten Nippeln und massierte sie mit seinen Fingern. Ich wollte ihn in mir spüren! Um ihm dies deutlich zu machen, drückte ich meine Hüften gegen ihn. Rieb mich an ihm und griff mit meinen Fingern in seine Haare, um ihn zu mir hochzuziehen. Er stoppte in seiner Regung, aber bewegte sich nicht von der Stelle.

»Ich will dich schmecken!«, erklärte er mir, welchem Bestreben er gerade nachgehen wollte.

»Ich will dich spüren!«

»So gierig, Kleines?« Ich hörte das Grinsen in seinen Worten, wurde aber dennoch erneut rot. Gut, dass er das bei der schwachen Beleuchtung nicht sehen konnte.

»Sag mir, was du genau möchtest!«

... Stille ...

»Emily, sag mir, was du willst!«

»Ich kann das nicht, Tylor!« Ich hob die Hände vors Gesicht, um mich hinter ihnen zu verstecken. Tränen schossen mir in die Augen. *Bloß nicht heulen. Bitte nicht!* Ich registrierte seine Hände auf meinen. Er nahm beide herunter und schaute mich bedeutungsvoll an.

»Ich werde tun, was immer du willst, also sag mir, was du möchtest.« Ich brauchte einen Moment, um meinen Mut zusammenzunehmen. Atmete tief durch, bevor ich die passenden Worte fand.

»Ich möchte ...«, mir stockt die Stimme. Ich sprach so leise, dass ich mich kaum selbst hörte, aber Tylor sah mich geduldig an und wartete auf seine Anweisung.

»Ich möchte dich in mir spüren!« Natürlich war diese Aussage jetzt nicht gerade eine Meisterleistung, aber Tylor honorierte meinen Versuch. Wie auf Kommando stützte er sich auf seine Arme und rutschte wieder zu mir herauf, um sich in die richtige Position zwischen meine Beine zu legen. Irgendwo auf dem Bett musste er beim Ausziehen ein Kondom bereitgelegt haben, denn er fingerte nun wie aus dem Nichts an der Verpackung herum und streifte das Gummi über. Unmittelbar danach spürte ich seine Eichel an meiner Öffnung, doch er drang nicht ein. Er schaute mich an. Ich bemerkte den Blick, der auf mir ruhte, aber ich konnte ihn nicht ansehen. Es war mir wahnsinnig unangenehm, dass ich mein Verlangen in Worte fassen musste. Irgendwie machte es mich auch an. Das Gefühl, dass ich den Ton angab. Trotzdem war es mir zugleich peinlich. Nachdem er weiterhin in sich ruhte, suchte ich gezwungenermaßen doch seinen Blick.

»Willst du, dass ich das tue, Emily?«, holte er sich wie schon im Auto meine Erlaubnis ein. Ich bestätigte mit einem deutlichen Nicken, dass ich es mehr als nur wollte.

»Dann denk nicht nach. Genieß mich!« Mit diesen letzten Worten versank er in mir. Langsam und in voller Länge. Er drang so tief in mich ein, dass ich ihn wahrhaftig in mir spürte. Nicht nur am Eingang, sondern wirklich in mir drinnen. Er bewegte sich vorsichtig und gab mir und meinem Körper Zeit, sich an seine enorme Männlichkeit zu gewöhnen. Ich war so kurz davor, zu explodieren. Dieser Mann wusste sehr genau, was er tat und auch, was eine Frau wollte. Und im Moment gehörte dieser unglaubliche Mann mir allein. Dieser Gedanke gab mir den Rest. Meine Gefühle übermannten mich und mein Orgasmus raste wie eine Naturgewalt auf mich zu. Auch er spürt es, denn er zog sich im letzten Augenblick aus mir zurück. Sein Rückzug sorgte dafür, dass ich nicht kam. Statt mir meinen Höhepunkt zu gönnen, schaut er mich an. Ganz nah an meinem Gesicht. Er spielte mit mir. Mit meiner Lust. Mit meinem Verlangen. Seine Erregung deutlich sichtbar, hielt er sich dennoch zurück. Mir war scheißegal, was er tat. Oder wie er es anstellte. Hauptsache, er ließ mich endlich kommen.

»Bitte, Tylor!«

»Bitte was?«

»Ich muss kommen.«, wimmerte ich.

»Du wirst kommen. Aber ich will dich schmecken bei deinem ersten Orgasmus nach unserem Arrangement. Deinem ersten Orgasmus, wo du dich wahrhaftig hingibst. Der erste an diesem Abend!« Moment, sagte er gerade beim ersten an diesem Abend? Ich war noch nie öfter als einmal gekommen. Bei den letzten Nummern kam ich meistens gar nicht. Aber mehr als einmal ... Ging das überhaupt? Er ließ mir keine Zeit, meine Gedanken zu intensivieren, denn da spürte ich ihn bereits zwischen meinen Beinen. Seine Zunge, seine Lippen und seine Finger. Alles zeitgleich kombiniert, bescherte mir den heftigsten Orgasmus, den ich jemals erleben durfte. Ich konnte nicht mehr denken. Nicht mal mehr atmen. Ich stöhnte atemlos. Nein, ich schrie regelrecht. Riss an seinen Haaren und hielt mich an ihm fest. Mein ganzer Körper verspürte diese angenehme Anspannung, die alles andere überschattete. Er leckte jeden Tropfen von meinem Orgasmus mit Genuss ab und krallte sich dabei leise stöhnend an mir fest. Als mein Körper sich langsam wieder entspannte, kam er zu mir hoch und schob seinen Schwanz erneut tief in mich hinein. Dort verweilte er einen Moment, um mich zu küssen. Zum ersten Mal küsste er mich einfach nur zärtlich. Wenn ich dabei gestanden hätte, wären mir unweigerlich die Beine weich geworden. Ich spürte auch die Leidenschaft in seinem Kuss, aber ebenso eine innige Verbindung. Und zu allem Überfluss schmeckte ich nicht nur seinen eigenen unverkennbaren Geschmack, sondern auch meine Lust, die er soeben noch ableckte. Noch nie kostete ich meinen eigenen Orgasmus. Ich hätte nicht gedacht, dass ich dies so erotisch finden könnte. Aber es turnte mich extrem an. Sein verträumter

Kuss wurde wieder intensiver. Ich schlang meine Arme um seinen Arsch und drückte meine Hüften an sein Becken, um ihn noch tiefer in mir aufzunehmen. Immer und immer wieder presste ich ihn weiter in mich hinein. Ich spürte, dass ich ein weiteres Mal vorm Höhepunkt stand. Meine Enge schien ihn ebenfalls dazu zu bringen. Er stützte seine linke Hand neben meinem Kopf ab. Griff mit der Rechten meinen Hintern und stieß tief in mich hinein. Er vögelte mich so, wie er es brauchte. Hart und tief tauchte er endlos in mich ein, bis wir nahezu zeitgleich kamen. Mir blieb nur ein kleiner Moment, bevor er sich stöhnend in mir ergoss. Ihn kommen zu hören, ließ bei mir prompt den dritten Orgasmus folgen. Ich genoss sein wildes Zucken in mir, als er für mich kam. Er kostete dies einen Augenblick aus, stand dann aber unmittelbar danach auf und ging ins Bad. Kein Blick. Kein nettes Wort. Nichts. Er sagte ja, dass ich Geduld mit ihm haben musste. Das startete wohl genau in dieser Sekunde. Liam hätte sich jetzt neben mich gelegt, mir einen Kuss aufgedrückt und wäre auf Anhieb eingepennt. Ich verfluchte das so oft, aber nun wusste ich nicht, ob mir diese Alternative doch lieber wäre, als sich komplett zu entziehen. Etwas lernte ich dennoch an diesem Abend. Erstens: Man konnte definitiv mehrere Orgasmen hintereinander haben. Und zweitens: Ich wollte sehr viel mehr von dem, was ich soeben erlebte.

41. Tylor

Ich vögelte schon viele Frauen in meinem Leben, aber das war mit Abstand der beste Sex, den ich je erlebte. Nicht weil es außergewöhnlich vielseitig war oder wir was getan hätten, was besonders aufregend gewesen wäre. Sondern wegen der Art, wie sie mich um den Finger wickelte. Ihre Blicke. Ihre körperlichen Reaktionen. Die Weise, wie sie kam. Wie sie stöhnte und wie sie sich anfühlte. Und die Tatsache, dass ich ihre Berührungen mochte. Genießen wäre zu hoch gegriffen, aber ich ertrug es nicht nur einfach wie sonst. Definitiv würde sie mir im Bett ausreichen. Keine Ahnung, wie eine andere überhaupt bei ihr mithalten sollte nach dieser Nummer. Bei ihr warf ich ständig meine Prinzipien über den Haufen. Ich hatte mich nicht mal so weit unter Kontrolle, dass ich meinen Schwanz rauszog, bevor ich kam. Natürlich war es nicht weiter schlimm, da ich natürlich verhütete. Dennoch war dies eine erneute Premiere. Zum ersten Mal in meinem Leben kam ich in einer Frau zum Orgasmus. Und tatsächlich gefiel es mir. Das Problem war lediglich, dass wir gegenseitig unsere Makel und Grenzen würden hinnehmen müssen. Wie ein Trottel stand ich direkt danach auf und lief ins Bad. Nun verharrte ich dort, bekam meine Latte nicht in den Griff und sah im Spiegel einen Kerl, der sich vor sich selbst versteckte. Ich hasste es, dass sie mich so verwirrte. Zugleich war ich verwundert, dass sie es überhaupt schaffte, so etwas in mir zu bewirken. Im Nachhinein war mir klar, dass ich meine alte Schiene fuhr und die Situation ohne Rücksicht auf sie verließ. Sie musste wohl oder übel damit leben, denn ich würde mich niemals zu ihr legen und ihr Haar streicheln, nachdem wir gevögelt hatten. Von dem Gedanken konnte sie sich zwangsläufig verabschieden. Aber ich sagte ihr zu, dass wir den Film zu Ende schauten, und ich hielt mich an meine Absprachen. Auf mein Wort war immer Verlass. Also würde ich meinen Arsch wieder ins Schlafzimmer schwingen. Mich anziehen. Sie aus dem Bett zurück auf die Couch verfrachten und Edward die Chance geben, Bella für sich zu gewinnen. Als ich im Schlafzimmer ankam, war der Raum leer und kühl. Ich wusste nicht, wo Emily war. Aber ich spürte die eisige Frische, die sie mir dort hinterließ. Sie hatte das Fenster sperrangelweit geöffnet, als ob sie unseren Geruch daraus vertreiben wollte. Das hast du ja super hinbekommen, du Idiot! Ich zog meine Boxershorts und mein Shirt an und lief rüber ins Wohnzimmer. Da ich mich bewusst nur halb anzog, sah sie auf den ersten Blick, dass ich nicht vorhatte zu gehen. Ihr Gesichtsausdruck wurde schlagartig ein klein wenig sanfter. Sie saß auf der Couch und hielt eine Dose Coke Zero in der Hand, an der sie nippte. Eine weitere Cola stand auf dem Tisch. Ungeöffnet. Wohl für den Fall, dass ich doch ginge. So frisch durchgevögelt sah sie unfassbar heiß aus. Die Haare etwas durcheinander und das Gesicht noch immer dezent am Glühen. Ich könnte sofort in die zweite Runde starten. Stattdessen lief ich zu ihr herüber und setzte mich wieder in die Ecke, wo ich vorher gesessen hatte. Ich legte ihre Füße auf meinen Schoß und deckte uns beide zu. Dann schaltete ich ohne ein Wort den Film an. Ich hoffte, dass meine Geste mit ihren Beinen ausreichte, um ihr zu zeigen, dass ich mich zumindest bemühte. Eine Zeit lang sprachen wir kein einziges Wort miteinander, sondern sahen uns einfach nur den Film an. Ich spürte zwischendurch ihren Blick auf mir, aber wenn ich sie ansah, schaute sie schnell verlegen weg. Hier und da kommentierte einer von uns eine Szene im Film und dann lachten wir zusammen über unsere Bemerkungen. Ich musste zugeben, dass es ein schöner Abend war. Aber ich hoffte sehr, dass sie sich bewusst machte, dass dieses hier nicht der Standard werden würde. Ich war Geschäftsmann, demnach hatte ich viele Verpflichtungen. Und zudem ein emotionaler Krüppel, der sich zusätzlich rar machte, sobald er sich eingeengt fühlte. Wenn sie also dachte, dass man mich bändigen könnte, dann würde sie bitter enttäuscht werden.

42. Emily

Sein Abgang machte mich nicht wütend. Sogar die Enttäuschung hielt sich in Grenzen. Mir war klar, dass ein anstrengender Weg vor uns lag, damit wir unsere extremen Gegensätze so in Einklang bringen konnten, dass es sich für uns beide okay anfühlte. Es würde mir extrem schwerfallen, keinen Besitzanspruch auf ihn zu erheben. Ich war ziemlich eifersüchtig. Ihn nur als Kumpel anzusehen und auch öffentlich so zu behandeln, würde eine Mega-Herausforderung für mich werden. Vorerst wollte ich darüber nicht weiter nachdenken, sondern einfach versuchen, ihn zu genießen, so wie er es mir gesagt hatte. Zumindest konnte ich Kira inzwischen verstehen, warum sie so krass auf Larry stand. Wenn er nur annähernd so gut im Bett war wie sein Bruder, dann lohnte es sich für sie definitiv. Ich schmunzelte vor mich hin und nahm für uns beide eine Coke aus dem Kühlschrank, bevor ich mich auf die Couch setzte und darauf wartete, dass Tylor zurückkam. Ich rechnete damit, dass er sich verabschiedete, aber ließ die Wahl bei ihm ohne Drama. Umso überraschter war ich, als er nur halb angezogen ins Wohnzimmer getrottet kam. Offensichtlich hatte er nicht vor, zugehen.

Sondern wie versprochen den Film mit mir weiterzuschauen. Da saßen wir wieder. Zurück auf der Couch, so wie der Abend begann. Als ob nichts passiert wäre. So als ob wir kein emotionales Gespräch geführt hätten und auch nicht der geilste Sex meines Lebens hinter mir gelegen hätte. Es war ein komisches Gefühl. Befremdlich. Wir waren unser gegenseitiges Geheimnis. Auf eine Art erschien dies aufregend, aber ich haderte bereits zu diesem Zeitpunkt, ob mir das auf Dauer ausreichte. Er nahm meine Füße und legte sie auf seinen Schoß, dann schaltete er den Film wieder an. Ohne ein Wort. Aber zumindest ließ er eine Berührung zwischen uns zu. Ich sah es als guten Anfang. Der Abend verlief besser, als ich es mir vorstellte. Wir lachten zusammen und entdeckten, dass wir oftmals dieselben gestörten Gedanken hatten, wie unsere dämlichen Kommentare zum Film bewiesen. Doch er schütze sich natürlich weiterhin, indem er Emotionen mied. Ich war sicher, dass es dafür einen Grund gab. Einen Auslöser. Mit der Zeit würde ich dahinterkommen, woran es lag. Vielleicht konnte ich entspannter damit umgehen, sobald ich ihn verstand. Eine Etappe nach der anderen. Jeder Mensch brauchte Zuneigung, da konnte er unmöglich eine Ausnahme sein. In meinen Gedanken versunken, schlief ich ein. Ich war wohl erschöpfter, als ich dachte. Stunden später erwachte ich alleine auf meinem Sofa. Ich lag nur leicht bekleidet da, aber Tylor deckte mich wenigstens zu und schaltete den Fernseher aus. Ich suchte nach ihm. Doch ich war allein. Tylor musste irgendwann heimlich gegangen sein, als ich Idiotin einschlief. Ich drehte mich auf den Rücken und erinnerte mich an die letzte Nacht. An seinen Körper, seine Berührungen. Ich spürte ihn noch zwischen meinen Beinen, als wenn er gerade erst dort gewesen wäre. Sogleich bemerkte ich, wie die Erregung abermals in mir emporstieg. Sollte dies zum Dauerzustand werden, bräuchte ich wohl eine große Menge an Wechselschlüpfern. Ich war froh, dass er das Licht vor unserem Sex ausgeschaltet hatte. Ich hoffte nur, dass er es nicht tat, um mich nicht ansehen zu müssen. Seinen Prachtkörper hingegen hätte ich gerne in voller Beleuchtung genossen. Alles, was sich in dem Dämmerlicht erahnen ließ, war zumindest extrem sexy. Er sah atemberaubend aus. Hatte einen göttlichen Körper. War erfolgreich und steinreich. Und irgendwo in ihm drinnen schlummerte ein wahrlich toller Kerl. Perfekt würde ihn möglicherweise gut umschreiben. Ich fragte mich immer wieder, warum ein Mann, der so viele positive Attribute besaß, keine Frau an seiner Seite hatte. Die Antwort gab ich mir jedoch prompt selbst. Er wollte keine! Ganz simpel ... Er nahm sich, wozu er Lust hatte, aber alles, ohne sich irgendwie rechtfertigen zu müssen. Keine Kompromisse! Keine Erklärungen! Keine Bindungen! Er machte es sich einfach und nahm nur das Beste aus jeder Konstellation mit. Alles, was ihn nervte oder anstrengte, sperrte er aus. Ich hätte gerne gewusst, wie viele dieser Arrangements es vor mir bereits gab. Wahrscheinlich bekam ich darauf aber niemals eine aufrichtige Antwort. Und wenn ich ehrlich war, wusste ich auch nicht, ob ich sie wirklich hören wollte. Liam war mein erster fester Freund. Und somit mein einziger Geschlechtspartner. Tylor besaß sehr sicher eine Menge Erfahrung im Bett. Jede seiner Berührungen führte er in höchster Vollendung aus. Er wusste genau, was er tat. Und auch, was er mit welcher Handlung bewirkte. Ich wollte lieber nicht ausführlich darüber nachdenken, wie viel Übung man dazu brauchte. Ich stand auf und schlenderte erst mal ins Bad, um mich kurz frischzumachen. Keine Ahnung, um welche Uhrzeit er ging oder wann wir uns wiedersehen würden. Ich musste scheinbar abwarten, was die nächsten Stunden mit sich brachten. Vorerst entschied ich mich für ein leckeres Frühstück. Ich durchwühlte den Kühlschrank und entschied mich dann für Rührei mit Speck und etwas Obstsalat. Ich hatte unfassbaren Hunger. Der Sex mit Tylor und das Chaos mit Liams Freilassung powerten mich mehr aus, als ich mir eingestehen wollte. Ich fühlte mich erschöpft, aber dennoch sicher. Tylor und die anderen würden nicht zulassen, dass mir etwas geschah. Ich vertraute ihm. Auch wenn die Vorstellung, dass Liam wieder frei herumlief, mich ängstigte. Mit dem fertig zubereiteten

Essen lief ich rüber zum Esstisch. Erst in dem Moment bemerkte ich, dass dort ein kleines Päckchen und ein gefalteter Zettel auf dem Tisch standen. Ich nahm das Blatt in die Hand und sah eine Nachricht von Tylor.

»In dem Paket ist ein neues Handy. Ich habe alle deine Daten vom alten Handy bereits übertragen. Nutze es! Dein altes ist zu unsicher. Meine Handynummer ist gespeichert. Melde dich jederzeit, wenn du in Not bist. Tylor Cliffort«

Ich las die Nachricht mehrfach. Ließ sie auf mich wirken und versuchte, es nicht blöd aufzufassen. Doch es gelang mir nicht im Geringsten. Ich wusste, dass er es gut meinte, aber er konnte nicht einfach so ohne meine Zustimmung in meinem privaten Bereich rumfummeln. Mir ein anderes Handy aufdrücken und mir nicht mal eine Wahl lassen. Die Wut darüber atmete ich weg, weil er ganz bestimmt nur vorsichtig sein wollte wegen Liam. Aber dann sagt er mir, dass ich mich melden kann, wenn ich in Not sei. Aha, okay ... Sonst also nicht? Und das Allerschlimmste an alldem war der Abschluss. Er verabschiedete sich mit seinem Nachnamen? Als ob er eine geschäftliche Nachricht hinterließ. Ich könnte ihn echt erwürgen! Ich schaute mir das neue Handy an, nahm es aus der Schachtel und stöberte darin herum. Auf den ersten Blick schien tatsächlich alles da zu sein, was ich brauchte. Ich sah ins

Telefonbuch und suchte nach seiner Nummer. Auch dort fand ich ihn unter Cliffort. Ich änderte den Eintrag auf Vollidiot und speicherte ihn darunter ab. Im Anschluss rief ich Kira an, um sie auf den neusten Stand der Dinge zu bringen.

»Hey, meine Süße, was gibt's?«, begrüßte sie mich, glücklich trällernd.

»Hey! Selber Süße, ... bist du allein oder ist Larry bei dir?«

»Nein, ich bin allein. Was ist los?«

»Willst du erst die guten oder die schlechten Nachrichten?« Es folgte eine kurze Stille.

»Erst die schlechten.«, antwortet sie unsicher.

»Liam kommt heute wieder auf freien Fuß. Wahrscheinlich ist er es schon.«

»Oh Gott, Emily, wie geht es dir? Ist alles ok? Soll ich vorbeikommen?«

»Nein, alles okay! Tylor hat mir versichert, dass ich keine Angst haben muss. Er lässt ihn vorerst beschatten und die Personenschützer bleiben weiterhin bei mir. Ich hoffe, dass alles so klappt oder Liam einfach verschwindet und mich in Ruhe lässt.« Ich tat zwar so, als wäre ich okay, tatsächlich hatte ich richtig Angst. Nicht so sehr wie ohne den ganzen Schutz, aber hundertprozentig sicher fühlte ich mich dennoch nicht.

»So, so ... hat er das? Wann das denn?« Ich hörte förmlich das freche Grinsen in ihrer Stimme und musste automatisch selber grinsen.

»Gestern. Er war hier und, ähm, ... wir hatten einen schönen Abend.«

»Waaaasssss?«, kreischte sie in den Hörer. Ich war kurz vor einem Hörsturz, musste aber trotzdem laut lachen und warf mich rücklings auf die Couch. Ich erzählte ihr alles bis ins kleinste Detail. Sie würde anderenfalls eh keine Ruhe geben. Bereits bei meinen Erläuterungen flippte sie förmlich aus, wie nicht anders zu erwarten.

»Du und ich, wir daten also Brüder. Wie geil ist das denn ... Wir werden quasi Schwägerinnen!« Ich hörte sie durch ihre Wohnung hüpfen und musste sie dringend auf den Boden der Tatsachen zurückbringen.

»Kira, wir sind kein Paar. Nur Freunde, die Sex haben. Komm mal wieder runter!«

»Ja, noch ist es das! Aber jetzt, wo du Blut geleckt hast, wirst du ihn komplett umhauen. Schmeiß deine Zurückhaltung in eine alte, verstaubte Kiste, hol die sexy Bitch hervor, die ebenfalls in dir steckt, und fessel Tylor. Die Lady in der Öffentlichkeit und das Miststück im Bett. Er wird nicht mehr wegwollen. Warte es ab.«

»Dein Wort in Gottes Ohr!«, kicherte ich in den Hörer.

»Gehen wir heute Abend ins Joy?«

»Hmmm, eigentlich eine gute Idee. Ich hatte keine Ahnung, wann ich Tylor wiedersah. Also warum nicht? Er wird sicherlich dort sein. Und selbst wenn nicht, ... dann haben wir trotzdem Spaß!«

»Abgemacht! Kommst du mich abholen? Du hast ja jetzt quasi deinen eigenen Chauffeur.«

»Stimmt. Ich bin um zehn bei dir.« Der Tag verging wie im Flug, was wahrscheinlich auch daran lag, dass ich erst nach zwölf überhaupt in den Tag startete. Die alltäglichen Dinge erledigte ich im Nu. Danach fing ich an, mich für den Abend fertigzumachen. Ich freute mich auf das Feiern im Joy. Doch am meisten freute ich mich auf Tylor. Und auf das, was die Nacht für uns bereithielt.

43. Tylor

Emily schlief noch während des Films ein. Da Liam erst am nächsten Tag auf freien Fuß gesetzt wurde, beschloss ich, mich auf den Weg nach Hause zu machen. Bevor ich ging, legte ich ihr ein neues Handy auf den Esstisch, was ich extra für sie aus dem Büro mitbrachte. Ich besaß stets ein paar davon als Reserve. Meine leitenden Mitarbeiter erhielten jeweils eins und auch die gesamte Familie. Wenn ihnen mal was kaputtging, hatte ich immer umgehend Ersatz griffbereit. Daher war es kein Aufwand für Emily, spontan ein neues bereitzustellen. Ich hasste es, jemanden nicht erreichen zu können, und da Liam wieder rauskam, konnte ich dieses Risiko in ihrem Fall nicht eingehen. Ich schrieb ihr eine kurze Notiz dazu und ließ sie friedlich schlummernd zurück. Unten angekommen informierte ich Rodriguez, dass sie oben alleine und er ab dem Moment für ihre Sicherheit zuständig war. Danach machte ich mich mit Finley auf den Weg zum Joy, um kurz nach dem Rechten zu sehen. Der Laden war gut gefüllt für einen Freitag. Natürlich nicht zu vergleichen mit einem Samstag, aber dennoch war es voll, die Stimmung gut und Ben hatte wie immer alles im Griff. Also verabschiedete ich mich postwendend wieder und fuhr nach Hause. Endlich in meinen eigenen vier Wänden angekommen, zog ich nur flott die Klamotten aus, putzte die Zähne und sprang ins Bett. Mein letzter Blick aufs Telefon zeigte mir, dass es kurz vor drei war. Ich legte es auf den Nachttisch und ließ den Ton an, für den Fall, dass Emily mich erreichen musste. Ich schlief auf der Stelle ein und deckte mich nicht mal mehr zu.

WINTER ... IN DER NACHT FIEL WIEDER EINE MENGE NEUSCHNEE. PATRICK UND ICH MUSSTEN ZUM HUNDERTSTEN MAL DIE BESCHISSENE EINFAHRT FREISCHAUFELN. NUR WIR. WIE IMMER! LISA UND IHRE FREUNDINNEN SCHMÜCKTEN DERWEIL DIE TANNEN MIT WEIHNACHTSDEKO. KUGELN HATTEN WIR NATÜRLICH KEINE. STATTDESSEN BASTELTEN ALLE KIDS IM LAUFE DER JAHRE EINIGES, WAS WIR JEDES WEIHNACHTEN AUFS NEUE AN DIE BÄUME HÄNGTEN. GARRY BEWARF DIE MÄDCHEN MIT SCHNEEBÄLLEN. PATRICK STAND TOTAL AUF SHIRLEY. DIE KLEINE ROTHAARIGE FREUNDIN VON LISA. ICH MOCHTE LISA, ABER SIE HATTE KEIN INTERESSE, WIE SIE MIR SCHON MEHRFACH DEUTLICH MACHTE. SHIRLEY WAR NETT. LISA HINGEGEN IST EIN MISTSTÜCK. ZUMINDEST IMMER DANN, WENN ES GEGEN MICH GING. ICH HATTE MIR VORGENOMMEN, SIE ZUKÜNFTIG NICHT WEITER ANZUSCHMACHTEN. UND ERST RECHT NICHT MEHR ZU BESCHÜTZEN. LETZTERES WAR DAS SCHWERSTE DIESER VOR-

HABEN, DENN ES LAG EINFACH IN MEINER NATUR. DAHER FIEL ES MIR IN DER SITUATION EXTREM SCHWER, GARRY NICHT DIE FRESSE ZU POLIEREN, WEIL ER UND SEINE HORDE ARSCHLÖCHER WEITERHIN DIE MÄDELS MIT DEM SCHNEE BEWARFEN. VIEL ZU STARK UND RÜCKSICHTSLOS. ICH LIEF INS HAUS, BEVOR EIN UNGLÜCK GESCHAH.

FRÜHLING ... DIE ERSTEN BLUMEN BLÜHTEN AUF DER WIESE VOR DEM HAUS. LISA HATTE GEBURTSTAG, ALSO NAHM ICH MEINEN GANZEN MUT ZUSAMMEN UND PFLÜCKTE EINIGE DAVON, UM IHR EINE ÜBERRASCHUNG ZU BEREITEN. DAZU SCHRIEB ICH IHR EINE GEBURTSTAGSKARTE. VOR DEM MITTAGESSEN STELLTE ICH BEIDES AUF IHREN PLATZ. ALS SIE HEREINKAM, FREUTE SIE SICH SEHR. SIE ÖFFNETE DIE KARTE, ÜBERFLOG SIE KURZ UND BEGANN DANN LAUT VORZULESEN. VOR ALLEN ANDEREN IM SPEISESAAL. »LIEBE LISA, DEINE AUGEN LEUCHTEN WIE DIESE BLUMEN. WANN IMMER ICH SIE SEHE, MUSS ICH AN DICH DENKEN. ICH HOFFE, SIE GEFALLEN DIR GENAUSO WIE MIR. ALLES LIEBE ZUM GEBURTSTAG. DEIN TYLOR.« ALLE BRACHEN IN GELÄCHTER AUS. ZEIGTEN MIT DEN FINGERN AUF MICH UND LACHTEN UNENTWEGT. SIE LACHTEN MICH AUS! ALLE! AUCH LISA!

Wie vom Blitz getroffen schrak ich auf! Musste mich orientieren ... Wo war ich? Hektisch blickte ich mich um. Ich lag auf meinem Bett. In meinem Schlafzimmer. Offensichtlich hatte ich geschlafen. Es war nur ein Traum. Ich war nicht mehr der kleine Junge, den alle auslachten. Sondern Taylor Cliffort, ... Mr. Tylor Cliffort. Geschäftsmann. Boss. Attraktiv. Erfolgreich. Angsteinflößend. Unnahbar. Über mich wurde nicht gelacht. Nie wieder! Und ich rannte auch keinen Frauen mehr hinterher, wie damals bei Lisa! Ich nahm jede problemlos, weil sie mich wollten. Sich nach mir verzerrten! Es war nur ein Traum. Es war nur ein Traum. Ich bin Tylor Cliffort! Ich legte mich noch einmal hin und atmete tief durch. Den Kopf vergrub ich währenddessen im Kissen, bis sich mein Puls langsam normalisierte. Ich hasste diese Zeitsprünge. Sie kamen im Laufe der Jahre eher selten zum Vorschein, aber wenn, dann warfen sie mich vollkommen aus der Bahn und ich hatte den Eindruck, dass von Mal zu Mal ein weiteres Stückchen von mir dabei abstarb. Ich würde nie mehr der Bursche von damals sein. Niemals! Ich dominierte, ich entschied! Ein langer Tag erwartete mich, daher war keine Zeit, sich mit der Vergangenheit auseinanderzusetzen. Ein typischer Samstag stand bevor. Das Joy würde aus allen Nähten platzen. Als Erstes holte ich mir sämtliche aktuellen Infos zu Liam ein. Wo war er derzeit? Und was tat er? In ein paar Tagen würde ich Emily mal ein Update dazu geben, aber vorerst brauchte sie sich mit diesem Rotz nicht zu belasten. Wichtig war nur, dass Finley, Rodriguez und ich jederzeit informiert waren. Wenn sie bemerkte, dass sie sich tatsächlich in Sicherheit befand, konnten wir zusätzliche geile Nummern auf unsere To-do-Liste setzen. Liam war auf freiem Fuß, aber in bedenkenloser Entfernung und in ständiger Beobachtung. Der Tag verlief somit ohne Komplikationen. Mit der Ausnahme, dass dieser beschissene Traum weiterhin an mir nagte. Machte ich einen Fehler, als ich Emily einen Kompromiss anbot und auch noch mit ihr verhandelte? Wurde ich derselbe armselige Waschlappen wie früher? Verfiel ich in alte Muster? Diese Gedanken nervten mich und zudem quälte ich mich damit nur unnötig selbst. Lisa war kein Bestandteil meines Lebens. Wenn ich es genau nahm, war sie es nie. Darum schob ich sie wie alle Jahre zuvor zur Seite und bot ihr keinerlei Macht mehr über mich. Gegen fünf kam ich im Joy an und besprach mit Ben, was die vergangenen Tage im Club los war und worum ich mich kümmern musste. Zusätzlich informierte er mich, was am Abend anstand und wen wir als besondere Gäste im VIP-Bereich erwarteten. Zudem fand ein Junggesellinnenabschied mit Buchung im Separee statt, weil ein Stripper dabei war. Außerdem zwei Geburtstage, wovon einer in der VIP-Area stattfand. Es war also einiges zu tun und das Joy durch diese zusätzlichen Events noch voller. Ich organisierte kurzerhand drei weitere Sicherheitsleute für den Abend. Außerdem teilte Ben mir mit, dass Lora Freitag da war und nach mir fragte. Wenn sie jetzt wieder mit diesem Beziehungstheater anfing, brachte ich sie höchstpersönlich zurück zu Angelo und gab ihm

Nachhilfe beim Ficken, damit sie bei ihm blieb. Das Maß war voll. Sie nervte einfach nur. Daher durfte sie gerne warten, bis ich Lust hatte, mich mit ihr auseinanderzusetzen. Aktuell jedenfalls nicht. In der Zwischenzeit kümmerte ich mich zusammen mit Ben um die Vorbereitungen und beantwortete die Mails, die ich in den letzten Tagen nur überflogen hatte. Sobald alle Mitarbeiter zu ihrer Schicht erschienen, ließ ich den Betrieb im Club hinter mir und richtete meine Aufmerksamkeit stattdessen auf etwas Erfreulicheres. Ich erhielt eine E-Mail vom Hope. Die Kinder schickten mir ein Video. Ich wusste nicht, worum es genau darin ging, aber das Standbild zeigte ein selbstgemaltes Plakat mit der Aufschrift »Danke« und viele grinsende Gesichter im Hintergrund. Es musste demnach was Gutes sein. Ich startete das Video und genoss die aufheiternde und positive Stimmung der Kids. Zu meiner Zeit im Heim wäre so was niemals zustande gekommen. Jedes Kind wurde kurz gezeigt und erzählte dann, was es in der neuen Einrichtung am besten fand und was es sich noch wünschen würde. Wenn man darüber nachdachte, war es mehr als traurig, was für Kleinigkeiten sich diese Kids wünschten. In einer so materiellen Welt wie der unseren ging es immer nur um höher, schneller und besser. Diese Kinder hingegen waren dankbar für ein paar Batterien, damit die Taschenlampe wieder leuchtete. Oder Marshmallows für ein gemeinsames

Lagerfeuer. Ich notierte mir alles, was sie nannten, sodass ich in den nächsten Tagen schauen konnte, was genau umsetzbar war. Auf den ersten Blick sollte nichts davon ein Problem darstellen. Zusätzlich informierte mich Schwester Mary darüber, dass die beiden Kinder aus der Eingewöhnungsphase diese erfolgreich beendet hatten und von ihren Pflegefamilien ausgesucht worden sind. Das war perfekt! Ich schickte ihr direkt einen Termin, um diese persönlich kennenzulernen. Kein Kind verließ das Heim ohne mein Okay, was die Familien betraf. Ich ließ mir bereits zu Beginn der Eingewöhnungsphase alle wichtigen Informationen geben, welche ich sogleich an Finley zur Überprüfung weiterleitete. Sie waren sauber. Trotzdem wollte ich mir ein persönliches Bild von ihnen machen. Kurz darauf klopfte es an meiner Bürotüre. Ben steckte seinen Kopf durch einen Spalt und teilte mir mit, dass Lora da war. Schon wieder! Komplett genervt ließ ich diese saudumme Kuh zu mir bringen. Sie tippelte auf ihren High Heels ins Büro. Wie immer perfekt zurechtgemacht und tat auf edel und feine Dame. Arrogant und stolz. Sicherlich war sie das auch. Im normalen Leben. In meinen Händen war sie jedoch maximal ein kleines Kätzchen, aber garantiert kein Tiger.

»Was zum Teufel willst du, Lora?«, empfing ich sie mit eindeutiger Botschaft, was ich von ihrem Besuch hielt.

»Ich muss mit dir reden. Nur kurz.« Mein Blick sprach Bände, denn sie redete sofort weiter, ohne mir eine erneute Antwort abzuverlangen. »Angelo ist sehr sauer.«

»Und wen interessiert es, was mit Angelo ist? Du vergeudest meine Zeit. Lass dich von ihm ficken, tu so, als wenn es Spaß macht, und dann ist er wieder lammfromm. Bitte! Gerne! Tschüss!« Mit den Worten drehte ich mich abschließend meinem Laptop zu.

»Tylor, hör mir doch mal zu. Bitte! Ich bin schwanger und er denkt, es ist von dir!«, spuckte sie die Worte regelrecht hervor. Ich hingegen brach in schallendes Gelächter aus.

»Du willst mich wohl verarschen! Du fickst mit jedem verfluchten Schwanz in der ganzen Stadt und ich soll dich geschwängert haben? Tu mir den Gefallen und geh. Diese Unterhaltung führe ich nicht. Ich habe dich ganz sicher nicht bestäubt, kleines Honigblümchen. Geh und such dir einen anderen Dummen, der dein Balg finanziert.«

»Warum bist du dir so sicher? Okay, wir haben zwar immer ein Kondom benutzt, aber da kann ja trotzdem mal was schiefgehen. Und die Pille, na ja, die habe ich nicht immer gut vertragen.«

»Schätzchen«, es fiel mir schwer, ernst zu bleiben. »Dann machen wir einfach, sobald es geht, einen Test. Sollte dein Braten tatsächlich meins sein, werde ich das Kind unterstützen oder gar selbst großziehen. Dem Kind würde es an nichts fehlen. Du bist allerdings nach wie vor raus! Du bist mir egal und das bleibt auch so. Und dein Angelo, ... der ist mir erst recht scheißegal.«

»Also ändert es für dich nichts, wenn ich dein Kind in mir trage? Wie kannst du so herzlos sein?«

»Herzlos wäre es, wenn ich dich mit dem Kind vor die Türe setzen würde. Das tue ich nicht. Das Kind wäre immer willkommen! Und jederzeit gut versorgt. Aber noch mal ... Ich glaube das keine einzige Sekunde, bis ich das Gegenteil bewiesen bekomme. Und jetzt sei so gut und schließe die Türe bitte von außen. Melde dich erst wieder, wenn du geworfen hast, dann testen wir deine Theorie. Aber ganz sicher bin ich nicht der Vater, also suche schon mal weiter. Viel Erfolg!«

»Ich dachte, du würdest deine Meinung überdenken. Und uns doch eine Chance geben. Also könnte ich dich nicht mal überreden, wenn ich schwanger wäre?«, schluchzt sie los.

»Wäre? Verstehe ich das richtig? Du hast gar keinen Braten in der Röhre, sondern wolltest nur testen, ob ich dich dann will?« Ihr Blick sank hinab auf den Boden, was mir wiederum unausgesprochen die Antwort verriet.

»Verschwinde, Lora! Egal, was du tust, du wirst nach dieser Aktion gar keine Option auf irgendetwas mehr haben!« Wie gestört konnte man sein?! Ich stand auf, um ihr die Türe zum

Gehen zu öffnen, als es schon wieder klopfte. Was war denn verfickt noch mal los? Befand sich mein Büro in einem Bahnhof? Erneut streckt Ben seinen Kopf herein, allerdings diesmal deutlich vorsichtiger. Er wusste, dass ich es hasste, gestört zu werden.

»Sorry Ty, aber Emily ist hier und will zu dir. Soll ich sie bitten zu warten?« Ich sah auf die Uhr. Es war schon halb elf. Verflucht! Gleich starteten die Partys.

»Auf keinen Fall! Lora wollte gerade gehen und nie mehr zurückkommen. Alles Gute, Lora!« Ich lief an ihr vorbei zur Bürotüre und öffnete diese komplett, damit Emily zu mir kam. Als sie in Reichweite war, zog ich sie zur Begrüßung ganz nah an mich heran.

»Hey, Honey!« Ich drückte ihr einen Kuss genau auf die Lippen. Emily war sichtlich verwirrt. »Sorry, dass ich noch im Büro sitze, aber ich wurde aufgehalten. Lora wollte aber gerade gehen.« Bei meinen Worten stampfte diese an uns vorbei, ohne uns eines weiteren Blickes zu würdigen. Gut so! Vielleicht verstand sie nun, dass sie keine Chance mehr hatte und es bereits eine Neue gab. Auch wenn es nur eine Show war.

44. Emily

Ich fuhr mit Rodriguez zu Kira, damit wir uns im Joy einen grandiosen Abend machen konnten. Ich hoffte logischerweise darauf, Tylor dort zu sehen. Bedachte aber im Vorfeld nicht, dass er wissen musste, wenn ich ausging. Somit fiel ein Überraschungsmoment flach. Liam war frei und irgendwer passte aus diesem Grund immer auf mich auf. Das Joy war groß und unübersichtlich. Rodriguez ließ mir daher keine gigantischen Auswahlmöglichkeiten. Wenn Tylor nicht informiert war, dass wir uns im Club aufhielten, dann wäre er mit hineingekommen und wäre immer in unserer unmittelbaren Nähe geblieben. Das wollte ich um jeden Preis vermeiden. Daher erklärte ich mich einverstanden und versprach, im Joy als Erstes zu Tylor zugehen, um ihn selbst zu informieren. So konnte ich direkt abchecken, wie es um Liam stand. *Und natürlich kurz einen Blick auf ihn werfen!* Ich war nervös. Wie sollte ich ihm begegnen? Sagte ich einfach nur „Hallo"? Oder durfte ich ihn umarmen oder gar auf die Wange küssen oder so? Oder vielleicht ganz professionell die Hand reichen? Ich fühlte mich komplett überfordert und ließ es auf mich zukommen. Als wir im Club ankamen, ging ich wie versprochen als Erstes an die Theke und fragte nach Mr. Cliffort. Die Angestellte, die mich mit hochgezogener Augenbraue zickig musterte, informierte den Typen, der uns am Abend im Joy auf der Tanzfläche trennte. Wahrscheinlich hatte er im Joy die Hosen an. Ich vermutete, dass er mich erkannte, denn er fragte nur kurz nach meinem Namen, aber nicht danach, was ich wollte. Ich verspürte irgendwie das Bedürfnis, ihm mitzuteilen, dass es wichtig sei. Dass ich nicht eine der tausend Gespielinnen war. Ich wusste allerdings nicht, wie weit ich mit meiner Aussage gehen durfte, also sagte ich doch nur kurz und knapp, wie ich hieß, und kam mir damit ziemlich bescheuert vor. Er murmelte im Weggehen irgendetwas vor sich hin. Ich verstand ihn kaum. Nur irgendwas in die Richtung, »wenn das mal gut geht« ... oder so ähnlich. Keine Ahnung, was genau er meinte, aber ich folgte ihm und wartete geduldig, während er an eine nahe gelegene Türe klopfte und vorsichtig den Kopf in die kleine Öffnung steckte. Er sprach mit jemandem, doch außer Stimmengewirr konnte ich nichts vernehmen. Kurz darauf hörte ich leise Schritte näherkommen. Tylor öffnete die Türe sperrangelweit und strahlte mich über- schwänglich an. Mein erster Gedanke war, ob er sich schon so früh am Abend komplett besoffen hatte, aber dann spielte er sein Theaterstück weiter und mir wurde klar, was er dort ablieferte. Spätestens als ich sie sah, wurde mir alles klar.

»Hey, Honey!«, begrüßte er mich theatralisch und knutschte mich vor allen Anwesenden ab.

»Sorry, dass ich noch im Büro sitze, aber ich wurde aufgehalten. Lora wollte aber gerade gehen.« Ich war verwirrt. Aus zweierlei Gründen. Erstens: Was war in ihn gefahren, dass er öffentlich so eine Show hinlegte? Und zum anderen: Was machte diese Furie in seinem Büro? Ich erkannte sie direkt. Das war die Frau, die bei unserem ersten Aufeinandertreffen die Bar umgestalten wollte, weil sie sah, wie Tylor mit mir tanzte. Oder knutschte ... wie auch immer! Vor nicht mal vierundzwanzig Stunden versicherte er mir, dass wir beide eine Exklusivvereinbarung hatten und zukünftig ausschließlich zwischen uns etwas lief. Und nun das? Lora, wie sie wohl hieß, stolzierte erhobenen Hauptes an mir vorbei. Sie beachtete mich mit keinem Wimpernschlag und streifte im Vorbeigehen fast meinen Arm. Als ob ich gar nicht existieren würde. Am liebsten hätte ich ihr diese beschissenen unechten Wimpern von den Augen gerissen, bei der Vorstellung, was sie kurz zuvor noch damit ansah. Ich für meinen Teil hatte jedenfalls genug! Ich hatte genug gesehen! Und auch genug gehört! Von allen Beteiligten!

»Ich bin im Club. Rodriguez meinte, du solltest das wissen.« Ohne ein weiteres Wort drehte ich mich auf dem Absatz um und ließ ihn stehen.

Mir war klar, dass es mir nicht zustand, eifersüchtig zu sein. Aber wenn er nicht mal einen beschissenen Tag seine Absprachen einhalten konnte, dann durfte er sich zukünftig echt gerne selbst ficken. Arschloch! Auf hundertachtzig lief ich zurück zu Kira. Sie stand mit Larry und zwei weiteren Freundinnen an der Bar und wartete auf mich. Am liebsten hätte ich ihr sofort alles erzählt, doch mit Larry in der Nähe war das ausgeschlossen. Ich wollte schreien, heulen oder etwas kaputt hauen. Aber ich riss mich zusammen und versuchte, ruhig zu atmen. Was mir extrem schwerfiel. Ich setzte mich an die Bar, bestellte was zu trinken und starrte gedankenverloren durch den Club. Dann sah ich sie! Als wenn es nicht reichte, saß nun auch noch einen Meter entfernt – an der gleichen Bar – diese dumme Schnepfe aus dem Büro. Jackpot! Wie es aussah, war sie mit irgendwelchen anderen Leuten dort, die ich nicht kannte. Das wäre ja zusätzlich die Krönung des Ganzen gewesen, wenn sie bei Larry im Schlepptau gehangen hätte. Er schien sie und ihre Begleitung aber auch nicht zu kennen, zumindest schenkte er ihnen keinerlei Beachtung. Tylor lief mir wie zu erwarten natürlich nicht hinterher. Stattdessen erblickte ich ihn immer wieder mal zwischendurch irgendwo im Joy. Er schüttelte hier und da Hände oder klopfte im Vorbeigehen jemanden auf die Schulter, um ihn zu begrüßen. Es war sehr interessant, ihn aus der Ferne zu beobachten. Vor allem, da ich ihn und seine Körperhaltung mittlerweile überraschend gut lesen konnte. Es schien ihn einfach nur zu langweilen, überhaupt irgendwem dieser Gäste Aufmerksamkeit schenken zu müssen. Die wenigen, über die er sich wirklich freute, sah man ihm sofort an. Dutzende Frauen verdrehten ihre Köpfe nach ihm. Einige begrüßten ihn anschmachtend. Aber keine einzige berührte ihn. Sie lachten ihn an, zwinkerten mit den Augen oder hauchten ihm irgendwelche Worte entgegen. Doch jegliche Berührung blieb aus! Ich fragte mich infolgedessen, ob er mit all diesen Frauen im Bett war. Kannten sie alle seine Regeln? Keine Nähe! Außer er gestattete dies ... Irgendwie widerte mich allein der Gedanke daran schon an. Die Vorstellung, dass er mit so vielen Frauen Sex hatte, turnte mich vollkommen ab. Natürlich sammelte er dadurch eine Unmenge an Erfahrung, aber konnte er nach so einer Masse den einzelnen Akt überhaupt noch zu schätzen wissen? Oder waren Frauen willkürlich austauschbare Objekte für ihn? Konnte er irgendwen wirklich mögen außer sich selbst? Vollkommen in meinen Gedanken versunken, bemerkte ich nicht mal, dass er in einiger Entfernung vor mir stand und mich unbeirrt ansah. Erst als er den Abstand zwischen uns verringerte, spürte ich das gewohnte Kribbeln, das sich auf meiner Haut ausbreitete, sobald er mir zu nah kam. Als ob er mich förmlich anzog. Dieses schöne und doch in dem Moment ungewollte Gefühl ließ mich aus meiner Trance erwachen und regelrecht in Hektik verfallen. Ich stand auf und zog Kira unvermittelt mit auf die Tanzfläche. Sie war mitten in einem Gespräch, aber das juckte mich in dem Augenblick überhaupt nicht. Ich wusste nicht mal, was für ein Lied gespielt wurde, als ich loslief. Ich wollte einfach nur nicht in seiner Nähe sein. Und schon gar nicht erklären müssen, warum ich ihn im Büro ohne eine Erklärung stehen ließ. Ganz sicher machte es die Sache auch nicht gerade besser, dass ich nun erneut vor ihm weglief. »Keine Verpflichtungen«, hörte ich seine Worte noch in meinem Ohr widerhallen. Nur Spaß ... Gut, dann hatte ich eben Spaß! Lora beobachtete jeden unserer Schritte. Das ärgerte mich so sehr, dass es meine Wut weiter anfachte. Keine Ahnung, in welches Spielchen er mich da ohne mein Wissen hereinzog, aber ich machte da nicht mit. Ich beschloss, keinem von beiden an diesem Abend mehr Spielraum für Unruhe zu geben. Ich wollte mir mit Kira einen schönen Abend machen, und das taten wir. Ob es Mr. Cliffort passte oder nicht! Wir tanzten ausgelassen und tranken, was das Zeug hielt. Die Stimmung war überschäumend und wie zu erwarten gesellten sich recht schnell die ersten Herren an unsere Seite. Kira und ich setzten natürlich klare Grenzen und ließen uns auf nichts ein. Und das, obwohl weder Larry noch Tylor das verdienten. Letzterer auf keinen Fall. Im Laufe der Nacht gestaltete sich das Tanzen aufgrund des Alkoholpegels eher schwierig. Um genau zu sein, war schon das reine Stehen ein kleiner Kraftakt. Ich wusste nicht mehr, was wir alles gebechert hatten, aber was auch immer es war, es zeigte definitiv seine Wirkung. Larry und Kira vergaßen augenscheinlich – für alle Anwesenden sichtbar –, wo sie sich befanden. Wenn ich das aus dem Augenwinkel richtig wahrnahm, war seine Hand bereits zu Stellen vorgedrungen, die man eigentlich nur unter vier Augen befummelte. Ich empfand es als ein wenig unangenehm, doch theoretisch hätte ich mir diesen Ausgang des Abends auch für mich gewünscht. Natürlich mit Tylor! Stattdessen war ich noch immer verletzt, verwirrt und besoffen und wollte ins Bett. Daher beschloss ich, diese Nacht zu beenden. Ich offenbarte Kira kurz meine Entscheidung. Tylor informierte ich nicht zusätzlich. Sein Fahrer würde mich schon sicher nach Hause verfrachten. Nachdem klar war, dass Larry Kira heimbrachte, machte ich mich auf den Weg zum Ausgang. Ich torkelte mehr als alles andere. Aber immerhin kam ich dahin, wo ich hinwollte. An der Türe angekommen, lief ich zu meiner Überraschung direkt Rodriguez in die Arme. Er eskortierte mich, stützend, zum Auto, und dann ... verlor ich mein Bewusstsein!

45. Tylor

Erst ließ Emily mich wie einen kleinen Jungen am Büro stehen und dann flüchtete sie auf die Tanzfläche, als ich einen neuen Versuch startete. *Bitte, wenn sie meinte! Das war mir zu blöd!* Ich hatte genug um die Ohren. Den Scheiß gab ich mir nicht! Das Joy platzte aus allen Nähten, und da Ben nicht überall gleichzeitig sein konnte, musste ich mich zwangsläufig mit um den Laden kümmern. Außerdem war es auch mal wieder an der Zeit, mich im Club blicken zu lassen. Warum also nicht an diesem Abend? Wenn so viele Arrangements zeitgleich stattfanden, war es unumgänglich, mitzuhelfen, und ich tat dies auch gerne. Schließlich war es mein Club! Als ich damals mit gerade mal achtzehn eröffnete, blieb alles an mir hängen. Ich war es schon immer gewohnt, mit anzupacken und das, was ich besaß, nie für selbstverständlich zu nehmen. Das Personal hatte sich seitdem fast verfünffacht. Mein Leben lehrte mich mehr als einmal, dass man nichts geschenkt bekam. *Hast du nichts, bist du nichts!* Also sorgte ich dafür, dass ich immer was hatte. Und immer wer war! Ganz einfach! Alles lief glatt, die Gäste hatten ihren Spaß und spürten nicht das Geringste von der Arbeit, die dahintersteckte. So sollte es sein. Dafür kamen sie nun mal auch her. Nur Emily stresste mich zunehmend. Meine Fahrer und ich bemühten uns, sie rund um die Uhr im Auge zu behalten und zu beschützen. Doch sie gab sich in aller Seelenruhe so dermaßen die Kante, dass sie mittlerweile kaum noch laufen konnte. Wenn sie nicht langsam aufhörte zu saufen, warf ich sie mir persönlich über die Schulter und verfrachtete sie eigenhändig in ihr Bett, verdammte Scheiße! Kira und Larry hatten seit längerem schon ausschließlich Augen für sich. Irgendwann saß Emily komplett alleine an der Bar und kippte einen Drink nach dem anderen in sich hinein. Was auch immer ihr fucking Problem war, ich würde nicht noch mal auf sie zugehen, so viel war klar! Einige Plätze neben Emily saß Lora und beobachtete sie mit Argusaugen. Bislang hielt sie die Füße still. Sollte sie aber je auf die Idee kommen, sich ihr zu nähern, konnte sie was erleben. Als es später am Abend langsam ruhiger wurde und Ben wieder alleine übernahm, setzte ich mich ins Büro, um die letzten organisatorischen Angelegenheiten zu erledigen. Die Türe ließ ich bewusst offen, damit ich weiterhin die Bar im Auge behalten konnte. Und somit Emily. Einige Minuten später schien sie sich entschlossen zu haben, nach Hause zu wollen. Zumindest versuchte sie krampfhaft, ihre Sachen beisammenzuhalten, und verabschiedete sich von Kira und Larry. Immerhin! Sie konnte kaum einen Fuß vor den anderen setzen, geschweige denn gerade stehen. Ich kochte vor Wut! Wie stellte sie sich das vor? Wie wollte sie sich verfickt noch mal selbst verteidigen, wenn der Penner Liam ihr irgendwo auflauern würde? Mir war die Lust auf einen Abend mit ihr gänzlich vergangen. Also informierte ich kurzerhand Finley über ihren Zustand und wies ihn an, sie drinnen abzuholen. Er kam ihr umgehend entgegen. Quasi im richtigen Augenblick, denn sie fiel ihm an der Türe schon in die Arme, weil sie sich kaum noch halten konnte. Er brachte sie raus und damit außerhalb meines Sichtfeldes. Meine Rage zügelte dies leider nicht im Geringsten! Ich versuchte, mich in den Papierkram zu vertiefen und ihr Spektakel beiseitezuschieben. Emily befand sich in Sicherheit. Nur darauf kam es an. Mit ihrem Zustand musste sie alleine zurechtkommen. Sie hatte ihn sich ja schließlich auch selbst eingebrockt. Doch als mein Telefon sich lautstark ankündigte, wurde mir klar, dass ich mich zu früh freute.

»Was gibt's?«

»Hey, ich wollte mich nur kurz vergewissern, wie ich vorgehen soll. Emily hat den Wagen vollgekotzt und schläft nun. Also im Auto ... Soll ich sie hochbringen und dann allein in der Wohnung lassen?«

»Hol mich ab. Ich kümmere mich darum. Lass sie so lange im Auto!« Zeitgleich mit der Anweisung legte ich auf. Ich hatte das Gefühl, dass meine Halsschlagader kurz davor war, zu implodieren. Vor rasender Wut schlug ich mit voller Wucht auf die Schreibtischplatte. Meine Hand brannte und mein Puls raste, doch ich behielt das Gefühl, etwas kurz und klein schlagen zu wollen. Wie konnte sie so verflucht dämlich sein? Was stimmte nicht mit ihr? In dieser Nacht bekam ich zweifelsohne keine Antworten mehr auf meine Fragen, so viel war klar. Aber sie schuldete mir Erklärungen. Und die würde ich bekommen! Für den Moment musste ich mich gedulden, denn mit ihr war nichts mehr anzufangen. Sie bemerkte nicht mal, dass ich zu ihr in den Wagen stieg. Der Innenraum stank erbärmlich. Ungefähr so erbärmlich, wie sie aussah. Wie eine gesamte Schnapsbrennerei, in der alles auslief, gemischt mit Erbrochenem. Lecker! Sie lag quer auf dem Rücksitz und schlief. Ihre Klamotten waren komplett verzogen und die Haare hingen ihr wild im Gesicht verteilt. Ich strich sie ihr zurück, so dass ich sie ansehen konnte. Sie war trotz des zerrütteten Anblicks noch immer attraktiv. Ich ertappte mich bei dem Gedanken und zweifelte glattweg an meinem eigenen Verstand. Aktuell würde ich sie am liebsten übers Knie legen und ihr wieder Verstand einbläuen. Finley fuhr uns auf direktem Wege zu Emilys Wohnung. Als wir ankamen, zögerte ich nicht lange und war auch nicht sonderlich zimperlich mit ihr. Sie musste ins Bett und ich wählte den schnellsten Weg dafür. Ich zog sie daher relativ unachtsam aus dem Wagen, nahm sie hoch und trug sie hinauf. Oben angekommen, kramte ich nach dem Schlüssel und brachte sie hinein. Sie murmelte unentwegt irgendwas vor sich hin, was für mich komplett zusammenhanglos und größtenteils unverständlich war. Bevor ich sie ins Bett verfrachten konnte, musste ich sie erst mal von den vollgekotzten Klamotten befreien. Daher legte ich sie auf die Couch und entkleidete sie mit geübten Handgriffen. Zu meiner Überraschung trug sie supersexy Unterwäsche. Es war ihr Glück, dass sie in dieser Verfassung dalag. Andernfalls hätte ich sie ohne Umschweife flachgelegt. Ich hatte keine Ahnung, ob es bequem war, in einem BH zu schlafen, also zog ich diesen ebenfalls einfach aus. Der Slip blieb an. In meinem ganzen verfickten Leben kam ich noch nie in die Situation, mir überhaupt über so eine Kacke Gedanken machen zu müssen. Ich übernachtete niemals bei einer Frau und auch keine jemals bei mir. Bislang bekam nicht mal eine mein Haus zu sehen. Demnach wusste ich halt nicht, was die Damenwelt zum Pennen für Klamotten bevorzugte. Juckte mich auch nicht! Es war ihr fucking Problem. Nicht meins. Sie hätte sich ja nicht so volllaufen lassen müssen, dann könnte sie nun selbst entscheiden, was sie anzog. Shit happens! Nachdem alle Kleidungsstücke beseitigt waren, holte ich einen Waschlappen aus dem Badezimmer und wusch ihr zumindest eben die Hände und das Gesicht ab. Wie so ein verdammter Pfleger, Alter!

Sobald sie wieder fit war, konnte sie sich verflucht noch mal auf was gefasst machen! Noch immer bemerkte sie nicht, dass ich überhaupt bei ihr war. Zweimal nannte sie mich sogar Finley. *Na, schönen Dank auch!* Als ich sie so weit fertig hatte, brachte ich sie ins Schlafzimmer und legte sie in ihr Bett. Ich deckte sie zu und setzte mich ihr gegenüber auf den Stuhl, der vor ihrem Schminktisch stand. Ich beobachtete, wie sie schlief. Selbst der Erschöpfung nahe, versuchte ich, wach zu bleiben. Immerhin war es mittlerweile früh am Morgen und durch den beschissenen Traum letzte Nacht hatte ich viel zu wenig geschlafen. Sie in dem Zustand alleine zu lassen, kam dennoch nicht infrage. Und bei ihr im Bett zu pennen, war komplett ausgeschlossen. *Niemals!* Also blieb nur der Stuhl ... Sie wälzte sich unaufhörlich herum und plapperte vor sich hin. Aus heiterem Himmel hörte ich meinen Namen. Laut und deutlich. Im ersten Moment dachte ich, sie sei wach geworden und hätte endlich mal gecheckt, dass ich da war. Aber nein, sie quatschte im Schlaf vor sich hin. Offensichtlich irgendwas, was sich um mich drehte, denn mein Name fiel erneut. Ich rückte mit dem Stuhl ein Stück näher an sie heran, um eventuell den ein oder anderen weiteren Wortfetzen verstehen zu können. Vielleicht hatte ich mich auch verhört ... Aber nein, da war er wieder. Sie sagte deutlich meinen Namen. Es gab nichts falsch zu deuten ... Sie träumte von mir! Irgendwie ja schon süß, dachte ich im ersten Moment. Doch dann, von einer Sekunde auf die andere, ertönte ein markerschütternder Schrei, der meine Gedanken zur Seite schleuderte. Emily schrie laut auf und setzte sich kerzengerade ins Bett. Vor Schreck fiel ich rücklings vom Stuhl herunter und landete auf dem Fußboden. Emily saß einfach da. Angst entstellte ihr Gesicht. Die Augen schmerzerfüllt. Sie schien nicht zu wissen, wo sie sich befand. In Sekundenschnelle war ich wieder neben ihr und legte beruhigend meine Hand auf ihre Schulter.

»Alles gut! Beruhig dich, ich bin da! Ist alles okay?« Sie sagte nichts, sondern musterte mich nur verwirrt. Verunsichert suchte sie den Raum ab. Nach einem gefühlt endlosen Moment sprang sie plötzlich vom Bett herunter und kniete sich vor mir auf den Fußboden. Sie zerrt an meinem Shirt. Versuchte es hochzuziehen. Was suchte sie? Ich verstand nichts mehr. Ich hielt ihre Handgelenke fest, um sie in ihrem weiteren hysterischen Vorhaben zu stoppen.

»Geht es dir gut? Oh Gott, bitte sag mir, dass es dir gut geht, Tylor!« Sie versuchte weiterhin, ihre Hände zu befreien, um an meinem Shirt herumzuzerren. Nun verstand ich! Sie hatte zwar von mir geträumt, doch dieser Traum war keinesfalls angenehm.

»Emily, beruhige dich. Mir geht es gut! Es ist nichts passiert ... Du hast nur geträumt!« Sie brauchte einige Augenblicke, um meine Worte zu realisieren. Man konnte ihr das Denken beinahe im Gesicht ablesen. Ihr Alkoholpegel war noch immer extrem hoch. Sie schlief erst seit zwei Stunden ihren Rausch aus, das war bei der Menge, die sie intus hatte, viel zu wenig Regeneration. Sie suchte meinen Blick. Ihre Augen klärten merklich auf. Sie schaute mich verstehend an und brach just in der Sekunde in Tränen aus. Heilige Scheiße! Was machte ich denn jetzt? Das alles war überhaupt nichts für mich. Ich brachte niemanden ins Bett. Ich beschützte keinen vor schlechten Träumen. Und schon gar nicht tröstete ich irgendwen. Emily schmiss sich in meine Arme und klammerte sich an mir fest. Völlig überfordert legte ich eine Hand auf ihren Rücken. Kurz überlegte ich, Finley anzurufen, damit er hochkam und die Situation übernahm. Doch Emily saß hier halb nackt. Dass er sie so sah, wollte ich definitiv nicht. Kira war selbst besoffen und zudem sicherlich mit Larry zugange. Demnach fiel diese Option ebenfalls flach. Mir blieb also keine Wahl. Ich musste sie überzeugen, dass es mir gut ging, damit sie sich beruhigte.

»Hier, schau mich an!« Ich löste sie ganz sachte ein Stück von mir, schaltete das Licht an und zog mir das Shirt über den Kopf. Dann spreizte ich die Arme vom Körper ab, damit sie mich ausgiebig begutachten konnte.

»Siehst du, … es ist alles ok. Mir ist nichts passiert.« Ihre Augen gewöhnten sich nur langsam an das helle Licht, doch dann schaute sie nach, ob ich irgendwo verletzt war. Ich ließ sie gewähren. Was immer sie geträumt hatte, es schien sie extrem verschreckt zu haben. Ich drehte mich hin und her. So gut es ging ... Da wir auch jetzt noch beide auf dem Boden knieten, gestaltete sich das nicht ganz reibungslos. Nachdem sie alles inspiziert hatte, ließ ich die Arme an meinen Seiten herabhängen und wartete darauf, dass ihr vernebeltes Bewusstsein das Gesehene verarbeitete. Sie schien beruhigter, denn die Tränen versiegten und ihre Haltung lockerte sich spürbar. Sogar ihre Augen deuteten ein leichtes Lächeln an.

»Du bist so wahnsinnig sexy!«, lallte sie mir ohne Vorwarnung schmunzelnd entgegen. Ich musste kurz lachen. Diese Situation war absolut surreal.

»Du hast zu viel getrunken, Emily. Du weißt nicht, was du sagst! Leg dich wieder hin und schlafe noch etwas.« Ich versuchte, sie vom Boden aufzuheben, doch sie ließ sich hängen wie ein nasser Sack.

»Nein! Ich meine ... ja.«, kicherte sie und hielt dabei eine Hand vor ihren Mund. »Ja, ich habe zu viel getrunken, ... aber ich weiß genau, was ich sage. Du bist heiß, Tylor Cliffort! Sehr, sehr heiß.« Um ihre Aussage zu bekräftigen, hielt sie dabei ihren Zeigefinger ausgestreckt in die Höhe. Wie auf Kommando wollte sie nun plötzlich doch aufstehen. Kam aber aus eigener Kraft keinen Zentimeter weit. Ich versuchte, ihr erneut hochzuhelfen, als sie bemerkte, dass sie nichts weiter trug, außer ihrem Slip. Auch um das zu realisieren, benötigte sie wieder einige Sekunden. Dann schlug sie meine helfende Hand beiseite und stemmte sich schnurstracks allein hoch.

»Ach, und um deine Beschreibung zu vervollständigen: ... du bist ein Arschloch!« Sie setzte sich aufs Bett und wühlte darin herum, bis sie unter dem Kissen ihren Pyjama fand und umständlich begann, diesen anzuziehen. Was war denn jetzt passiert?

»Was? Warum? Ich habe dich nicht angerührt. Du musstest aus deinen Klamotten raus. Mehr habe ich nicht getan!«, verteidigte ich mich automatisch.

»Darum geht's nicht!«

»Warum bin ich dann ein Arschloch?« Ich stand auf und setzte mich zurück auf den Stuhl, um etwas Abstand zwischen uns zu bringen. Wie so ein Trottel vor ihr zu knien, fühlte sich in vielerlei Hinsicht falsch an.

»Deswegen!« Zwischenzeitlich schaffte sie es dann auch, sich fertig anzuziehen. Bockig verschränkte sie ihre Arme vor der Brust und setzte wie ein Kleinkind einen schmollenden Gesichtsausdruck auf. Ich besaß bislang zwar keine Erfahrung mit solchen Situationen, aber ich war mir ziemlich sicher, dass das Lachen, was sich gerade in mir breitmachte, wohl der schlechteste Move wäre, also versuchte ich krampfhaft, nicht damit herauszuplatzen.

»Ach so ... deswegen ... Verstehe!«, konterte ich stattdessen augenrollend und ließ sie zu Ende schmollen. Das war mir zu blöd!

»Du verstehst gar nichts!«, platzte es ungefiltert aus ihr heraus. Am liebsten hätte ich zurückgeschrien. Sie gefragt, wie ich sie verstehen sollte, wenn sie nicht mal mehr klare Sätze formulieren konnte. Aber ich beherrschte mich mit aller Kraft. Wo kamen bitte solche Stimmungsschwankungen her? Frauen, Alter!

»Dann erkläre es mir doch bitte noch mal ausführlicher!«, sagte ich bewusst provozierend. Ich beugte mich vor und legte meine Ellenbogen auf den Knien ab, als wenn ich ganz gespannt auf ihre Erklärung wartete.

»DU ... «, schrie sie mich erneut an und deutete anklagend mit ihrem Finger auf mich. »Du hast mich angelogen!«

»What the fuck ... Ganz sicher nicht! Womit denn bitte?« An dem Punkt löste sich meine Beherrschung in Luft auf. Lügen war für mich ein absolutes No-Go. Diese Unterstellung machte mich rasend.

»Du hast mit dieser Lauren in deinem Büro gefickt. Und das schon einen Tag nach unserer ach so tollen Vereinbarung. Du bist einfach schwanzgesteuert und auf dein Wort kann man scheißen ... So sieht es nämlich aus!«

»Es reicht!«, herrschte ich sie in einem lauten und energischen Tonfall an, damit sie es selbst in ihrem besoffenen Kopf verstand, dass sie eine

Grenze überschritt. »Erstens heißt sie nicht Lauren, sondern Lora.« Emily versuchte, mir ins Wort zu fallen, stoppte aber ihren Redefluss, als ich bestimmend die Hand erhob.

»Zweitens habe ich sie diese Nacht nicht angerührt! Und drittens kann man sich immer zu hundert Prozent auf mein Wort verlassen, also unterstelle mir nie wieder das Gegenteil!« Meine Ansage klang kompromisslos, und genau so meinte ich sie auch. Es war nichts vorgefallen, was meine Zusicherung infrage stellte, und das ließ ich mir unter keinen Umständen unterschieben. Dieses ganze Gespräch war mir sowieso schon grundlegend zu blöd, und an der Stelle traf sie einen Punkt, den ich nicht hinnahm. Und langsam dämmerte es ihr wohl, denn sie schaltete einen Gang zurück. Sie schaute auf ihre Finger und schwieg einige Minuten, um uns beiden eine Pause zum Durchatmen zu verschaffen.

»Sie war mit dir in deinem Büro. Alleine!«, fuhr sie nach kurzer Zeit in einem deutlich ruhigeren Ton fort.

»Ja, das war ich mit Ben vorher auch ... Habe ich ihn auch gefickt? Außerdem ... Was soll dieses Eifersuchtsding hier? Wir sind kein Paar, verdammte Scheiße!« Emily hatte dieses Atmen und Beruhigen definitiv besser hinbekommen als ich, denn meine Stimme klang noch immer sehr hart. Das hörte selbst ich. All das hier wollte ich nicht.

Mich rechtfertigen oder erklären zu müssen. Diskussionen. Drama. Kotzte mich das an, ey!

»Das weiß ich auch allein!«, schrie sie, der Verzweiflung nahe, und fing erneut an zu weinen. Verflucht, was war das hier? Genau DAS hatte ich immer vermieden! Locker und offen, verdammt! Es kostete mich meine letzte Kraft, nicht einfach aufzustehen und sie dort sitzen zu lassen. Ich konnte nicht mal exakt sagen, warum ich es nicht tat. Wahrscheinlich, weil ich ihr das Versprechen gab, sie zu beschützen ... Ich versuchte es noch mal mit tiefem Atmen, bevor ich erneut das Wort an sie richtete.

»Emily, ich hatte heute nichts mit Lora. Wirklich nicht! Was denkst du denn bitte von mir? Meinst du wirklich, dass ich sie durch mein Büro vögele und dir danach seelenruhig die Türe öffne, dich sogar vor ihren Augen küsse und sie dann nach Hause schicke? Ernsthaft?«

»Warum hast du das gemacht?«

»Was?«

»Mich geküsst ... vor ihr ... vor deinem Angestellten ... und vor allen anderen, die es hätten sehen können? Warum?«

»Es hatte nichts mit dir zu tun. Ich wollte sie einfach nur loswerden und dachte, dass sie es auf diese Weise am ehesten schnallt. Wenn sie sieht, dass ich sie schon ersetzt habe.«

»Verstehe ... Du wolltest mich also gar nicht küssen, sondern ich kam gerade gelegen. Richtige Zeit, richtiger Ort ... Toll! Trotzdem danke für deine Ehrlichkeit!« Ich sah, wie ihr Unterkiefer zitterte und sie erneut kurz vor einem Heulkrampf stand. Sie verstand mich definitiv überhaupt nicht. Wie auch, ich verstand mich ja nicht mal selbst, verdammt. Ja, sie war Mittel zum Zweck, und es tat mir überraschenderweise tatsächlich leid, dass ich sie in der Situation ausnutzte. Aber das änderte doch nichts an der Tatsache, dass ich sie de facto gerne küsste. Ich fand sie extrem anziehend. Und im Gegensatz zu ihren Vorgängerinnen genoss ich es sogar, sie zu küssen, und vollzog es nicht einfach nur. Wenn ich sie nicht auf irgendeine Art mögen würde und hemmungslos heiß auf sie wäre, würde ich den ganzen Rotz hier gar nicht mitmachen. Dieses Gespräch war einer der vielen Gründe, warum ich keine Bindungen einging. Sollte sie sich also glücklich schätzen, dass ich überhaupt noch in diesem Raum verweilte und mich bemühte, Geduld aufzubringen. Auf jeden Fall trug das Drama dazu bei, dass Emily mittlerweile wieder recht gut zurecht war. Ihre Augen wirkten wacher und ihre Bewegungen sahen nicht mehr aus wie die einer bleiernen Ente. Wenigstens etwas!

»Ich nutzte die Gelegenheit, die sich mir bot, aus. Und das tut mir leid.« Ich stand auf und setzte mich zu ihr auf die Bettkante. »Das ändert aber nichts an der Tatsache, dass ich dich jederzeit küssen könnte. Und das nicht nur, um dich irgendwie vorzuführen. Selbst jetzt gerade ziehen deine Lippen mich magisch an. Aber du hast zu viel getrunken, Liebes, daher werde ich nichts der Art tun.«

»Mir geht es gut. Ich habe nicht zu viel getrunken. Echt nicht!«

»Zumindest kommst du langsam wieder klar. Ich fand ja ganz reizend, dass du von mir geträumt hast, aber es hätte etwas weniger intensiv sein dürfen. Was war denn los?«

»Vielleicht solltest du dann das nächste Mal nicht halb verblutet in meinem Traum auftauchen!«

»Ich bin mir keiner Schuld bewusst!«

»Ich bin jedenfalls froh, dass es nur ein Traum war. Ich könnte es nicht ertragen, wenn jemandem etwas wegen mir geschieht!«

»Wegen dir?«

»Ja. Liam hat auf mich geschossen und du hast dich in diesen Schuss geworfen, um mich zu schützen. Ich habe nichts abbekommen, aber du! Ich darf gar nicht dran denken! Da bin ich lieber wieder besoffen und dem Kotzen nahe, als auch nur eine Sekunde das Bild wieder vor Augen zu haben!«

»Mir ist nichts passiert! Und das wird es auch nicht! Liam ist ein Weichei und keine Gefahr! Apropos besoffen ... Du weißt nicht mal, wie du nach Hause gekommen bist, oder?«

»Ich dachte, Finley ...«

»Ja, richtig. Er ist dir überaus dankbar, dass du ihm ins Auto gekotzt hast und er mich dann aus Sorge um dich mit eben dieser vollgekotzten Karre noch abholen musste, damit du nicht alleine bist.« Ich hob eine Augenbraue und sah sie belustigt an. Sie lief knallrot an und versteckte ihr Gesicht in den Händen.

»Ich werde Finley nie wieder unter die Augen treten. Gott, ist das peinlich! Und dann hat er mich auch noch halb nackt gesehen, ... Was für ein Albtraum!«

»Natürlich nicht! Ich habe dich hochgebracht und dich ausgezogen, damit du nicht in deinen vollgekotzten Klamotten ins Bett musst. Wenn er dich so gesehen hätte, müsste ich ihm leider die Augen entfernen, und dann wäre er nicht mehr sonderlich hilfreich, befürchte ich ...« Endlich kam sie aus ihrem Schneckenhaus heraus und nahm ihre Hände herunter. Ihr Gesicht leuchtete weiterhin leicht rosa verfärbt, aber das Gröbste war wieder verschwunden.

»Und es versteht sich von selbst, dass ich dich ansonsten nicht angefasst habe!« Sie sah mich an. Ihre Augen unergründlich auf mich gerichtet. Ich glaubte, eine Mischung aus Erleichterung und Verwunderung, aber irgendwie auch Bedauern zu erkennen.

»Was sagt mir dieser Blick, Emily?«, hauchte ich ihr entgegen und hielt ihrer Betrachtung stand.

»Ach, nichts weiter.«, tat sie ihren Gesichtsausdruck fahrig ab. »Ich bin froh, dass du es warst, und ich danke dir, dass du die Situation nicht ausgenutzt hast.«

»Das ist doch selbstverständlich! Und du brauchst mir auch nicht deswegen zu danken.«

»Leider kenne ich das zu Genüge anders.« Ich schaute sie verwirrt an. Verstand nicht genau, worauf sie anspielte. »Liam nutzte solche Situationen immer aus. Und nicht nur das ... Seiner Meinung nach war es seine Pflicht, das zu tun. Ich brauchte schließlich einen Lerneffekt. Wenn er sich das nehmen konnte, konnte es auch jeder andere Mann. Wie das ablief, brauche ich wohl eher nicht im Detail beschreiben.« Ich wusste nicht, was ich sagen sollte, und mir fehlten selten die Worte. Ich hatte das Gefühl, zu explodieren. Wut kochte in mir, aber zugleich auch Mitleid. Sie tat mir leid, und das war eine Empfindung, die ich wahrlich fast nie verspürte. Bisher ging ich davon aus, dass er sich erst seit der Trennung wie ein Arschloch benahm, weil er nicht ertrug, dass sie ihn nach seinem Fehltritt nicht mehr wollte. Aber offensichtlich verhielt er sich schon immer wie der größte Wichser. Emily war eine wirklich tolle Frau, und wenn ich nicht selbst so ein kaputter Freak wäre, würde sie ganz gewiss eine unglaubliche Partie abgeben. Aufgrund dessen war ich jedoch umso sicherer, dass ich das Letzte war, was sie nach den gemachten Erfahrungen brauchte.

»Er wird nie wieder etwas in der Art tun! Wie geht es dir?«, fragte ich erneut, einen Hauch zu barsch. Liam brachte mich einfach zur Weißglut. Zu gerne hätte ich ihm selbst einen Lerneffekt verpasst.

»Es geht mir gut. Du kannst ruhig gehen.«

»Okay, aber du kommst mit. Du schläfst bei mir. Also ... nicht bei mir ... Nur in meinem Haus. Ich will dich so nicht alleine lassen. Aber ich muss dringend in mein Gym.« Nicht ganz sicher, ob meine Hände die erneuten Schläge aushielten, sah ich auf sie hinab. Sie waren noch immer nicht annähernd verheilt. Deutliche Wunden zierten die Knöchel. Offenbar folgte Emily meinem Blick, denn im nächsten Moment kniete sie vor mir und legte ihre Hände auf die meinen.

»Mein Gott, Tylor! Was hast du getan? Das muss doch höllisch wehtun?« Sie streichelte über meine Knöchel und betrachtete die einzelnen Wunden. Ihre Berührungen waren eine süße Qual, die sowohl Verlangen als auch Schmerz auslösten.

»Es ist nichts ... nur vom Boxen zu Hause. Halb so wild!«

»Mit was hast du geboxt? Mit einer Beton-wand?« Ihr Auftritt im Club war nichts im Vergleich zu dem Gesichtsausdruck in diesem Augenblick. Sie war wütend, richtig wütend. Und besorgt.

»So in der Art... Aber dann sind wir jetzt quitt. Du hast es heute komplett verbockt und ich im Vorfeld mit meinen Händen ... Und jetzt los, zieh dir was an und pack ein paar Sachen ein. Ich warte im Wohnzimmer.« Damit verließ ich das Schlafzimmer und erstickte jegliche weitere Diskussion im Keim. Endlich! Wenn ich Patrick von diesem Abend erzählte, kugelte er sich auf dem Boden. Ich sah es praktisch vor mir und hörte schon sein dummes Lachen. Eine Viertelstunde später stand Emily mit einer kleinen Tasche zur Abreise bereit vor mir. Ich musste unbedingt ins Gym. Seit ich sie kannte, hatte ich noch mehr mit meiner Lust zu kämpfen, als ich es sowieso gewohnt war. Dieses unbefriedigte Verlangen und meine Wut auf die Geschichte mit Liam musste ich loswerden. Auch den verfickten Albtraum vergaß ich weiterhin nicht. Die Tatsache, dass ich mich in dieser Nacht schon wieder auf ein mir unbekanntes Terrain begab, machte meine Sorge darüber, dass ich in alte Muster verfiel, nicht besser. So eine beschissene Kacke! Ich war froh, wenn mein Kopf endlich mal 'ne Zeit lang die Fresse hielt. Auf dem Weg nach unten verweilte ich in meinen Gedanken und bemerkte daher erst spät, dass Emily unerwartet stehenblieb. Ich lief beinahe ungebremst in sie hinein, so dass wir beide um ein Haar die Treppe herunterflogen.

»Was ist los, verdammt? Ich hätte dich fast umgeworfen!«, maulte ich sie an, während ich mit einer Hand sie und mit der anderen das Geländer packte.

»Ich kann nicht mit zu dir!«

»Jetzt stell dich nicht so an. Ich werde dich nicht anfassen. Das hätte ich auch hier gekonnt. Und jetzt lauf!«

»Nein! Ich ... ich meine ... ähm ... Ich kann Finley nie wieder unter die Augen treten. Bitte tu mir das nicht an!« Ich bemühte mich wirklich, aber es gelang mir nicht. Ich fing laut an zu lachen. Ich konnte mich nicht erinnern, wann ich zuletzt so sehr gelacht hatte. Minuten später holte ich keuchend und mit Tränen in den Augen auf der Treppe sitzend, Luft. Sie stand vor mir und schaute mit finsterem Blick und verschränkten Armen auf mich herab, was mir direkt den nächsten Lachanfall einbrachte.

»Du bist ein Scheißkerl, Tylor Cliffort!« Mit diesen Worten drehte sie sich um und lief zum Auto.

46. Emily

Auf dem Weg zum Wagen wäre ich am liebsten im Erdboden versunken. Tylor kam kurz nach mir aus dem Hauseingang heraus und wischte sich noch die letzten Lachtränen aus dem Gesicht. Arsch! Finley stieg wie immer aus, um mir die Autotür zu öffnen. Als ob nichts passiert wäre. Ich hingegen stand vor Scham den Tränen nahe.

»Es tut mir so unendlich leid, Finley! Bitte entschuldige. Ich verspreche dir, dass so was nie wieder passieren wird. Ich mache das natürlich sauber.«

»Es ist schon wieder sauber. Alles ist wie neu. Keine Sorge.«

»Dann komme ich aber zumindest für die Kosten auf. Sobald ich die Rechnung habe, überweise ich umgehend.«

»Ähm, die Kosten trägt Mr. Cliffort. Du kannst das natürlich gerne mit ihm aushandeln, aber ich befürchte, du wirst da schlechte Karten haben.« Tja, in dem Fall befürchtete ich das auch. Verflixt!

»Da wirst du leider recht haben! Dennoch, sorry noch mal ...«, stimmte ich ihm mürrisch zu und stieg ein. Kurzerhand schloss ich selbst die

Türe hinter mir, sodass Tylor vor der geschlossenen Autotüre stand. Ich sah Belustigung in seinem Gesicht, aber ebenso einen Hauch Gereiztheit. Er genoss diese Spielchen nicht minder als ich. Allein dieser Fakt turnte mich ungemein an. Mein Alkoholpegel normalisierte sich langsam und sorgte dafür, dass meine Libido auf Hochtouren lief. Wir fuhren eine Zeit lang durch die Stadt, vorbei an beeindruckenden Häusern und weit weg von dem tristen Häuserviertel der City. Ich betrachtete das Meer, das sich auf meiner Seite in die Unendlichkeit erstreckte, bis der Wagen in eine Tiefgarage einbog. Wir parkten unmittelbar vor einer breiten, glamourösen Türe, die mit einer Alarmanlage gesichert schien. Tylor besprach kurz ein paar Details mit Finley, bevor er als Erster ausstieg und mir im Anschluss half. An der Türe angekommen, tippte er einige Informationen auf dem Display daneben ein, woraufhin diese zur Seite fortschob. Dahinter verbarg sich ein Aufzug mit nur einem einzigen Zielknopf, welchen Tylor wie selbstverständlich drückte und sich danach an die Aufzugwand lehnte. Den Kopf an die Wand gestützt, schloss er einen Moment die Augen. Er war stehend erledigt, aber dennoch machte dieser wunderschöne, kaputte Mann alles, damit es mir gut ging. Warum sah er das nicht selbst? Als die Türe sich erneut öffnete, traf mich der Schlag. Ich hatte noch nie in meinem Leben so eine Bude gesehen. Sie war extrem groß und weitläufig. Modern eingerichtet. Fast etwas kühl, aber dennoch mit einem gewissen Flair. Es erinnerte mich an die Einrichtung im Joy. Unverkennbar stammten beide Ausstattungen nach seinem Geschmack. Tylor lief hinüber zu einem großen Tisch, der ausreichend Platz für eine Großfamilie bieten würde. Ich stand noch immer wie angewurzelt vor der Aufzugstüre und starrte wie ein kleines Kind in einer Schokoladenfabrik die Umgebung an. Und ihn! Erst als Tylor mich direkt ansprach, fing ich mich so gut wie möglich und schloss zumindest schon mal den Mund, bevor noch Sabber herauslief. Dann dackelte ich zu ihm herüber.

»Dieses Haus ist ... unglaublich, Tylor!«

»Es ist halt ein Haus. Und jetzt komm, ich bring dich in dein Bett.«

»In mein Bett? Das hört sich an!«, kicherte ich vor mich hin. Mir dröhnte mittlerweile ziemlich der Schädel, daher klang Bett wie ein Traum. »Und wenn alle schlafen, schleichen wir uns zum anderen ins Zimmer?«

»Du brauchst dringend Schlaf, Emily!« Offensichtlich war Mr. Cliffort nicht mehr für Späße aufgelegt. Spielverderber! Er brachte mich in einen wahnsinnig hübschen Raum. Er war anders als der Rest seiner vier Wände. Auf den Kommoden standen kleine süße Dekoteilchen und komplementäre leichte Farben zierten die Räumlichkeit. Alles in allem wirkte er einfach irgendwie sinnlicher. Dann kam mir der passende Begriff in den Sinn. Der Raum erschien ganz klar fraulicher. Ich blieb wie angewurzelt stehen. Das war doch wohl hoffentlich nicht sein Ernst?! Ich übernachtete nicht in einem Zimmer, wo er alle seine Gespielinnen hineinlegte. Mir wurde schon wieder schlecht. Diesmal jedoch aus einem anderen Grund. Igitt!

»Tylor, halt! Ich soll ganz ehrlich in einem Raum schlafen, den du für deine Freundinnen eingerichtet hast? Wie ekelhaft ist das denn bitte? Hier schlafe ich nicht!«

»Erstens habe ich niemals Freundinnen! Und zweitens war noch niemals eine einzige verfluchte Frau – außer meiner Familie und meiner Haushälterin – in diesem verfickten Haus. Und nicht, dass ich es dir überhaupt erklären müsste, aber dieser Raum gehört meiner Schwester Melissa. Er wurde eingerichtet für den Fall, dass sie ihn zukünftig mal bräuchte, was bisher noch nie der Fall war. Also gebe dich mit diesem Zimmer zufrieden oder schlafe meinetwegen auf der Couch oder in der Badewanne. Mir egal! Ich bin jetzt unten im Gym. Gute Nacht!« Ohne mich eines weiteren Blickes zu würdigen, drehte er sich um und verließ das Zimmer. Ich war echt eine blöde Zicke. Warum konnte ich nicht einfach nett fragen?! Ich war Tylor unendlich dankbar für alles, was er für mich tat. Sobald ich wieder normal denken konnte, würde ich es ihm sagen und mich entschuldigen. Das hatte er verdient! Aktuell schien er jedoch nicht gerade Wert auf eine Unterhaltung zu legen. Ich zog mich aus und machte mich nur noch kurz und knapp bettfertig. Danach legte ich mich ins Bett. Es war himmlisch! Ich konnte mich nicht erinnern, dass ich jemals so sanft gelegen hatte. Ich kam nicht mehr dazu, mir lange darüber Gedanken zu machen. Ich schlief sofort ein. Als ich meine Augen das nächste Mal aufschlug, war es bereits taghell im Zimmer. Ich vergaß, den Vorhang zu schließen, daher weckten mich die sanften Sonnenstrahlen und wärmten liebevoll meinen Körper. Erst jetzt bemerkte ich diese atemberaubende Aussicht. Das Haus befand sich in direkter Strandlage. Offen und trotzdem allein. Da nur der Ozean vor einem lag, konnte niemand hineinsehen, und doch hatte man das Gefühl, unverhüllt zu sein. Es war unbeschreiblich schön! Die Sonne ließ das Blau des Meeres in Dutzenden Farben schimmern. Die Wellen brachen und hinterließen einen weißen Hauch auf der Oberfläche. Als ich aufstehen wollte, entdeckte ich auf dem Nachttisch neben meinem Bett ein Glas Wasser, zwei Scheiben Knäckebrot und eine Aspirin. Ich war furchtbar dankbar und verschlang alles in Sekundenschnelle. Danach stellte ich mich erst mal unter die Dusche. Zum Glück grenzte direkt an mein Schlafzimmer ein Badezimmer, so dass ich nicht erst durch das Haus laufen musste. Das war äußerst praktisch! Die Aspirin half schnell und ich fühlte mich nach der frischen Dusche wie neu geboren. Vor allem aber erfüllte mich eine unüberbietbare Lust auf Sex. Das hatte ich schon lange nicht mehr so extrem gefühlt. Doch hier roch alles nach Tylor. Selbst die Handtücher verströmten einen Hauch seines Geruchs. Am liebsten würde ich die ganze Zeit daran riechen. Dieser Mann brachte mich ordentlich aus dem Konzept! Langsam aber sicher musste ich mir das selbst eingestehen. Wenn ich mir nur vorstellte, wie er unter der Dusche stand und seinen Körper einseifte oder wie er in seinem Gym schwitzend und halb nackt trainierte, machte mich das so heiß, dass ich kaum noch an etwas anderes denken konnte. Eigentlich hatte ich mich schon fertig angezogen, doch in diesem Zusammenhang beschloss ich, dass meine Klamotten viel zu viel Stoff zeigten. Gab es eine bessere Entschuldigung als hemmungslosen Sex? Ich wollte ihn und ich holte ihn mir! Also entschied ich spontan, mein Outfit zu ändern, und wählte stattdessen eine kurze, sehr lockere Schlafshorts und ein hautenges Top aus Spitze, das ziemlich durchsichtig war. Beides perfekt geeignet, um meinen Plan in die Tat umzusetzen. Dann machte ich mich auf den Weg, um ihn zu suchen. Da ich keine Ahnung hatte, wo sich hier was befand, irrte ich planlos durchs Haus. In der Küche hörte ich Geräusche, daher vermutete ich, dass er etwas zu essen zubereitete. Als ich den Raum betrat, musste ich jedoch peinlich berührt feststellen, dass es sich nicht um Tylor, sondern um eine ältere Dame handelte, die in der Küche für Klarschiff sorgte. Sie bemerkte mich sofort und empfing mich mit einem freundlichen Lächeln, während ich betete, dass mich der Erdboden just in dem Moment verschluckte. Ich schlang rasch die Arme um meinen Körper, denn meine knappen Klamotten waren mir an dieser Stelle mehr als unangenehm.

»Hast du die Tablette und die Brote zu dir genommen, Kleines?«, fragte sie mich mit einem niedlichen Dialekt. Wenn ich sie hätte beschreiben sollen, wäre mein erster Begriff sicherlich zuckersüß gewesen. Sie hatte irgendwie was von einer schnuckeligen Oma aus Südamerika ... die ich jedoch nie besaß.

»Ähm ... Ja, danke. Es geht mir schon viel besser.«, lächelte ich freundlich zurück.

»Sehr gut! Tylor ist unten beim Sport. Geh ruhig zu ihm, mein Kind. Er wird sich sicher freuen, dich wohlbehalten zu sehen. Er hatte mich gebeten, dir die Tablette bereitzustellen. Du musst einfach nur hier rechts in den Aufzug steigen und den Knopf nach unten drücken. Aber hier rechts! Wenn du den linken nimmst, stehst du in der Tiefgarage.«, erklärte sie mir grinsend. Zuckersüß, dachte ich erneut, während ich mich bedankte und zum rechten Aufzug herüberlief. Sie strahlte so eine unschlagbare Wärme aus. Ich verstand gar nicht, wie so ein Eisklotz wie Tylor so eine herzliche Angestellte gewinnen konnte. Für den Moment stand mir der Sinn aber nicht danach, mir darüber weiter Gedanken zu machen. Mein Verlangen war ein ganz anderes. Am Aufzug angekommen, fuhr ich hinunter ins Untergeschoss, wo sich das Gym befand. Dort war es recht kühl. Sowohl die Luft als auch die Einrichtung. Ich fand den Weg problemlos und erblickte im Nu das Objekt meiner Begierde. Als ich Tylor ausschließlich mit Shorts bekleidet vorfand, meldete sich meine Lust, größer denn je, zurück. Wie zum Teufel konnte ein Mann so erotisch sein? Jeder Millimeter seines Körpers war perfekt. Ich sah seinen nackten Oberkörper das erste Mal in direktem Licht, und die Schatten aus meiner Erinnerung versprachen nicht zu viel. Er war nicht zu muskulös, sondern sehr gut definiert. Seine Muskeln waren deutlich zu sehen, aber eben nicht zu übertrieben für meinen Geschmack. Sein Tattoo schlängelte sich auf der linken Seite entlang. Ich konnte nicht erkennen, wo es seinen Ursprung hatte, aber es zog sich hinauf bis über seine Rippen. Alles an ihm wirkte unfassbar männlich. Er saß auf einer Bank und schaute in die riesige Spiegelwand, die sich gegenüber von ihm befand, als er meine Bewegung darin bemerkte. Ich atmete tief ein, sammelte allen Mut zusammen und lief schnurstracks auf ihn zu. Es kostete mich eine Menge Überwindung, direkt aufs Ganze zu gehen, aber es gab kein Drumherum. Ich war ihm dankbar, und nun zeigte ich ihm, wie sehr! Im Vorbeigehen streichelte ich mit meinen Fingernägeln über seine Schulter und seinen Nacken und setzte mich dann ihm gegenüber – mit dem Rücken am Spiegel – auf den Boden. Meine Berührungen erzeugten eine unübersehbare Gänsehaut auf seinem Körper. Ich spreizte ein wenig meine Beine und ließ die Arme seitlich herabhängen. Durch die kühle Front des Spiegels stellten sich meine Nippel hart auf und bohrten sich sichtbar in den durchsichtigen Stoff meines Tops. Ich ließ ihn diesen Anblick einen Moment in sich aufnehmen, bevor ich begann, meine Beine ganz langsam weiter zu spreizen. Stück für Stück. Bis er sehen konnte, dass ich keinen Slip darunter trug. Seine Augen wurden härter. Sein Atem kaum merklich schneller. Der Blick wild und seine Shorts spannten erkennbar. Ich genoss zutiefst alle Reaktionen, die ich in ihm auslöste. Und es zeigte mir, dass auch er Lust dabei empfand. Also machte ich unbeirrt weiter mit meinem Plan. Es spornte mich an und sorgte dafür, dass meine anfängliche Unsicherheit sich auflöste und mein Verlangen die Oberhand gewann. Er beobachtete mich weiterhin aufmerksam. Sprach aber kein Wort. Und rührte sich auch keinen Millimeter. Ich lehnte meinen Hinterkopf an die Scheibe und umfasste zeitgleich mit den Händen meine Brüste. Meine Finger begannen mit den harten Knospen zu spielen. Ich schloss die Augen und versuchte für einen Moment auszublenden, dass Tylor da war und mir zusah. Stattdessen genoss ich das Gefühl meiner Berührungen. Ich zwirbelte die empfindlichen Nippel zwischen zwei Fingern und spürte, wie meine Grotte immer feuchter wurde. Eine Hand wanderte daraufhin hinunter. Ganz langsam ... Millimeter für Millimeter ... Ich genoss das Gefühl meiner Fingernägel und seiner Blicke auf meiner Haut. Zwischen den Beinen angekommen, hielt ich kurz inne. Ich öffnete die Augen und sah ihn unverhohlen an. Ich suchte seinen Blick gezielt und fesselte ihn mit meinen Augen. Beim letzten Mal bestand er darauf, dass ich ihm sagte, was er hören wollte. Nun bestand ich darauf, dass er hinsah. Und das tat er! Bedächtig schob ich den Mittelfinger zwischen meine Schamlippen und führte ihn tief in mich ein. Ich spielte ein wenig damit, kreiste in mir und bewegte mich anmutig im Rhythmus. Beim Herausziehen ertönte ein lustvoll schmatzendes Geräusch. Tylor schloss seine Augen. Er versuchte, sich zwanghaft zu kontrollieren. Den Gefallen tat ich ihm jedoch nicht.

»Sieh mich an!« Er gehorchte unverzüglich meiner Anweisung. Sein Blick war ungebändigt. Die Erregung deutlich spürbar und sichtbar. Er wollte das tun, was ich derweil bei mir selbst erledigte. Aber auch diesen Gefallen würde ich ihm nicht tun. Noch nicht! Ich besorgte es mir vor seinen Augen und er würde sich das Spielchen bis zum Schluss ansehen. Als ich mir sicher war, seinen Blick erneut gefesselt zu haben, schob ich den Finger von Neuem zwischen meine Lippen und spielte an meinem Kitzler. Ich umkreiste ihn und rieb ihn mit den Fingerspitzen. Die andere Hand bearbeitet weiter meine Brustwarzen. Noch immer in unserem Blick gefangen, spürte ich, wie mein Orgasmus sich in mir anstaute. Ich dehnte die Beine nun komplett auseinander. Meine Hose war so sehr verrutscht, dass Tylor längst freie Sicht auf meine Lustgrotte und meine Finger erhielt. Seine Blicke fühlte ich fast körperlich über mich streicheln, was mich auf Hochtouren brachte. Ich wechselte meine Intensität ab, sodass ich mich mal hart und erbarmungslos fingerte, dann aber wieder lustvoll an meiner Klitoris spielte und meiner Lust nicht überhörbar freien Lauf ließ. Im nächsten Augenblick kam ich für ihn! Laut, lustvoll und bis in jede Haarspitze geladen. Mein Körper vibrierte, ich stöhnte und zuckte bei jeder weiteren, noch so kleinen Berührung. Jetzt erst bemerkte ich, dass ich in meiner Ekstase die Augen geschlossen hatte. Ich öffnete sie und blickte direkt in die wunderschönen, vor Erregung sprühenden Augen des Mannes, den ich so sehr begehrte. Tylor saß da und musterte mich mit starrem Blick. Seine Geilheit ließ sich an jeder Faser seines Körpers ablesen. Es hielt ihn fast gar nicht mehr auf seinem Platz. Kaum auszudenken, welch inneren Kampf er austrug und welche unwahrscheinliche Selbstbeherrschung ihm das abverlangte. Mir war klar, dass ich nur noch einen minimalen Punkt setzen musste, bis eben diese Beherrschung wie ein Kartenhaus in sich zusammenfiel. Ich zog gemächlich meinen Finger aus mir heraus. Betrachtete meine feuchte Hand und zeigte ihm die süßen Überbleibsel von einem heißen Orgasmus, bevor ich sie an meinen Mund führte, um den Finger abzulecken. Innerhalb von einem Bruchteil der Sekunde hatte Tylor die Distanz zwischen uns überwunden und kniete vor mir. Er riss nahezu an meiner Hand, um den Finger stattdessen in seinen Mund zu schieben und meine Lust zu schmecken. Dabei umspielte er ihn mit seiner Zunge und leckte jeden klitzekleinen Rückstand meiner Geilheit davon ab. Im Anschluss daran zog er meinen Arsch ein Stück vor und legte sich so zwischen meine Beine, dass er seinen Kopf dazwischen versenken konnte. Seine Zunge lutschte wie wahnsinnig an mir. Er saugte und nagte vorsichtig. Da mein Orgasmus noch nicht weit zurücklag, empfand ich alles, was er tat, um ein Vielfaches intensiver. Es dauerte nicht lange, bis ich erneut einen heftigen Höhepunkt fand. Er leckte jedes bisschen meiner grenzenlosen Lust ab und genoss dies sichtlich. Infolgedessen stemmte er sich hoch und küsste mich so heiß und innig wie nie zuvor. Ich schmeckte meinen eigenen Orgasmus auf seiner Zunge. Diese Intimität zwischen uns war besonders. Ich bildete mir das nicht ein. Ich vertraute ihm, dass es wirklich nur uns gab. Keine Lora oder sonst jemanden. Ich fühlte es einfach! Und ich wollte ihn spüren. Und schmecken! Schweren Herzens unterbrach ich unseren Kuss und schob ihn ein Stück zurück. Da ich wusste, wie enorm er es genoss, wenn ich ihm sagte, was ich mir wünschte, teilte ich ihm dieses unmissverständlich mit.

»Ich will dich schmecken, Tylor!« Mit einer fließenden Bewegung stand er in Windeseile vor mir. Er rührte sich nicht weiter, sondern sah mich lediglich durchdringend an. Vor ihm kniend erwiderte ich seinen Blick und griff nach seiner Shorts, die eh längst viel zu eng saß. Ich packte energisch seine pralle Männlichkeit und ließ meine Hand kraftvoll über seine Latte gleiten. Er schloss die Augen und lehnte sich zurück, sodass er sich nun am Spiegel abstützte. Der Anblick war göttlich! Dieser Mann war schlichtweg göttlich! Ich zog seine Hose herunter und griff beherzt nach seinen Eiern. Ich knetete seine Hoden in meinen Händen und schob seinen herrlichen Schwanz tief in meinen Mund. Er war völlig feucht von seiner eigenen Leidenschaft. Jeder einzelne Lusttropfen war ein Geschenk an mich und der Beweis dessen, was ich vorher in ihm auslöste. Diese Erkenntnis machte mich verdammt an. Seine Lust zu spüren, zu sehen und zu schmecken, trieb mich unaufhaltsam meinem nächsten Höhepunkt entgegen. Ich lutschte seinen enormen Bolzen und verzehrte mich jede Sekunde mehr nach ihm. Ich leckte mit meiner Zunge seinen Schaft entlang. Knabberte zärtlich mit meinen Zähnen daran und saugte mich praktisch an ihm fest. Ich ließ ihn immer wieder kurz aus meinem Mund herausgleiten, um ihn im nächsten Moment umso härter wieder darin aufzunehmen. Sein Schwanz zuckte vor Verlangen heftig in meinem Mund. Ich spürte seine Anspannung und gab mich ihm hin, während er dominant meine Haare packte und meine Öffnung fickte, bis er kam. Er stöhnte laut auf und ergoss sich in einem Schwall in meinen Rachen. Sein Orgasmus pumpte immer und immer wieder, bis sein Höhepunkt ganz langsam verebbte. Er ließ meine Haare los und half mir, aufzustehen. Sein Penis stand fortwährend felsenfest, was mir Hoffnung auf mehr machte. Noch während ich darüber nachdachte, spürte ich seine Lippen auf meinen und seine Zunge forderte unverzüglichen Einlass. Offenbar wollte er sich das Gleiche nehmen, was er mir zuvor gab. Das Gefühl, seine eigene Lust in meinem Mund zu schmecken. All das war eine unwahrscheinlich intime und innige Situation, die uns beide gleichermaßen erotisierte. So etwas hatte ich in jeder Hinsicht niemals zuvor erlebt und ich hoffte, dass dies auch auf ihn zutraf. Mein Wunsch, dass wir noch nicht am Ende angelangt waren, bestätigte sich, als er begann, meine Hose herunterzuziehen und mein Top über meinen Kopf abzustreifen. Wir standen nun splitterfasernackt voreinander. Zu meiner Überraschung war es mir keine Sekunde unangenehm. Im Gegenteil. Uns beide so erregt zu sehen, befriedigte mich auf eine Art, die körperliche Lust nicht erreichte. Unsere Augen leuchteten, wenn wir den jeweils anderen ansahen. Vorsorglich brachte ich ein Kondom aus Melissas Badezimmer mit, für den Fall, dass mein Plan aufging und wir eines benötigten. Ich hielt es ihm vor die Nase und versank in seinem schelmischen Grinsen. Er kam einen Schritt auf mich zu und drehte mich um. Ich stand unmittelbar vor der Bank, auf der er zu Beginn saß. Ohne weitere Anleitung legte ich meine Handflächen darauf ab und stellte meine Beine weit entfernt voneinander auf, sodass er mich uneingeschränkt von hinten nehmen konnte. Es brauchte in dem Fall keine weiteren Worte, meinen Wunsch signalisierte ich eindeutig. Er streifte das Gummi über und streichelte dann meinen Hintern. Er glitt mit seinem Finger meine Spalte entlang nach vorne und prüfte, ob ich noch immer feucht genug für ihn war. Eine Geste, die er sich hätte sparen können, denn ich war mehr als das. Aus heiterem Himmel spürte ich einen Schlag auf meinem Arsch. Vor Schreck keuchte ich auf. Es tat nicht richtig weh, aber schon so, dass ein bittersüßer Schmerz durch meinen Körper fuhr. Ich erinnerte mich an seine Worte: »Vielleicht entdecken wir aber zusammen auch Dinge, die du noch nicht kennst und die du mal probieren magst.« Meinte er solche Dinge?

»Emily, ich möchte dich ficken, bis wir beide unseren Verstand darin verlieren. Gibst du mir dein Einverständnis? Du kennst meine Grundsätze ...« Wollte er mich verarschen? Ich bäumte mich auf, um ihn anzusehen, doch er drückte mich zurück in meine Position. »Ich werde es sonst nicht tun!«

»Nimm mich, Tylor! Jetzt und hier und wann immer du mich begehrst!« Er benötigte keine weitere Sekunde. Sein Schwanz glitt augenblicklich tief in mich hinein. Er spießte mich nahezu auf. In dieser Haltung konnte er so weit in mich eindringen, dass er mir bis zum Anschlag seine komplette Männlichkeit gab. Er stieß in mich hinein, immer und immer wieder. Tief und heftig. In dem Augenblick ging es nicht mehr darum, Liebe zu machen oder Sex zu haben. Wir fickten! Und genau das brauchten wir beide mit jedem weiteren Atemzug. Er griff erneut in meine Haare, packte fest zu und zerrte meinen Kopf in seine Richtung. Sein steinharter Schwanz hämmerte unerbittlich in mich hinein. Tylor nahm sich alles, was er wollte, und gab mir zugleich alles, was ich brauchte. Hier und da spürte ich einen erneuten Hieb auf meinen Hintern, den ich gerne annahm. Wir kamen nahezu zeitgleich. Laut und hemmungslos! Ich hatte keine Kraft mehr, um mich aufrechtzuhalten. Dieser Orgasmus forderte alles, was ich besaß, so dass meine Beine ihren Dienst verweigerten. In dem Moment, als ich wegsackte, spürte ich sofort seinen starken Arm unter meinem Bauch, um mich zu stützen. Wir verharrten einige Zeit in dieser Atmosphäre und genossen unsere miteinander vereinten Körper. Als er sich aus mir zurückzog, hätte ich ihn am liebsten festgehalten. Ich hatte Angst, dass er nun wieder acht Schritte zurückging und ich erneut den kühlen Tylor zu Gesicht bekam. Doch er überraschte mich, denn er zog sich keinesfalls aus mir zurück, um fortzugehen. Stattdessen kniete er sich vor mich. Stellte ein Bein von mir auf die Sitzfläche und leckte genüsslich unsere vereinte Unzucht zwischen meinen Beinen ab. Er schob seine Zunge tief in meine Spalte hinein, um jeden einzelnen Tropfen aufzusaugen. Dann stand er auf und küsste mich erneut. Wild. Leidenschaftlich und trotzdem zärtlich und innig. Ich schmeckte ihn. Und ich schmeckte mich. Es war unbeschreiblich.

»Wow, so etwas habe ich noch nie erlebt!«, gab ich offen zu, nachdem wir uns minimal voneinander trennten, um Luft zu holen. Wir waren beide verschwitzt und außer Atem, aber auch unfassbar befriedigt.

»Ob du es glaubst oder nicht ... so etwas habe auch ich noch nie erlebt! Du raubst mir den Verstand, Emily. Ich habe es fast nicht mehr geschafft, dich zu fragen, ob ich dich nehmen darf. Das ist absolut mein oberstes Gebot, was ich niemals breche. Diesmal war es mehr als knapp!« Er legte seine Stirn an meine und schwieg. Ich würde Wetten darauf abschließen, dass er sich selbst tadelte, anstatt einfach unser Empfinden füreinander zu genießen. Warum nur fiel ihm das immer so schwer? Ich war doch hier. Bei ihm. Und alles lief gut.

»Tylor!«

»Ja?«

»Frag mich nie wieder, ob du mich nehmen darfst, okay! Ich erteile dir hiermit die Erlaubnis, dass du es jederzeit darfst. Immer und überall ... bis ich sie dir vielleicht irgendwann wieder entziehe ... Hast du mich verstanden?« Er sagte nichts, aber ich spürte sein Nicken an meiner Stirn.

47. Tylor

Es dauerte eine gefühlte Ewigkeit, bis wir uns voneinander lösten. Zumindest kam es mir so vor ... Ich war solch eine Intimität nicht gewohnt. Oder besser gesagt: Ich hatte sie noch nie erlebt! Bisher verspürte ich niemals das Bedürfnis danach. Doch Emily machte etwas mit mir. Klar, ich könnte mich weiter belügen, trotzdem würde es die Wahrheit nicht ändern. Ich wusste nicht, was es war. Konnte es nicht benennen oder definieren. Aber definitiv war sie mir nicht egal. Nicht mal ansatzweise ... Es war wohl der erste Schritt, dass ich mir das eingestand. Es änderte natürlich nichts daran, dass ich keine feste Bindung eingehen würde. Weder mit ihr noch mit sonst wem. Zuneigung ... Gefühle ... Liebe ... das alles waren die Lügen der Menschheit. Entweder wurden sie von Anfang an nur vorgespielt oder sie entwickelten sich am Ende zu einer Qual. Auf beide Varianten verzichtete ich gerne! Es war für jeden von uns besser so! Sie verdiente einen Mann, der sie auf Händen trug, und das war ganz sicher nicht ich. Nachdem wir zusammen geduscht und gefrühstückt hatten, starteten wir in den Tag. Jeder für sich. Finley brachte Emily zur Arbeit, womit unsere gemeinsame Zeit endete. Wir sahen uns in den darauffolgenden Tagen kaum, schickten aber ab und zu mal eine Nachricht hin und her. Das unersättliche Biest, das sie am Samstag in meinem Gym freiließ, zeigte sich bislang nicht erneut. Und das, obwohl ich mehr oder weniger eindeutige Botschaften sendete, wo sie mit Leichtigkeit hätte aufspringen können. Mit großer Wahrscheinlichkeit verbockte ich es mit meinem Rückzug danach einfach mal wieder. Sie war nicht sauer. Das auf keinen Fall. Dadurch, dass sie mich zappeln ließ, spielte sie erneut eines ihrer Spielchen. Wenn ich mich zurückzog, zeigte sie mir ihre kalte Schulter, bis sie der Meinung war, dass ich mir ihre Aufmerksamkeit wieder verdiente. Sie interessierte nicht, wer ich war oder wie man sich prinzipiell einem Mann wie mir gegenüber benahm. Was sie wiederum noch attraktiver für mich machte. Ich hatte schon lange die Nase voll von Frauen, die sofort ausliefen, wenn sie wussten, wer ich war. Die Woche verging wie im Flug. Ich freute mich darauf, Emily wiederzusehen und sie zu vernaschen. Und das so oft es ging. Der Gedanke allein bereitete mir eine stattliche Beule in der Hose. Das heiße Miststück erneut aus ihr herauszukitzeln, feuerte mich an. Eine Lady in der Öffentlichkeit und ein williges Biest im Bett. Ein Segen für jeden Mann! Ich erledigte die anstehenden Meetings mit zwei Hotelketten, die mir gehörten. Zwischendurch musste man die Geschäftsführer etwas bei Laune halten. Das gelang am besten über Geld und Freiraum. Ich wollte nichts mit der Arbeit dort zu tun haben, es waren für mich reine Kapitalanlagen, und diese sollten im Idealfall von alleine laufen, dafür besaß ich schließlich genug Angestellte. Da Rodriguez mittlerweile Finley abgelöst hatte, wartete dieser bereits vor dem Eingang, sodass ich sofort einsteigen konnte. Es war schon kurz vor halb sechs am Nachmittag. Mein Tag war lang und anstrengend. Ich stieg in den Wagen und wunderte mich über das, was ich darin vorfand. Eine weitere Neuigkeit für mich. Offensichtlich hatte sich Emily zur Aufgabe gemacht, mir so viele erste Male wie möglich zu bereiten. Auf meinem Sitz lag ein goldenes Kuvert mit meinem Namen drauf. Ich setzte mich und nahm den Umschlag in die Hand, um ihn zu öffnen. Schon aus der Entfernung bemerkte ich, dass dieser nach Emily roch. Sie hatte ihn hundertprozentig mit ihrem Parfüm eingesprüht. So ein typisches Frauending. Aber ich mochte ihren Duft, daher passte es so. Ich nahm die handgeschriebene Karte heraus und las ihre Nachricht.

Heute Abend. 20 Uhr. Pärchenkackscheiß ohne Pärchen ;) Du bringst einen Film deiner Wahl mit und ich stelle Essen, Trinken und mein Sofa zur Verfügung.

Kuss Emily.

Ich sagte ihr zwar zu, dass ich versuchte, auch zwischenmenschlich eine Ebene mit ihr zu finden, die sich für uns beide akzeptabel anfühlte. Aber allein bei dem Gedanken an den geplanten Abend bekam ich Herzrasen, und das nicht im positiven Sinne. Dennoch musste ich es ausprobieren. Ich stand zu meinem Wort! Ob ein Porno eine angemessene Lektüre für den Abend wäre? Wir würden es herausfinden. Ich amüsierte mich schon bei der Vorstellung über ihren Gesichtsausdruck, wenn der Film anfing. Zur Vorsicht organisierte ich natürlich einen zweiten. Ganz gentlemanlike. Da ich nicht mehr massig Zeit hatte, machte ich mich nur eben auf die Schnelle zu Hause frisch, zog mich um und besorgte in Windeseile die Filme. Ich ertappte mich dabei, wie ich krampfhaft versuchte, welche auszuwählen, die für uns beide zufriedenstellend waren. Stellte jedoch fest, dass ich keinerlei Ahnung hatte, auf was für Streifen Emily überhaupt abfuhr. Twilight ... Mhh, ja okay! Aber sonst? Ich packte zwei Filme ein und machte mich auf den Weg zu ihr. Wie so ein Vollidiot nahm ich auch einen Strauß Blumen mit, zu dem Finley mich überredete. *Peinlicher konnte es kaum noch werden!* Ich kam mir maximal dämlich vor, aber sicher würde er recht behalten und Emily gefiel die Geste. Um Punkt acht klingelte ich bei ihr. Sie öffnete umgehend. Mittlerweile kannte sie mich doch ziemlich gut und wusste daher, dass ich immer pünktlich erschien. Im Hausflur roch es ausgesprochen lecker. Nach ihr und nach dem Essen. Ich befürchtete, dass mich ein Dinner im Kerzenschein erwartete, aber meine Angst bestätigte sich zum Glück nicht. In dem Moment, als der Druck von mir abfiel, bemerkte ich erst, wie angespannt ich aufgrund dessen war. Emily drückte mir zur Begrüßung einen flüchtigen Kuss auf die Wange und bat mich, schon mal auf der Couch Platz zu nehmen. Der Tisch war vollgepackt mit einigen Snacks. Chicken Wings, Tacos, kleine Sandwiches und diverse andere Leckereien. Es versprach ein gemütlicher Abend zu werden. Ich war begeistert, dass sie alles so vorbereitete, dass es komplett unverfänglich wirkte. Überhaupt nicht auf romantisch. Pärchenkackscheiß ohne Pärchen eben. Sie war echt die perfekte Frau für irgendeinen beziehungsfähigen Mann. Was mich damit ausschloss. Aktuell gehörte sie zumindest erst mal mir, und so schnell hatte ich nicht vor, sie wieder freizugeben, auch wenn dies äußerst egoistisch war.

»Gefällt es dir? Ich wusste nicht so wirklich, was du gerne magst. Daher habe ich eine kleine Auswahl vorbereitet.« Bei ihrer Ehrlichkeit färbten sich ihre Wangen wie so oft etwas rosa. Es war ihr unangenehm, was aber vollkommen unnötig war. Schließlich erging es mir bei der Filmauswahl ja auch so.

»Es ist toll. Genau wie du, Emily!« Ich hielt ihr die Blumen hin, die ich mit den Filmen in der Tasche hatte.

»Für einen Mann, der so ein Eisklotz ist wie du, ist das fast gleichzusetzen mit dem Erklimmen des Mount Everest.«, grinste sie frech und steckte ihre Nase in den Strauß. Sie schloss ihre Augen, während sie den Geruch in sich aufnahm. Sie war bildhübsch und sich dessen null bewusst.

»Danke, Tylor!« Sie holte eine Vase aus der Küche und stellte die Blumen darin auf den Esstisch, bevor sie zu mir zurückkam.

»Und, was schauen wir uns heute an?« Ich nahm beide Filme aus der Tasche und hielt sie ihr zur Auswahl hin.

»Blade? Ich liebe diesen Film. Warum hast du ihn ausgesucht?«

»Ich wusste, dass du Vampire magst ... Ich mag Actionfilme ... Tadaaa, optimale Wahl, dachte ich.«

»Stimmt!« Sie schob die Hülle hinter den anderen Film und schaute mich verlegen, aber amüsiert an.

»Das ist für die Nachtstunden, oder wie?« Diese noch immer leichte rötliche Verfärbung ihrer Wangen und die Art, wie sie mich in dem Moment ansah, sorgten in mir eher dafür, dass ich Blade unverzüglich aus dem Fenster werfen wollte. Aber ich beherrschte mich, grinste zurück und überließ alles Weitere ihrer Fantasie. Mal sehen, was sie daraus machen würde.

»Also dann, Blade ... Let's go!« Mit diesen Worten lief sie rüber zum DVD-Player und legte den Film ein. Wenn das zwischen uns länger laufen sollte, musste ich sie unbedingt zum Streamen bewegen. Wer benutzt bitte zur heutigen Zeit noch einen DVD-Player? Ich kannte außer ihr niemanden mehr. Aber ich ließ ihr ihren Retro-Style. Vorerst! Ich mochte ihn sogar ein wenig, dennoch konnte man hier und da schon etwas an der modernen Schraube drehen. Sie setzte sich zu mir aufs Sofa und ich startete den Film. Es war ein seltsames Gefühl. Irgendwie unangenehm und beengt, aber gleichzeitig auch behaglich und gemütlich. Mich so zu akzeptieren, wie ich nun mal war, schien für sie selbstverständlich zu sein. Natürlich brachte ich sie oftmals an ihre Grenzen, doch bisher stellten wir uns, glaube ich, relativ gut an ... Nie zuvor machte ich bei einem Filmabend mit. Okay, als Jugendlicher mit Larry oder Patrick, aber sicher nicht mit einer Frau. Mit Emily war es der zweite innerhalb kurzer Zeit. Ich fragte mich, ob das wirklich ein Teil ihres Lebens war. Zuhause auf der Couch sitzen und Filme gucken. Oder ob sie es nur tat, um mich zu testen. Wollte sie mich ändern? Und dadurch versuchen, eine Beziehung aufzubauen? Ich enttäuschte sie ungern, aber wenn das ihr Plan war, dann würde es darauf hinauslaufen, dass sie eines Tages böse erwachte. Bevor ich groß drüber nachgedacht hatte, hörte ich bereits die Worte aus meinem Mund sprudeln.

»Warum hast du dich heute für einen Filmabend mit mir entschieden?« Ich sah ihren verwunderten Blick. Sie schien nicht sicher zu sein, was sie antworten sollte.

»Was meinst du? Ich weiß nicht wirklich, was du von mir hören möchtest!«

»Die Wahrheit, Emily. Nicht mehr und nicht weniger.« Sie stellte den Film auf Pause und überlegte einen Moment. Dann drehte sie sich mir zu und sah mich an. Musterte mich. Wog wahrscheinlich ab, wie ehrlich sie sein konnte, bevor sie mit ihrer Erklärung begann ...

48. Emily

Ich verstand nicht genau, was er meinte. Daher war ich unsicher, was ich antworten sollte. Die Wahrheit ... okay! Aber war er wirklich bereit für die Wahrheit? Oder würde er dann aufstehen und gehen? Er verwirrte mich immer wieder aufs Neue. Manchmal benahm er sich wie der perfekte Gentleman. Zuvorkommend und einfühlsam. Und an anderen Tagen wirkte er kühl, ignorant, distanziert und oberflächlich. War er allen Ernstes bereit für solche Worte?

»Du möchtest die Wahrheit? Okay, versuchen wir es ... Aber dann bekomme auch ich deine volle Offenheit. Egal was ich frage ... Deal?«

»Deal!« Er reichte mir die Hand, um unser Übereinkommen mit einem Handschlag zu besiegeln. Ein Relikt älterer Generationen. Kurz ertappte ich mich bei dem Gedanken, dass nur noch das Hineinspucken in die Handinnenflächen fehlte. Aber ich mochte diese Geste dennoch als Zeichen der Ehrlichkeit und des Respekts, also schlug ich ein. *Ohne Spucken!*

»Ich habe dir zugesagt, dass ich mich auf deinen Vorschlag der Freundschaft Plus einlasse, wenn wir auch eine zwischenmenschliche Ebene finden und ich mich nicht wie eine Prostituierte fühle.« Er nickte ... »Daraufhin haben wir einen Filmabend bei mir gemacht.« Er nickte erneut, um meine Aussage zu bestätigen. »Das lief ganz gut, finde ich. Etwas holprig, aber gut. Ich fühlte mich wohl und ich denke, du auch.«

»Ja, es war ein schöner Abend. Aber was hat das mit heute zu tun?«

»Ich bin unsicher, wie weit ich gehen kann, ohne dass es für dich zu viel wird. Daher dachte ich, dass ich abermals einen Filmabend ins Leben rufe, weil es beim letzten Mal auch für dich okay war. Ich hoffte, dass ich dadurch deine Grenzen respektierte, aber gleichzeitig meine Bedürfnisse einfordern konnte.« Er sah mich an, zeigte jedoch keinerlei Regung. Ich spürte, dass er über meine Worte nachdachte. Sie genau abwog. Er war immer extrem bedacht mit seinen Aussagen. Es hätte mich gewundert, wenn es in dem Augenblick anders gewesen wäre. Er verhielt sich stets diszipliniert. Wahrscheinlich konnte man ihn nie und nimmer zu einem emotionalen Gefühlsausbruch bewegen. Egal ob positiv oder negativ. Ob er wahren Zorn oder gar Freude empfinden konnte, wusste ich nicht. Selbst als die Sache mit Liam war ... Sogar dort verhielt er sich kontrolliert. Und das, obwohl er definitiv wütend war. Sehr wütend!

»Ich danke dir für deine Ehrlichkeit. Und dafür, dass du versuchst, meine Grenzen zu wahren.«

»Warum fragst du mich danach, Tylor? Habe ich dir durch irgendwas ein anderes Gefühl vermittelt? Habe ich dich verunsichert?« Überraschenderweise antwortete er umgehend und ohne vorher groß darüber nachgedacht zu haben. Ganz offensichtlich manifestierten sich seine Gedanken zu dem Thema schon länger in seinem Kopf, so dass er sie sofort abrufen konnte.

»Ich möchte auch ehrlich zu dir sein, Emily. Ich finde, dass du das verdient hast. Das Problem ist, dass ich dazu ehrlich zu mir sein muss, und das ist in deinem Fall die größte Hürde!« Die Worte flossen regelrecht aus ihm heraus. Ich merkte, dass ihm diese Offenheit zusetzte, daher bemühte ich mich, ihn unter keinen Umständen zu unterbrechen. Ich hoffte einfach nur, dass ich sein Verhalten im Anschluss etwas besser nachvollziehen konnte.

»Ehrlich gesagt, weiß ich nicht so genau, wo meine Grenzen in deinem Fall liegen. Bisher lebte ich immer mit klar definierten Regeln. Diese galten für ausnahmslos jede Frau in meinem Leben! Damit du verstehst, was dahintersteckt, erkläre ich sie dir. Möchtest du das?« Er besaß also einen Regelkatalog, den er mir jetzt präsentieren wollte? Sollte dieser dann zukünftig ebenso für uns gelten? Ich wusste nicht, worauf das hier hinauslief, also wartete ich ab. Daher entschloss ich mich, ähnlich wie er vorher, für ein schlichtes Nicken als Bestätigung.

»Okay. Erstens! Keinerlei Berührungen, außer ich erlaube diese unmissverständlich. Hier ist meine Schwester Melissa nicht immer sehr diszipliniert. Aber sie ist die einzige Ausnahme!« Er grinste kurz, was ihn etwas greifbarer und menschlicher wirken ließ bei seiner kühlen Auflistung. Dieser Punkt war mir bereits bewusst. Er vergaß bei seiner Aufzählung nur, dass ich mich ebenfalls nicht wirklich daran hielt. Nicht so, wie er es sich vorstellte, zumindest.

»Zweitens ... Ich gebe den Ton an. Immer! In dem Punkt gibt es keinen Interpretationsspielraum. Immer bedeutet immer. Auch bei einer Getränkebestellung!« Ähm ja, okay ... das traf also wohl bei mir gleichfalls nur geringfügig zu, stellte ich bei seiner Aussage peinlich berührt fest. Ich erinnerte mich unweigerlich an unseren Abend im Restaurant.

»Drittens ... nicht das kleinste bisschen privaten Kontakt! Es geht um Sex. Das wars!« Dieser Sachverhalt war mir genauso bekannt. Er kämpfte dafür wie ein Löwe. Der Grund dahinter blieb mir nach wie vor verborgen, aber zumindest trafen wir eine Vereinbarung, die diese Regel etwas entzerrte.

»Viertens ... Ich frage eine Frau immer um ihre Zustimmung, bevor ich in sie eindringe. Auch hierbei liegt die Betonung auf immer!« Gut, das hatten wir ja geklärt. Generalvollmacht erteilt und so weiter ...

»Fünftens ... Keinerlei Verpflichtungen! Ich will keine Freundin. Ich will keine Nähe und ich will keine Bindungen. Und schon gar nicht will ich mich in welcher Form auch immer privat öffnen.« Er schwieg kurz und sah mich durchdringend an. »Zumindest war es bis jetzt immer so!«, fügte er schließlich leicht resigniert hinzu. Unsere Blicke hielten sich fest. Keiner wagte, ein Wort zu sagen. Ich traute mich nicht mal, wirklich zu atmen. Mit dieser Ehrlichkeit hatte ich nicht gerechnet. Aber was genau wollte er mir jetzt damit mitteilen? Konnten wir doch mehr sein als Freunde, die sich vögelten? Ich musste ihm auf den Zahn fühlen. Antworten bekommen. Vielleicht war es genau der richtige Zeitpunkt dazu.

»Und jetzt ist es anders?«, fragte ich mutig und geradeheraus. Er dachte nach, bevor er antwortete. Wie immer! Am liebsten hätte ich ihn angeschrien, dass er das lassen sollte. Aber ich wusste, dass er diese Kontrolle für sich selbst brauchte. Auch wenn ich nicht verstand, warum.

»Ja und nein! Beim ersten Punkt ... die Berührungen ... was soll ich dazu sagen. Du weißt selbst, dass du diese Mauer oft einreißt. Du nimmst meine Hand, streichelst meinen Arm. Umarmst oder küsst mich. Und das komplett ungefragt! Das alles war vorher ein No-Go! Ich stocke oft, wenn du irgendwas davon wie selbstverständlich tust. Aber nicht, weil es sich nicht gut anfühlt, sondern weil es für mich eben nicht selbstverständlich ist. Ich kannte das Gefühl bisher nicht. Ich habe es noch nie als schön empfunden, angefasst zu werden. Ich hielt es einfach nur aus, im gewissen Umfang. Aber ich genieße deine Berührungen. Zumindest ein Stück weit. Wenn es mir zu viel wird, ziehe ich mich aus der Situation zurück. Manchmal vielleicht etwas rüpelhaft, aber die Flucht ist dann mein einziger Halt.« Wow, okay! Ich nickte nur erneut, um ihn auf keinen Fall zu unterbrechen. Ich konnte nicht alle seine Worte nachvollziehen, aber das musste ich in diesem Moment auch nicht. Er öffnete sich. Nur darum ging es!

»Zu der zweiten Regel ... Das wird sich niemals ändern! Ich gebe den Ton an. Immer! Das steckt in mir und das wirst auch du nicht aus mir herausbekommen. Aber ich genieße die Machtspielchen zwischen uns. Auch wenn ich am Ende natürlich immer gewinne.« Wir fingen beide an zu lachen. Es tat gut, denn das Thema war ohnehin ernst genug.

»Träumen ist ja noch erlaubt, Tylor!« Er grinste mich an und fuhr fort.

»Der dritte Punkt ... Nur Sex, nichts Privates! Sex haben wir definitiv. Und was für welchen! Nebenbei bemerkt bekomme ich davon nicht genug ... Aber dass wir hier theoretisch gerade zu einem Filmabend zusammensitzen, sagt schon alles über diese Grenze in deinem Fall aus, denke ich.« Vollkommen in Gedanken griff ich nach seiner Hand. Ich fand es toll, was er sagte, und wollte ihn genau das spüren lassen. Doch in dem Moment, wo ich das tat, kamen mir seine Worte von vorher wieder in den Sinn. Er hatte recht. Für mich war das selbstverständlich. Schade, dass es für ihn nicht so war. Ich drückte daher nur kurz seine Hand und ließ sie direkt los. Überraschenderweise hielt er mich in meinem Rückzug fest und verschlang seine Finger in meinen. Millionen Schmetterlinge tobten wie ein Tornado in meinem Bauch umher. Alles in mir schrie mich geradezu an, wie bescheuert ich sein konnte, mich in diesen Mann zu verlieben. Aber es war zu spät. Wahrscheinlich war es das schon längst. Vielleicht war ich schon an unserem ersten Abend im Joy hoffnungslos verloren. Ich konnte es nicht mehr leugnen. Ich war bis über beide Ohren in diesen wunderschönen, kaputten Mann verliebt! Und auch wenn ich versuchte, realistisch zu sein, wusste ich, was für eine enorme Hürde diese Geste für ihn darstellte.

»Die unumstößliche vierte Regel bleibt bestehen. Letztes Mal war es superknapp ... Aber ich frage um Erlaubnis! Das habe ich immer getan und werde es auch weiterhin beibehalten. Mein Vorteil ist, dass ich nun eine generelle Erlaubnis erhalten habe. Daher halte ich diese Regel eigentlich immer ein.« Grinsend zwinkerte er mir zu. Im nächsten Moment wurde seine Miene entschlossen. Ich sah in seinem Blick, dass es ernst wurde. Diese Stelle belastete ihn. Es war deutlich zu sehen.

»Punkt fünf ... Keine Freundin! Keine Bindung! Kein Seelenstriptease! Es tut mir leid, Emily, aber davon kann und will ich nicht abrücken.« Es tat weh, diese Worte zu hören. Eigentlich kannte ich seine Einstellung dazu, dennoch spürte ich, wie die Hoffnung in mir zersplitterte. Ich hatte mich nun mal verliebt und er nicht. Es war ganz einfach und zugleich so schwer ... Unsere Berührung fühlte sich mit einem Mal nicht mehr richtig an, daher versuchte ich, meine Hand aus seiner zu lösen. Augenblicklich hielt er mich etwas fester. Er wollte mich nicht loslassen, aber dennoch auch nicht wirklich festhalten. Ich verstand es nicht, daher wartete ich ab. Gab ihm Zeit, sich zu erklären. Insofern er dies wollte.

»Mein Leben war nicht immer leicht, Emily. Alles, was ich besitze, baute ich mir selbst auf, nachdem ich zu den Clifforts kam. Alle Unternehmen, die ich betreibe, habe ich eigenständig ausgesucht und geformt. Meine biologischen Eltern hinterließen mir nach ihrem Ableben ein gravierendes Startkapital, welches ich im Laufe der Jahre um ein Vielfaches aufstockte. Mein heutiges Vermögen ist meins. Nicht mehr das meiner leiblichen Eltern und schon gar nicht das der Clifforts. Ich fuhr mit dieser nüchternen Linie immer gut. Liebe hatte in meinem Leben nie einen Platz. Zumindest nicht mehr, seit ich erwachsen wurde ... was sehr früh geschah. Ich brauche keine Liebe und ich kann sie auch nicht geben! Die Cliffords sind mein Inbegriff von Liebe. Aber wenn du sie fragen würdest, könnten sie dir bestätigen, dass selbst sie diese nicht von mir zurück erfahren. Nicht so, wie es ihnen zustände! Ich will mich nicht erklären. Will nicht aufdröseln, was ich in meinem Leben erlebt habe und wer ich wirklich bin. Und ich will auch nicht verändert werden. Ich bin gerne ich ... Eine Partnerin würde dieses unweigerlich versuchen und verständlicherweise Erklärungen verlangen. Daher ist das für mich keine Option!«

»Deine Option ist also, alleine zu bleiben?«

»Ich bin nie alleine. Wenn ich mich tatsächlich mal so fühle, brauche ich nur einen Anruf, um das zu ändern.« Da ist er wieder ... Der oberflächliche, kühle Idiot, den ich einfach nur unausstehlich fand. Distanziert und emotionslos!

»Nicht alleine zu sein, ist für dich also eine rein körperliche Sache? ... Mal einen wegzustecken, in irgendeiner beliebigen Tussi, die sich gerade anbietet? Das reicht dir aus? Das ist deine Zukunft? Von Loch zu Loch zu hüpfen?« Ich merkte, wie anklagend meine Worte klangen, aber diese Aussage machte mich fuchsteufelswild. Warum sah er nicht, dass dies nichts mit einem erfüllten Leben zu tun hatte? Und vor allem, dass er viel zu schade für so einen Rotz war!

»Ja, Emily! Das ist es, was die Zukunft für mich bereithält.« Bei der Antwort entzog ich ihm endgültig meine Hand. Unsere Berührung und seine Worte fühlten sich nur noch erniedrigend auf meiner Haut an. Und was bei weitem schlimmer war, auch auf meiner Seele! Er verdiente so viel Besseres als das! Aber wie er schon sagte, hatte er keine Lust, darüber zu sprechen. Ich war wütend. Doch weniger, weil er mir damit mitteilte, dass er mich nicht als seine Freundin wollte. Sondern eher, weil er sich selbst in ein so schlechtes Licht stellte. Ich brauchte einige Minuten, um das Gehörte sacken zu lassen, daher stand ich auf und verabschiedete mich kurz ins Bad. Ich hasste dieses Badezimmer, seit Liam dem Raum alle Liebe entzog, aber gerade war selbst das mir lieber, als Tylor anzusehen und mir seinen Bullshit anzuhören. Ich hatte keine Ahnung, wie lange ich im Bad ausharrte, doch als ich wieder herauskam, war Tylor gegangen und vor den Blumen lag lediglich eine kurze Nachricht.

Es tut mir leid.
    Ty

49. Tylor

Hundertprozentig war mein Verschwinden mal wieder komplett beschissen, aber ich musste da raus. Ich wusste, dass es richtig war, mit offenen Karten zu spielen. Ihr zu sagen, dass aus uns niemals mehr werden würde. Doch obwohl ich mir dessen sicher war, fühlte es sich falsch an. Sie gehörte an die Seite von jemandem, der sie uneingeschränkt liebte, und das konnte nicht ich sein. Trotzdem ging es mir, nachdem es raus war, einfach scheiße. Wie konnte es nur so weit kommen, dass sie derart Emotionen in mir weckte? Die letzten Wochen steckten wir in einer unaufhaltsamen Achterbahnfahrt fest. Seit ich sie traf, lief es mit uns von null auf hundert in gefühlt drei Sekunden. Und genauso schnell auch wieder bergab. Immer im ständigen Wechsel. Ich hatte echt keinen Bock mehr auf dieses Theater, verflucht! Es tat uns beiden nicht gut. So konnte es nicht weitergehen. Ich wollte meine Ruhe zurück. Und sie verdiente einen Mann, der ihr alles geben konnte, was sie begehrte und beanspruchte. Zumindest redete ich mir meine Entscheidung damit schön. Dennoch meldete sich gleichzeitig der Gedanke zu Wort: War ich derjenige, der entschied, was sie sich wünschte?

Und ob ich überhaupt eine Ahnung hatte, was sie wirklich in ihrem Leben brauchte? Und nein, verdammt, das wusste ich nicht! Nichts davon! Denn ich fragte sie nicht, sondern ging. Wie so ein feiges Arschloch ohne Eier! Ich musste mich ablenken und abreagieren. Ich konnte nicht klar denken und das war in meinem Fall niemals gut. Aber was sollte ich machen? Suchte ich mir eine Spielgefährtin für den angebrochenen Abend oder düste ich in den Club und ließ mich volllaufen? Vielleicht war es besser, doch nach Hause zu fahren und mich im Gym auszupowern? Ich saß in meinem Auto und hatte einfach keinen Plan. Insofern fuhr ich ziellos drauflos und landete schlussendlich auf meinem Parkplatz am Joy. Mein Handy klingelte und ich sah die Nummer von Rodriguez auf dem Display aufleuchten. Ich wusste, dass Liam umfangreich beschattet wurde und zum gegenwärtigen Zeitpunkt keine Gefahr darstellte, daher nahm ich relativ entspannt ab.

»Rodriguez, was gibt's?«

»Emily steht vor meinem Wagen. Sie besteht darauf, dass ich nach Hause fahre. Ich habe bereits versucht, sie zu überzeugen, dass es nur zu ihrem Besten ist, aber sie gibt nicht auf. Was soll ich tun?«

»Fahr nach Hause.«

»Bist du sicher?«

»Ich wiederhole mich sehr ungern, Rodriguez!«, fauchte ich ihn etwas zu barsch an und legte auf, ohne auf eine Antwort zu warten. Das Thema Emily hatte ich gerade mehr als satt. Wenn sie der Meinung war, dass sie keinen Schutz benötigte, dann eben nicht! Liam hielt sich aktuell nicht mal in der Stadt auf, also war sie relativ sicher. Ihre Entscheidung! Ich stieg aus dem Wagen und lief direkt in mein Büro. Dort angekommen zog ich mir etwas Passendes für den Club an und gesellte mich zu Ben an die Bar. Ich teilte ihm kurz und knapp mit, dass ich nur inoffiziell als Gast hier war, bevor ich mir ein Bier nahm und eine Runde durchs Joy drehte. Es war voll und die Stimmung überschäumend. Ich setzte mich relaxed an die Bar in der VIP-Area und beobachtete die Reichen und Schönen, die es sich an diesem Abend in meinem Club gut gehen ließen. Den größten Teil der Gäste hier oben kannte ich. Sie waren oft hier. Meistens handelte es sich um Persönlichkeiten aus der High Society, die bei mir inkognito feiern wollten. Mir sollte es recht sein, solange es keine Skandale gab und genug Geld über die Tresen wanderte. Im Moment juckte mich noch weniger als üblich, was hier ablief. Ich wechselte von Bier zu Jacky Cola und spürte endlich den Pegel ansteigen. Emily verzog sich dadurch trotzdem nicht aus meinem Kopf, was mich langsam echt anpisste. Auch einige Getränke später änderte sich daran nichts. Sichtbar mit dem Gleichgewicht kämpfend stand ich auf und brachte mein Glas zu Ben an die Theke, der mich stutzig ansah.

»Wasser?«, fragte er salopp. *Der wollte mich wohl verarschen!* Ich lachte ihn aus und drängelte mich durch die Menschentraube auf die Tanzfläche. Hier ließ sich garantiert etwas die Zeit versüßen. Tylor Cliffort bekam immer, was er wollte! Alle Frauen hier waren so austauschbar wie die Unterhose, die ich jeden Tag in die Wäsche pfefferte! Die Vereinbarung mit Emily war dahin. Unser abgebrochener Abend beendete das bisschen, was wir uns bis dato aufgebaut hatten. Wen juckte also noch, was ich tat? Ich feierte, als ob es kein Morgen gäbe. Wie viele Frauen ich dabei um mich versammelte, wusste ich nicht und es interessierte mich auch nicht. Selbst welche, die mir ihre Zunge in den Hals steckten oder ihren beschissenen Arsch an meinem Schwanz rieben, juckten mich nicht. Für mich waren es nicht vielmehr als irgendwelche Objekte. Ärsche und Titten. Mehr nicht! Keine davon reizte mich sonderlich. Sie sollten einfach nur ihren verfickten Job machen und meinem Körper zeigen, dass er ohne Emily weiterhin funktionierte. Das war es, was ich wollte. So war ich! Ein reicher Playboy, der bekam, was er wollte, und sich für nichts davon entschuldigen musste. Punkt! Die Stunden vergingen und mein Kopf schaltete sich endlich aus. Ich war voll genug, um diese Drecksnacht abzuhaken. Die Frauen, die den Abend mit mir verbringen durften, gingen freudig in ihr Bett. Ohne mich! Ich beschaffte mir bei Ben dann noch einen letzten

Absacker und stolperte wortwörtlich über einen ungern gesehenen Gast. Oasis Mitchell. Die Reporterin der hiesigen Klatsch- und Tratschpresse.

»Mr. Cliffort!«, begrüßte sie mich überschwänglich. »Es ist ja außerordentlich schön, sie so glücklich und ausgelassen zu sehen!«

»Oasis, ich wünschte, ich könnte behaupten, dass die Freude auch auf meiner Seite wäre. Ist sie aber nicht. Schönen Abend noch!«

»Na, na, na. Wer wird denn da gleich so unhöflich zu einer Dame sein?« Ich schaute mich auf ihren Kommentar hin suchend um.

»Ich sehe hier keine Dame. Aber bitte, was kann ich denn für Sie tun, Oasis? Sind Sie mal wieder auf der Suche nach einer neuen Schlagzeile? Da sind Sie hier falsch, wie Sie wissen. Aber warten Sie ... vielleicht habe ich doch eine für Sie. Wie wäre es mit ... eingestaubte Reporterin findet keine neuen Skandale und geht in den Ruhestand? Damit würden Sie der Menschheit einen Gefallen tun!«

»Wie wäre es hiermit ... Der begehrteste Junggeselle der Stadt hat endlich seine Herzdame gefunden. Mr. Tylor Cliffort ist vom Markt!« Ich überlegte kurz, ob Emily etwas damit zu tun haben könnte, verwarf den Geistesblitz jedoch direkt wieder. Okay, sie war sauer ... Doch sie würde mir niemals eine Reporterin auf den Hals hetzen. Ich vertraute ihr! Auch wenn dieser Gedanke mir einen eisernen Stich ins Herz versetzte. Es war die Wahrheit! Ich vertraute Emily und das sollte was heißen ...

»Jetzt bin ich aber gespannt!«, lachte ich sie aus. »Wer soll denn diese Herzdame sein, Miss Mitchell?« Ich lehnte mich beabsichtigt amüsiert an die Theke und grinste sie mit verschränkten Armen wartend an.

»Ach, wissen Sie, Tylor ... Da Sie sich heute mit zahlreichen Damen eng umschlungen gezeigt haben, habe ich eine große Auswahl an Anwärterinnen für die Schlagzeile des Abends.« Mit diesen Worten schritt sie erhobenen Hauptes an mir vorbei und verließ das Joy. Ich brauchte einen Moment, um zu realisieren, was sie mir androhte. Dann schaute ich hilfesuchend zu Ben herüber.

»War es so schlimm, wie sie sagt?«

»Schlimmer!«, antwortete er gewohnt ehrlich. Ich eilte der Pressetante hinterher und erwischte sie gerade so, bevor sie die Türe ihres Taxis öffnete. Ich hielt die Wagentür zu und gab ihr unmissverständlich zu verstehen, dass sie dieses Spielchen lieber nicht mit mir spielen sollte. Mein Hebel war deutlich länger als ihrer. Dann gab ich die Türe frei und ließ sie einsteigen. Nachdem der Wagen fort war, rief ich Finley an, damit er mich vorne abholte. Ich wollte nach Hause und selber fahren, schien mir in dieser Nacht keine gute Idee mehr. Kurze Zeit später saß ich in meinem SUV und wartete, dass Finley in meine Tiefgarage fuhr und ich endlich ins Bett klettern konnte. Bevor ich ausstieg, erklärte ich ihm noch flüchtig die Situation mit Oasis und bat ihn, der Zeitung mitzuteilen, dass ohne hieb- und stichfeste Beweise eine Millionenklage auf sie zukam, wenn sie auch nur einen klitzekleinen Artikel über mich drucken würden. Das würde fürs Erste ausreichen, um den Zeitungsartikel von dieser Schnepfe zu verhindern. Ihn dadurch komplett abzuwenden, schien unwahrscheinlich. Oasis Mitchell war keine, die sich kleinkriegen ließ. Dafür war sie hinreichend bekannt.

50. Emily

Ich wusste nicht, ob es richtig war, Rodriguez nach Hause zu schicken, aber es fühlte sich zumindest so an. Offensichtlich war ich für dieses nichts Halbes und nichts Ganzes nicht geschaffen. Ich hatte es wirklich versucht und war doch gescheitert. Und auch Tylor probierte es, aber er konnte es noch weniger als ich. Demnach war es das einzig Richtige, dass unsere Wege sich an diesem Punkt trennten und wir so gegenseitig eine reizvolle Erinnerung bleiben konnten. Zumindest hielt ich mich an den schönen Dingen zwischen uns fest. Wie es für ihn war, konnte ich nicht sagen. Leider hatte sich mein Herz bereits selbstständig gemacht, bevor ich es verhindern konnte. Aufeinandertreffen ließen sich nicht vermeiden, da sein Bruder nun mal mit meiner besten Freundin zusammen war. Oder wie auch immer die beiden es nannten ... Zudem gehörte Tylor der Club, wo wir uns alle trafen, wenn wir ausgingen. Es würde wehtun, ihn zu sehen, aber es musste irgendwie klappen. Besser so, als wenn wir es weiter unnötig hinausgezögert hätten. Sagte man nicht, dass Zeit alle Wunden heilen würde? Ich hoffte, dass diese schnell dafür sorgte. Nun saß ich erst mal da, allein mit den Filmen und dem ganzen Essen, was nach seinem Abgang vollkommen umsonst war. Dass es ihm leidtat, machte die Sache leider kein bisschen besser. Ich entschied mich kurz entschlossen, alles wegzuräumen. Alleine konnte ich eh nicht alles futtern und zum Wegschmeißen war es definitiv zu schade. Also schrieb ich eine Nachricht in unsere Mädelgruppe, dass am nächsten Abend bei mir das Einstimmen stattfand, bevor wir in den Club dackelten. Essen und Getränke gingen zu Hause auf meine Kappe. Kira antwortete umgehend, und während ich die ganzen Klamotten verstaute, klingelte mein Handy weitere Male. Es schien allen zu passen. Ich freute mich darauf. Doch ich hatte auch Schiss. Ich redete mir zwar ein, dass Tylor und ich uns einfach aus dem Weg gehen würden. Mir war aber klar, dass es nicht ganz so reibungslos ablaufen würde. Als ich alles fertig hatte, holte ich den Film aus dem DVD-Player und steckte ihn zurück in die Hülle. Ich hatte jetzt keine Lust mehr darauf, dabei mochte ich ihn eigentlich supergerne. Das schaffte mir Tylor an dem Abend grundlegend zu versauen. Ich legte die DVD zurück in die Tüte zu dem zweiten Film, der nun meine Beachtung fand. Ein Porno ... Was dachte er sich nur dabei? Das war doch reine Provokation von ihm. Er wollte nur checken, wie ich darauf reagierte, und mich vielleicht sogar damit rumkriegen. Tja Freundchen, das hast du dir wohl so gedacht. Ich nahm die DVD aus der

Hülle und legte sie ein. Dann setzte ich mich aufs Sofa und startete den Film. Ich saß da wie ein kleines Mädchen, das etwas Verbotenes tat, und musste kurz über mich selbst lachen. Vorsorglich drehte ich mich um und prüfte, ob alle Fenster geschlossen waren. Es wäre mir doch ziemlich peinlich gewesen, wenn die Passanten unten auf der Straße Stöhnen aus meiner Wohnung gehört hätten. Als mir bewusst wurde, was ich da machte, rügte ich mich innerlich selbst. Ich war eine erwachsene Frau und ich sah mir einen Porno an. Na und! Ich musste mich doch nicht dafür rechtfertigen. So weit kam es noch. Also lehnte ich mich zurück und ließ die ersten Minuten ablaufen. Zu meiner Überraschung bewies Tylor einen guten Geschmack, was diesen Film anging. Mir wurde langsam, aber sicher heiß. Er wirkte nicht komplett gestellt mit bescheuerten Dialogen, und man erkannte ebenfalls, dass tatsächlich ein Akt stattfand. Es war nicht der erste Porno, den ich mir ansah. Jedoch der Erste, den ich alleine sah. Mit Liam war es in der Anfangszeit unserer Beziehung ja noch entspannt und aufregend. Da schauten wir schon mal hier und da zusammen einen Porno. Ich mochte es überhaupt nicht, wenn die Szenen so extrem nachgestellt wirkten. Oder die Paare so dämlich aneinanderlagen, dass dabei niemals ein Penis auch nur irgendein Loch hätte berühren können. Dazu Dialoge, die zum Fremdschämen anregten. Gruselig! Dann war ich echt so was von raus. Da ging bei mir nix! Wenn der Film gut gemacht war – so wie dieser –, dann erregte mich das durchaus. Ich bereute langsam, dass ich auf diese bescheuerte Idee gekommen war, während ich alleine hier rumsaß. Nun regte sich in mir wahnsinnige Lust, denn das Paar auf dem Bildschirm erinnerte mich an den grandiosen Sex mit Tylor im Gym. Wie ich mich berührte ... er mich beobachtete ... und schlussendlich er mich berührte und leidenschaftlich nahm. In dem Moment hatte ich allen Mut zusammengenommen, um ihn damit heißzumachen. Tatsächlich war es das erste Mal, dass ich mich selbst anfasste. Und es machte mich ungeheuer an, seine Reaktion darauf zu sehen. Laut stöhnend riss die Dame im Film mich aus meiner eigenen Erinnerung. Ihr Partner besorgte es ihr mit seiner Zunge. Sie lag auf dem Küchentisch, während er zwischen ihren Beinen kniete. Mir kam spontan der riesige Tisch in Tylors Haus in den Sinn. Und was sich darauf alles hätte anstellen lassen, unter anderen Gegebenheiten. Ich platzte vor Verlangen! Meine Hände machten sich selbstständig, während ich dem Treiben vor mir zusah und in schlüpfrigen Gedanken von Sex mit Tylor schwelgte. Ich spürte, wie sich meine Brustwarzen aufrichteten, und strich mit den Fingern darüber. Ich umspielte sie mit den Fingerspitzen und massierte sie zärtlich. Ich genoss die Kombination aus meinen Berührungen und dem zeitgleichen Stöhnen im Hintergrund. Ich hörte, wie

der Kerl seine Gespielin heftig vögelte. Das Aufeinandertreffen ihrer Körper war deutlich hörbar
und turnte mich noch mehr an. Der Kamera-
mann zoomte näher ran und zeigte in Großauf-
nahme, wie der beachtliche Schwanz tief und
feucht in seine Partnerin hineinglitt. Ich schob
einen Finger in mich hinein. Mit der anderen
Hand massierte ich weiterhin meine Brüste. Ich
stimulierte immer wieder heftig meine Klitoris.
Es dauerte nicht lange, bis ich kam. Ganz alleine
... mit einem Porno in der Flimmerkiste. Halb-
nackt saß ich da. Auf meiner Couch. Die Füße auf
dem Couchtisch abgestellt und ein freches und
befriedigtes Grinsen auf den Lippen. Dich
brauchte ich dafür nicht Tylor Cliffort!

51. Tylor

Eine unruhige Nacht lag hinter mir. Ich konnte gar nicht genau sagen, woran es lag. Ich wusste nicht, ob ich Scheiße geträumt hatte oder ob ich oft wach war. Aber definitiv fühlte ich mich, als ob mich mehrfach ein Zug überrollte. Ich hatte Kopfschmerzen des Todes und das Zimmer war viel zu hell. Ich quälte mich aus dem Bett, um eine Kopfschmerztablette zu nehmen, und stellte mich unter die Dusche. Das warme Wasser auf meinem Körper fühlte sich gut an, aber genießen konnte ich es mit diesem höllischen Brummschädel nicht wirklich. Daher wusch ich mich im Eilverfahren und begab mich danach auf den Weg in die Küche. Rosalie war bereits da und ich war froh, dass ich nicht wie ursprünglich geplant nackt in die Küche platzte, sondern mir vorher ein Shirt und 'ne Boxershorts überzog.

»Guten Morgen, Tylor. Hast du gut geschlafen?«

»Guten Morgen. Leider nicht wirklich, aber schön, dich zu sehen.«

»Ich vermutete bereits, dass es dir heute Morgen nicht ganz so gut gehen würde, daher habe ich dir eine Aspirin aufgelöst und dir eine trockene Scheibe Toast dazugelegt. Steht auf dem

Esstisch!« Ich sah sie fragend an. Sie war wie eine Mutter, die immer irgendwie noch den siebten, achten und neunten Sinn besaß und alles aufdeckte, bevor man es auch nur selbst wusste.

»Deine Klamotten lagen vom Aufzug bis in dein Schlafzimmer verteilt auf dem Boden herum. Und da nirgendwo Klamotten von Emily lagen, bin ich davon ausgegangen, dass du wahrscheinlich zu viel getrunken hast!«, grinste sie wissend.

»Ich sollte dich gegen jemanden austauschen, der mich nicht so gut kennt wie du! Das ist dir klar, oder?«

»Wir beide wissen, dass du das niemals tun würdest, mein Junge!«, feixte sie selbstbewusst vor sich hin.

»Da hast du recht! Aber verrate es keinem. Hinterher denkt noch irgendwer, dass in meiner Brust doch ein Herz schlägt ... Danke, Rosalie!«

»Immer gerne!« Ich nahm die Tablette und das Brot und kroch zurück in mein Bett. Die Tablette ließ ich auf dem Nachttisch liegen, da ich bereits vor dem Duschen eine einnahm. Das Brot schob ich mir jedoch bis auf den letzten Krümel rein. *Wann hatte ich eigentlich zuletzt etwas gegessen?* Als ich das nächste Mal wach wurde, war Rosalie verschwunden und mein Haus wie immer perfekt hergerichtet. Sie kannte mich, seit ich ein kleiner Junge war. Damals arbeitete sie im Blackhood-Kinderheim, wo ich mit Larry und Patrick jahrelang hauste. Als ich zu den Clifforts kam, war sie die Einzige, die ich aus diesem verfluchten Laden wirklich vermisste. Rosalie sorgte sich immer um mich. Egal, was ich anstellte, sie blieb an meiner Seite. Oftmals stellte sie sich sogar gegen den alten Drachen, der sich Heimleitung nannte. Als ich einige Jahre später mein eigenes Haus bezog, holte ich sie als Hausmädchen zu mir. Aber sie und ich wussten, dass es das nicht annähernd traf. Sie war mein Mädchen für alles und zugleich wie eine zweite Mutter für mich. Also neben Sophia Cliffort, denn meine leibliche Mutter kannte ich quasi nicht. Der Vorteil war, dass Rosalie mich von klein auf kannte. Ihr waren alle meine schlechten Seiten bewusst, und trotzdem gab sie mir immer das Gefühl, gut genug zu sein. Einfach so, wie ich war. Es war bereits später Nachmittag, als ich mich endlich aus dem Bett bewegte. Ich hatte keine Ahnung, wann ich zuletzt so einen Gammeltag abhielt. Es musste ewig her sein. In ein paar Stunden öffnete das Joy. Diese Nacht würde ich mich definitiv gesitteter verhalten, aber ein wenig Feiern sollte schon drin sein, also rief ich Larry an.

»Na, kleiner Bruder. Lust heute einen draufzumachen?«

»Klar, kennst du nen guten Club?«, lachte er in den Hörer.

»Da hat aber jemand gute Laune!«, gab ich lachend zurück.

»Na ja, es läuft gerade ziemlich gut bei mir. Ich kann nicht klagen ... Ich treffe mich später mit

Kira im Joy. Lass uns doch zusammen hingehen.«

»Ähm, ja klar. Können wir machen. Kommt Kira alleine?«

»Du hast es verbockt, oder?«

»Was?«

»Mit Emily! Andernfalls müsstest du mich nicht fragen, ob Kira alleine kommt.«

»Ich habe gar nichts verbockt! Ich binde mich nicht. Du solltest das besser, als alle anderen wissen. Okay ... Patrick ausgenommen! Aber den rufe ich gleich auch noch an. Wir gehen zusammen hin und die Mädels können gerne anwesend sein. Ich bin ab zehn im Joy.«

»Passt, bis später.« Nachdem wir aufgelegt hatten, rief ich sofort Patrick an. Es war eine Zeit lang her, dass wir zuletzt sprachen, und ich wusste, dass ich mir direkt die nächste Leier anhören durfte, weil ich es angeblich versaut hatte. Aber ich wollte ihn dennoch gerne an diesem Abend dabei haben.

»Ty, was gibt's?«

»Hey, Pat. Bist du in der Gegend und hast heute Zeit und Lust, mit ins Joy zu kommen?«

»Klar, warum nicht. Wann willst du los?«

»Treffe mich dort gegen zehn mit Larry. Passt die Zeit für dich?«

»Ja, das sollte ich hinbekommen. Lerne ich dann heute endlich mal deine Freundin kennen? Das ist sie doch wohl mittlerweile?«

»Ja und nein.«

»Heißt?«

»Sie wird heute wahrscheinlich da sein, aber was auch immer es zwischen uns war, haben wir gestern beendet.«

»Ty, soll ich dir vielleicht eine Zeichnung machen, damit du schnallst, wie man das richtig anstellt? Ich dachte, du hättest in der Schule mehr als Klatschen und Pfeifen gelernt.«

»Ich klatsche dir Pfeife gleich eine!«, lachten wir beide los. »Also dann zehn Uhr. Und mach dich schick. Du bist schließlich der beste Freund des Inhabers!«

»Jawoll Chef!«, salutierte Patrick in den Hörer und trennte die Verbindung. Ich wünschte, ich wäre immer so frei und gedankenlos, wie ich es mit ihm war. Aber die Realität sah nun mal anders aus. Also machte ich mich bereit für eine Partynacht mit den Boys ... und zwangsläufig auch mit den Girls.

52. Emily

Pünktlich ab sieben klingelten die Mädels nach und nach. Die Wohnung füllte sich rasch und die Stimmung war sofort aufgeheizt und euphorisch. Ich erzählte Kira die Kurzform des gestrigen Abends. Also das, was sich mit Tylor ereignete. Meine Aktivitäten danach behielt ich lieber für mich. Das Essen, das dank ihm übrig blieb, reichte perfekt für uns alle als kleine Snacks und der Alkohol heizte die Stimmung weiter an. Wir tanzten und grölten durch die Wohnung. Meine Nachbarn waren bestimmt heilfroh, als wir endlich das Haus verließen. Die Stöckelschuhe auf dem Laminatboden waren sicher nicht die beste Idee, die wir je hatten. Aber wir hatten Spaß und das konnte ich gerade sehr gut gebrauchen. Um halb elf machten wir uns auf den Weg. Unterwegs sprachen uns bereits einige Typen an und versprachen, später im Joy vorbeizukommen, wenn wir einen Tanz für sie reservierten. Das konnte ja ein Spaß werden ... Am Joy angekommen, war die Schlange wie immer lang. Da an dem Abend neue Türsteher arbeiteten, holte Larry uns am Eingang ab, damit wir dennoch den Nebeneingang benutzen konnten. Es brachte auch etwas Gutes mit sich, wenn die beste Freundin mit dem Bruder des Chefs ausging. *Oder ich die Freundin des Chefs wäre ...* Das Joy platzte aus allen Nähten. Gefühlt war es deutlich voller als sonst. Darum standen wohl auch so viele Leute draußen. Der Einlass war scheinbar vorerst gestoppt worden. Larry führte uns direkt in die VIP-Area und versorgte uns mit Getränken. Ich war angespannt und schaute mich ständig um. Aber es brachte alles nichts, denn ich spürte Tylor, bevor ich ihn sah. Er musste hinter mir stehen. Ziemlich nah. Mein Herz setzte aus. Ich konnte kaum atmen. Diese Anziehung, die wir beide immer wieder spürten, war weiterhin vorhanden. Selbst wenn ich ihn nicht ansah. Sein Geruch drang in meine Nase und sorgte dafür, dass mir Tränen in die Augen schossen. Es würde noch schlimmer werden, als ich es mir vorgestellt hatte. Ich stellte mein Getränk ab und murmelte eine kurze Entschuldigung in die Runde. Dann machte ich mich auf den Weg zu den Damentoiletten, ohne ihn eines Blickes zu würdigen. Ich musste mich erst beruhigen, sonst würde der Abend in einer Katastrophe enden. Es war doch von vornherein alles klar gewesen. Keine Verpflichtungen zwischen uns ... Warum nur konnte sich mein Herz nicht an die Regeln halten? Nachdem ich mich wieder einigermaßen gefangen hatte, puderte ich noch mal nach, obwohl dies eigentlich nicht nötig war. Dann straffte ich meine Schultern, richtete bildlich gesehen meine Krone und verließ das WC. Er wollte mich nicht! Okay, dann verdiente er mich auch nicht. So einfach ... und gleichzeitig so schwer! Aber an diesem Abend würde ich eine Maske aufsetzen und auch nicht abnehmen. Sobald ich alleine war, konnte ich heulen wie ein Schlosshund. Doch vor ihm musste ich stark bleiben! Wieder bei den Mädels angekommen, stand Tylor weiterhin in der Runde. Er unterhielt sich mit Larry und zwei anderen Typen, die ich nicht kannte. Wie immer sah er perfekt aus. Das Outfit wahnsinnig verführerisch und sexy und sein Auftreten wirkte noch immer maximal anziehend auf mich. Ich nickte ihm höflich zur Begrüßung zu und lief an ihm vorbei.

»Wer zuletzt auf der Tanzfläche ist, gibt die nächste Runde!«, rief ich den Mädels zu, und im gleichen Moment rannten wir alle lachend los. Es war im Prinzip total egal, wer die Letzte war. Bei uns zahlte eh immer eine andere und es glich sich dann über den Abend hinweg ungefähr wieder aus. Wir feierten und lachten überschwänglich und hatten richtig viel Spaß. Obwohl sich mittlerweile auch Larry und Co. zu uns gesellten und mit tanzten. Ich ignorierte Tylor komplett und zeigte ebenfalls keinerlei Gefühlsregung auf das Flirten, das sich immer wieder um ihn herum entwickelte. Sollte er doch zur Hölle fahren mit seinen Schlampen, die sich so behandeln ließen! Später tauchten überraschend tatsächlich noch die Kerle auf, die wir am frühen Abend trafen. Larry machte ziemlich schnell klar, dass Kira nicht zu haben war. Er zog sie auf der Tanzfläche sehr gekonnt an sich und steckte ihr die Zunge in den Hals. Ein Knutschfleck wäre weniger auffällig gewesen als das. Ein Cliffort-Stempel, den sie jetzt erst mal nicht mehr loswürde. Wir anderen tanzten wild vergnügt mit den Jungs. Sie verhielten sich sehr höflich und überhaupt nicht aufdringlich. Tylor und seine Kumpels entfernten sich jedoch nach ihrem Auftauchen ein Stück von uns. Mir war es recht. Ich bemerkte, dass Tylor mich immer wieder beobachtete. Keine Ahnung, was das sollte, aber er konnte sich das echt sparen! Sporadisch sprach er mit einem seiner Freunde. Die beiden schienen sehr vertraut. Er war nicht der klassische Typ Mann, der hier so verkehrte, daher fragte ich mich, woher die zwei sich kannten. Warum auch immer, schien er Tylor gutzutun. Er wirkte gelöst und sah glücklich aus. Im Gegensatz zu mir! Er wirkte nahezu befreit. Seine Anwesenheit bewirkte augenscheinlich etwas in Tylor. Ich hoffte, dass er ihn irgendwann dazu bringen konnte, Liebe anzunehmen. Auch wenn der Zug für uns abgefahren war, so wusste ich dennoch, dass in ihm ein toller Mann steckte. Einer, der Zuneigung dringend brauchte und auch entgegen seiner eigenen Meinung geben konnte. In Gedanken versunken, spürte ich im ersten Moment gar nicht, dass einer der fremden Typen mittlerweile hinter mir tanzte. Erst als er seine Hände rechts und links auf meine Hüften legte und mich an sich heranzog, kam ich zurück ins Hier und Jetzt. Ich trat einen Schritt vor, um mich seiner Nähe zu entziehen, und drehte mich abrupt zu ihm um. Er kassierte einen bösen Blick, der ihm eindeutig signalisierte, dass dieser Tanz an der Stelle vorbei war. Offensichtlich juckte es ihn nicht sonderlich, denn er drehte sich einfach um und tanzte die nächste Tussi an. Ich hingegen hatte für den Moment genug. Ich mochte dieses grenzüberschreitende Gehabe überhaupt nicht. Ich fragte mich immer wieder, was in den Köpfen von Leuten vorging, die einen ganz selbstverständlich so anfassten. In einer Art und Weise, die schlichtweg drüber war. Ich stellte mich an die Bar und bestellte mir einen Wodka Energy. Nachdem ich beim letzten Mal so voll war, dass Tylor mich nach Hause bringen musste, hatte ich mir vorgenommen, zukünftig noch besser auf mich zu achten. Ich hatte die Hoffnung, nun einen Augenblick durchatmen zu können, doch dann spürte ich unerwartet Tylors Gegenwart.

»Darf ich dir kurz einen Freund von mir vorstellen?«, hörte ich seine Stimme hinter mir, und die Schmetterlinge tanzten Tango. Langsam drehte ich mich um und setzte meine freundliche Maske wieder auf.

»Natürlich!«, grinste ich Tylor so höflich, wie es mir möglich war, an. Dann hielt ich dem Typen meine Hand hin und stellte mich selbst vor.

»Emily! Freut mich, deine Bekanntschaft zu machen.«

»Patrick! Ich bin Tys bester Freund. Ich freue mich, dich zu sehen. Ich habe schon viel von dir gehört!«, grinste er freundlich zurück. Er schien echt nett zu sein. Und damit regelrecht der Gegenpol zu Tylor, der oftmals zu reserviert und kühl wirkte.

»Ich wünschte, das könnte ich erwidern, aber ich höre zum ersten Mal deinen Namen. Was nun aber für die Zukunft auch nicht mehr weiter wichtig ist. Dennoch schön, dich mal kennengelernt zu haben, Patrick. Genieß deinen Abend!« Mit diesen Worten ließ ich die beiden stehen und ging davon.

53. Tylor

»Alter, die hat aber Pfeffer im Hintern!«, lachte Patrick und schlug mir dabei auf die Schulter. »Ich verstehe, warum sie dir den Kopf verdreht hat. Sie ist ... anders!«

»Ja, das ist sie. Aber sie kann oder will sich nun mal nicht damit abfinden, wie ich bin. Sie will mich ändern und ich bin nicht zu ändern! Ich habe versucht, ihr entgegenzukommen, aber es reicht nicht!«

»Ty, du weißt, dass ich dich verstehe! Besser als jede andere Person auf diesem verfickten Planeten. Aber ganz im Ernst ... Eine Frau wie sie will keine Fickbeziehung. Und die Frauen, die Fickbeziehungen wollen, sind nun mal keine wie sie. Das ist ein Kreislauf ... Billig ist willig! Und davon ist sie kilometerweit entfernt!« Ich wusste, dass er recht hatte, aber es existierte einfach keinerlei Lösung dafür. Ich trank einen weiteren Schluck aus meinem Glas und beobachtete, wie so ein schmieriger Typ langsam immer näher um sie herumtanzte. Er war noch ein gutes Stück von ihr entfernt, dennoch stand der Wichser kurz davor, sich einen Schwinger von mir zu fangen. Patrick hielt mich gekonnt zurück.

»Du hast ihr gesagt, dass du sie nicht willst. Damit hast du dein Recht versagt, hier irgend-wem die Leviten zu lesen.«

»Was schlägst du denn vor, Mister Bezie-hungsexperte?« Eine Mischung aus Frust und Wut ließ meine Frage ernster klingen, als ich es beabsichtigte.

»Du willst, dass sie deine Bedingungen akzep-tiert. Wie alle davor auch schon ... Aber warum versuchst du es nicht mal mit dem umgekehrten Fall. Versuch, eine Beziehung zu führen, und schau, was passiert!« Ich lachte laut los. Ver-schluckte mich dabei fast an dem Drink, den ich gerade leeren wollte.

»Ja klar! Du solltest weniger saufen, Patrick! Ernsthaft!« Ich stellte mein Glas auf die Theke und bestellte demonstrativ zwei Wasser.

»Du bist echt ein Affe, Ty. Ohne Scheiß! Was spricht denn dagegen?« Fragte er mich das allen Ernstes?

»Das kann ich dir ganz genau sagen. Ich! Ich spreche dagegen. Der kaputte Freak, der in mir haust!« Damit beendete ich das Gespräch. Patrick wusste, dass er in dem Moment besser nicht mit mir weiterdiskutierte. Wir prügelten uns zwar schon lange nicht mehr, aber ausflippen hatten wir beide noch gut drauf. Stattdessen lenkte ich mich ab und schaute, was sich im Club so tat. Es war weiterhin sehr voll. Ich wusste nicht genau, wie spät es mittlerweile war, da meine Uhr zu Hause auf dem Nachttisch lag, neben der Aspirin von Rosalie. *Da lag sie gut ...* Aber es musste geschätzt so halb drei in der Nacht sein. Die Stimmung war gut und die Getränke flossen in Massen. Kira und Larry waren mal wieder verschwunden. Wahrscheinlich besorgten sie es sich gerade gegenseitig in irgendeiner dunklen Ecke. Emily tanzte noch immer mit ihren Mädels, doch ihre Laune war nicht mehr so gut wie zu Beginn des Abends. Der Typ, den ich vorhin bereits im Auge hatte, stand schon wieder bei ihr. Diesmal übertrieb er es scheinbar, denn sie zeigte ihm ziemlich energisch, dass sie kein Interesse hatte. *Braves Mädchen!* Ihre Mimik und Gestik sprachen eine eindeutige Sprache. Er tanzte ab und baggerte direkt die nächste Dame an, die ihn ebenfalls wegschickte. Er verließ die Tanzfläche und ich zeitgleich meinen Platz. Es war genug. Zeit zu gehen ... Innerhalb weniger Sekunden stand ich bei ihm und teilte ihm höflich mit, dass sein Abend an dieser Stelle endete. Er stammelte etwas von Arschloch und verpiss dich ... Tja, falsche Antwort! Eine weitere Sekunde später hielt der Typ seinen Arm auf dem Rücken verdreht und stolperte Richtung Türsteher. Dieser kümmerte sich um die Personalien von diesem Penner und zeigte ihm danach, wo sich unser Ausgang befand. So schnell würde der Pisser meinen Club nicht erneut betreten. Ich hasste es, derart siffige Kerle anzufassen, daher lief ich als Erstes rüber zu Ben an die Theke und wusch mir die Hände. Noch weniger mochte ich allerdings, dass solche Spinner irgendwelche Frauen belästigten. Und ich musste es mir leider auch eingestehen ... Wenn es sich um Emily handelte, sah ich rot. Als ich meine Hände abgetrocknet hatte und hinter der Bar hervor kam, stand wie aus dem Nichts Oasis vor mir. Die nervigste Journalistin unter der Sonne. Schon wieder!

»Welch unschöne Überraschung. Die rasende Reporterin Karla Kolumna, ach nee ... Oasis Mitchell. Gab es heute keine interessanten Berichte über Elefanten?«

»Witzig wie eh und je, Mr. Cliffort.« Sie setzte ein viel zu höfliches und erzwungenes Lächeln auf ihre Lippen. »Aber doch, ganz aktuell habe ich meine Story noch bekommen. Sie handelt von einem Elefanten, der seine Liebste im Sturm verteidigt. Einen Rivalen im Kampf besiegt und dann schnurstracks herauswirft ...«

»Sie haben zu viel Zeit und zu viel Fantasie!«, lachte ich kurz auf.

»Jeder hier hat es heute Abend gesehen! Sie können es nicht mehr abstreiten, Tylor.«

»Was genau soll das sein, was ich Ihrer Meinung nach nicht abstreiten kann?«

»Dass sie eine Partnerin haben. Und zwar diese eine. Ihre Art und Weise und Ihre Blicke für sie sagen alles aus, was ich brauche!« Sie deutete auf den Bereich hinter mir in Richtung Tanzfläche. Mir war klar, dass sie Emily meinte.

»Ich verrate Ihnen was, Oasis ... Ich habe keine Freundin. Und ich werde auch keine haben! Und jetzt hören sie mir genau zu, damit sie es auch verstehen und nicht wieder vergessen ... Ich ficke Frauen, ich liebe sie nicht. Eine ist wie die andere. Jede hat ihren Preis und ihren weichen Punkt. Man muss ihn nur finden und nutzen. Und wenn man sie einmal flachgelegt hat, reiht sie sich in eine Riege von vielen anderen ein. Wenn Sie wie immer zu viel Zeit haben, kommen Sie doch mal vorbei ... Dann zeige ich Ihnen genauer, was ich meine!« Ich feierte innerlich ihren erschrockenen und fast entsetzten Gesichtsausdruck und lachte in mich hinein.

»Tja, sorry Süße, aber scheint ganz so, als wenn du nur eine austauschbare Gummipuppe warst!«, sagte sie und schaute an mir vorbei ins Leere. Erst als ich ihrem Blick folgte, realisierte ich, dass sie mit ihrer Andeutung nicht die weit entfernte Tanzfläche meinte. Sondern Emily, die nicht mal einen halben Meter hinter mir stand und jedes unserer Worte mithörte. Sie stand da, mit Tränen in den Augen, und krallte sich zitternd an ihrer Handtasche fest. Direkt dahinter sah ich Patrick. Er legte eine Hand in ihren Rücken, um sie halbwegs zu stützen. Sein Blick war bedauernd, was es für mich umso schlimmer machte.

»Schönen Abend noch, Mr. Cliffort!«, trällerte Oasis, während sie an mir vorbei stolzierte und ich weiterhin wie ein kleiner Junge Emily anstarrte und keine Worte fand. Ich meinte, dass alles doch nicht so, wie ich es sagte. Ich wollte einfach nur, dass diese beschissene Pressetante endlich abzog und nicht mehr in meinem Leben herumschnüffelte. Keinesfalls sollte Emily damit verletzt werden. Oder das Gefühl haben, dass alles mit ihr nur einem perfiden Plan entsprang. Als ob ich es darauf anlegte, ihren Schwachpunkt zu finden, um sie flachzulegen. Ich machte einen Schritt auf sie zu, blieb aber sofort wieder stehen, als sie zurückwich und ihre Hand vor sich hielt, um mich auf Abstand zu halten. Im nächsten Augenblick traten die Tränen über und liefen ihre Wangen hinab. Das war der Moment, in dem Emily sich umdrehte und wegrannte. Ohne ein Wort. Ohne einen weiteren Blick ... Sie verließ den Club. Und mich! Patrick kam zu mir und legte einen Arm um meine Schulter. Er wollte mich aufbauen, das war mir klar, doch es brachte überhaupt nichts. Er wusste natürlich, dass ich nichts von dem so meinte. Ja, ich vögelte gerne und auch viel, doch ich respektierte jede Einzelne dieser Frauen. Sie waren zwar für mich leicht zu haben, aber keinesfalls für jeden dahergelaufenen Schwanz. Ich wusste nicht, wie lange ich einfach dastand und Emily hinterherschaute. Ich erlebte alles nur wie betäubt! Was war passiert? Das konnte doch nicht wahr sein ... Was bezweckte diese verfluchte Reporterin damit, mein Leben zu zerstören? Ich schämte mich und fühlte mich beschissen. Aber sicher war das nichts im Vergleich dazu, wie Emily unter alldem litt. Ich erinnerte mich genau daran, als mir das erste Mal das Herz gebrochen wurde. Ich war regelrecht zerstört ... so sehr, dass ich mir stundenlang die Augen ausheulte. Leider brach Lisa mir nicht nur einmal mein Herz, sondern trampelte immer und immer wieder darauf rum, bis ich es ausschaltete und niemanden mehr an mich heranließ. Rosalie, die damals schon im Kinderheim arbeitete, brachte mir am Abend heimlich eine heiße Milch mit Honig. Sie sagte immer, dass es nichts gab, was dieser Zaubertrank nicht besser machen konnte. Zu der Zeit nahm ich ihre Aussage noch so hin. Das änderte sich erst, als ich damals nach dem hundertsten Vorfall mit Lisa für immer meinen Gefühlen abschwor. Danach sah sogar Rosalie ein, dass mich ihre Milch nicht mehr retten konnte. Seit diesem Tag versuchte sie, den kleinen, unbeschwerten Jungen in mir wiederzufinden. Doch der ist damals gebrochen und für immer verschwunden. Und das badete nun Emily aus!

»Ty, bist du noch da, Alter?« Erst jetzt bemerkte ich, dass Patrick den Club mit mir verlassen hatte und auf mich einredete. In meinen Gedanken versunken, blendete ich alles um mich herum aus. Kein einziges Wort hätte ich wiedergeben können.

»Ja, sorry, ich war nicht ganz bei der Sache!«

»Das habe ich gemerkt. Fährst du jetzt?«

»Wohin?« Ich schaute mich fragend um und sah, dass Finley mit dem Wagen paratstand.

»Tylor, du weißt, ich hab dich lieb, Bro. Aber gleich haue ich dir höchstpersönlich ein Paar vor die Fresse. Scheinbar hast du das mal wieder dringend nötig, damit deine Birne wieder funktioniert! Steig in deinen verfickten Wagen und hol dir dein Mädchen zurück, verdammt!«

»Vergiss es! Selbst wenn ich das wollen würde, wäre es zu spät ... Spätestens seit gerade hatte ich es definitiv vermasselt.« Ich schüttelte den Kopf und lief zurück zum Joy.

»Du wirst diesmal keine Entschuldigung im Versagen anderer finden, Ty. Wenn du irgendwann an diese Situation zurückdenkst, wird der Einzige, dem du die Schuld geben kannst, du selbst sein.« Ich blieb stehen. Ja, er hatte recht. Und ich wusste auch, dass er es nicht böse meinte. Aber diese Worte ungeschönt vor den Latz geknallt zu bekommen, taten weh. Ich drehte mich um und suchte demütig seinen Blick.

»Was willst du mir damit sagen, Patrick?«

»Genau das was ich sage! Du warst heute ein Arschloch, Tylor! Deine Worte waren hart und zudem gelogen. Ich kenne dich zu gut, als dass ich auch nur ein einziges Wort davon geglaubt hätte. Aber Emily kennt dich nicht so wie ich und sie glaubt, was sie gehört hat. Wenn du nicht zu ihr gehst, um die Sache zu erklären, dann wird die Chance vorbei sein, bevor sie überhaupt angefangen hat. Und noch schlimmer ... Sie wird dich hassen!«

»Als ob sie das hören will, Alter! Am Ende ist es wie immer ... Alles hat seine Zeit und zum Schluss wird man enttäuscht oder verletzt oder sogar beides. Sie kommt drüber hinweg!«

»So wie du über Lisa?« Mir klappte die Kinnlade herunter. »Denkst du, ich hätte es gerade nicht in deinem Gesicht gesehen, wo du mit deinen Gedanken warst? Ja, verdammt, du hast viel verloren. Deine Eltern, deine Kindheit, dein Leben ... und auch deinen Glauben an die Liebe und die Hoffnung, dass du Liebe erleben darfst. Aber das alles ist in deinem Kopf! Nur du alleine bestimmst, wie dein Leben aussieht. Tylor, ich will nur das Beste für dich! Und ich glaube, dass Emily ein Teil davon sein kann. Sie hat dich genommen, trotz immer wiederkehrender Schwierigkeiten und obwohl du ständig in deine Abwehrhaltung zurückeierst. Was spricht dagegen, ihr ein Stück weit den Ty zu zeigen, den ich kenne? Sie ist nicht Lisa!«

54. Emily

Ich fühlte mich wie in einem schlechten Holly-
wood-Streifen! Ich nahm mir so fest vor, mein
Herz nicht erneut zu verlieren. Liam zertram-
pelte es so schmerzhaft, dass ich davon ausging,
es nie mehr wiederzufinden. Und dann tauchte
aus heiterem Himmel Tylor auf und setzte es
Stück für Stück wieder zusammen. Sorgte dafür,
dass ich mich sexy und begehrenswert fühlte.
Dass ich von Neuem am Leben teilnahm und
glücklich war. Okay, nicht immer ... Es war auch
schwierig zwischen uns. Aber dennoch verband
uns etwas Besonderes, was ich bisher niemals in
der Form erlebte. Dachte ich zumindest! Denn
nun stellte sich heraus, dass er das alles so
geplant hatte. Er suchte systematisch nach einer
Schwachstelle, um diesen Punkt dann gegen
jemanden auszuspielen und die Frauen dadurch
ins Bett zu bekommen. Und wenn er erreichte,
was er wollte, war sie fortan uninteressant.
Allein wenn ich mir das noch mal durch den
Kopf gehen ließ, erkannte ich ihn nicht im
Geringsten in diesen Worten. Das sollte er sein?
Der große Mr. Cliffort? Ich schloss meine Haustür auf und ging hinein. Die Ruhe in der Wohnung spiegelte nicht annähernd wider, was in

meinem Inneren ablief. Ich konnte seinen Gesichtsausdruck nicht vergessen. Der Moment, als ihm bewusst wurde, dass ich alles mitanhörte. Doch was sagte dieser Blick aus? Meine Gedanken kreisten immer wieder um dieses Chaos herum. Ich überlegte hin und her, was ich davon halten sollte. Er sah wirklich geschockt aus. Aber lag es daran, dass sein Spiel aufflog? Dass ich endlich wusste, dass alles, was er mir in den letzten Wochen sagte, nichts als Lügen waren? Oder meinte er das doch alles nicht so und hatte nun Angst, mich zu verlieren? Wobei ... eigentlich verloren wir uns ja schon, als er zuletzt meine Wohnung verließ. Mir dröhnte der Schädel. Ich konnte nicht mehr klar denken. Und diese beschissenen Tränen wollten einfach nicht versiegen. Der Taxifahrer schaute mich während der Fahrt immer wieder an, sagte aber nichts. Als ich ausstieg, versicherte ich ihm trotzdem, dass es mir gut ginge. Wenigstens er sollte sich nicht seinen Kopf zerbrechen. Geistesabwesend zog ich mich um. Schlüpfte in meinen Schlafanzug und schminkte mich ab. Seine Worte fraßen sich fest und verschwanden nicht mehr aus meiner Erinnerung. Immer und immer wieder spielte ich den Ablauf von vorne ab. Wie eine Dauerschleife. Ich erinnerte mich auch daran, dass irgendwann sein Freund Patrick hinter mir auftauchte, der ebenfalls diesen grässlichen Worten lauschen musste. Am liebsten hätte ich diesen hier, um ihn zu fragen, ob ich mich ernsthaft derart in Tylor täuschte. Doch eine ehrliche Antwort konnte ich bei ihm wohl kaum erwarten. Meine Wohnung war mollig warm, aber dennoch fror ich am ganzen Leib. Ich schlurfte rüber in die Küche und machte mir einen Tee. Danach kuschelte ich mich mit meiner Tasse unter die Decke auf der Couch und heulte weiter. Vollkommen unerwartet klingelte es plötzlich an der Türe. Es war fast fünf Uhr morgens. Nun bekam ich Panik. Rodriguez stand nicht mehr unten und ich hatte keine Ahnung, wer um diese Zeit etwas von mir wollen könnte. Vielleicht Kira, weil Tylor ihr erzählte, was vorgefallen war? Vorsichtig lief ich rüber zum Fenster, als es auch schon ein weiteres Mal klingelte. Ich erschrak so sehr, dass ich befürchtete, mein Herz bliebe stehen. Zumindest das, was davon übrig war. Als ich unauffällig hinausblickte, sah ich Finleys Wagen. Er lehnte lässig an seiner Türe und hielt den Daumen nach oben, als er mich bemerkte. Wohl, um mir zu signalisieren, dass es okay war, wenn ich öffnete. Erleichterung machte sich breit, aber zeitgleich ebenfalls extreme Anspannung. Es gab nur eine Option, wer vor meiner Türe stand. Tylor! Ich wusste nicht, ob ich ihn so schnell schon wiedersehen wollte. Geschweige denn, ob ich auch nur eine Minute mit ihm ertrug, ohne zusammenzubrechen. Aber ihn unten stehenzulassen, war natürlich keine Lösung. Also lief ich hinüber und drückte den Knopf, um die Türe zu öffnen. Dann lehnte ich für ihn die Wohnungstür an, lief zurück, nahm meine Decke und kuschelte mich wieder darunter. Ich wollte nicht vorne warten und ihn begrüßen müssen. Eigentlich wollte ich ja nicht mal, dass er hier war. Was bildete er sich überhaupt ein? Es war so früh am Morgen. Er konnte doch nicht erwarten, dass ich hier rumsaß, und darauf wartete, mir weitere Lügen von ihm anhören zu dürfen! Ich spürte, wie Wut in mir aufstieg. Ob ich wütend auf ihn oder auf mich war, konnte ich nicht genau ausmachen. Doch zumindest gaben mir diese aufkochenden Emotionen eine unumstößliche Kraft, nicht direkt in Tränen auszubrechen, sobald ich ihn ansah. Es dauerte einen Moment, aber dann glitt langsam die Wohnungstüre auf und Tylor stand im Türrahmen. Er sah geschafft aus und mein Instinkt hätte ihn am liebsten in den Arm genommen und ihm gesagt, dass alles gut werden würde. Er wirkte unsicher und ich glaubte, auch einige ungeweinte Tränen in seinem Inneren zu entdecken. Ich blickte in meine leere Tasse, die ich dennoch in den Händen hielt, um mich irgendwo dran festzuhalten.

»Darf ich reinkommen? Bitte!« Ich nickte nur flüchtig und sah aus dem Augenwinkel, wie er daraufhin hereinkam und die Türe hinter sich schloss. Er kam nicht zu mir, wie ich es gedacht hätte, sondern blieb dort stehen und sah zu mir herüber. Er zögerte, und das machte mich nur noch wütender.

»Was willst du, Tylor? Du hast unmissverständlich gesagt, was zu sagen war!«

»Das solltest du nicht hören!«

»Oh ja, das glaube ich gerne!«, konterte ich
eine Spur zu unbeherrscht. Meine Tasse stellte
ich nun lieber auf dem Tisch ab, bevor ich sie
quer durch den Raum katapultierte.

»Ich habe dir gesagt, dass ich das alles nicht
kann!«

»Du hast mir gesagt, dass du nicht ehrlich sein
kannst? Dass du nur ein Arschloch bist, das die
Schwächen einer Frau ausnutzt, um an ihr Loch
zu kommen, um sie dann abzuservieren? Das
hast du mir gesagt, Tylor?« Ich hörte mich selbst
schreien und im gleichen Moment tat er mir leid.
Er stand einfach da, mit gesenktem Blick und
den Händen in den Hosentaschen. Wie ein kleiner zerbrochener Junge. Dennoch musste ich an
mich denken. Ich war so dermaßen enttäuscht
und verletzt und fühlte mich benutzt und vor
allem beschmutzt.

»Ich verstehe, dass du sauer bist. Und du hast
auch jedes Recht dazu.«, sagte er sanft. »Ich
wollte aber klarstellen, dass diese Worte nicht
wahr sind. Die Reporterin bedrängt mich seit
geraumer Zeit, weil sie auf eine Schlagzeile aus
ist. Sie wollte veröffentlichen, dass ich nun in
festen Händen sei. Ich dachte, wenn ich so
unhöflich wie nur möglich bin und sie sich in
meiner Gegenwart unwohl fühlt, dann würde sie

mir zukünftig aus dem Weg gehen und die Sache auf sich beruhen lassen.«

»Natürlich!« Ich lachte laut auf. »Es ist dir also lieber, dass diese Frau denkt, du seist ein Megaarschloch und dass du dich wild durch die Betten der Welt vögelst, als dass du zugibst, dass eine Frau in deinem Leben ist, die dich liebt? Du willst mich doch verarschen, oder?«

»Denk, was du willst! Mir war nur wichtig, dass du weißt, dass es nicht der Wahrheit entsprach. Alles Weitere liegt bei dir!« Das Gespräch schien für ihn beendet zu sein, denn er drehte sich zur Türe um, um zu gehen.

55. Tylor

»Schön, dass du dann jetzt offensichtlich alles gesagt hast, was du loswerden wolltest. Dann hoffe ich mal, du hast nicht zu viel Zeit an mich verschwendet! Ich glaube dir kein Wort, Tylor! Du beweist ja gerade, dass dein Interesse an mir rein körperlicher Natur war.« Ich blieb stehen und ließ sie aussprechen. Das war ich ihr zumindest schuldig. »Aber ich mache dir dafür keinen Vorwurf. Du hast mir ja gesagt, dass nichts aus uns werden würde. Mehr als einmal ... Ich war nur einfach zu blöd! So blöd, dass ich nicht verhindern konnte, dass ich anders fühlte. Ich bin selbst schuld!« Ich nahm die Hand von der Türklinke und drehte mich zu ihr um.

»Was?«, war das Einzige, was ich herausbrachte.

»Was, was?«

»Was konntest du nicht verhindern?« Sie sah auf ihre Hände und würdigte mich weiterhin keines Blickes.

»Das ich etwas in dir gesehen habe, was nicht da zu sein scheint! Und das ich mich in diese Version verliebte!« Mir blieb das Herz stehen. Das durfte einfach nicht sein!

»Vielleicht gibt es die Person nicht, die du gerne in mir gesehen hättest.«

»Ja, vielleicht ... Vielleicht hast du aber auch einfach nur im Laufe der Zeit gelernt, sie sehr gut zu verstecken. Aber Tatsache ist, dass du lieber ein verficktes Arschloch bist, als zuzulassen, dass eine Frau dir näherkommen könnte. Und das zeigt mir, dass du recht hattest ... Eine Zukunft kann es zwischen uns niemals geben.«

»Sagte ich ja von vornherein. Ich bin dafür nicht geschaffen.«

»Nein, Tylor! Du belügst dich selbst. Das hat nichts damit zu tun, dass du es nicht kannst, sondern lediglich damit, dass du es nicht willst. Das ist das, was du aus deinem Leben gemacht hast.«

»Ja, vielleicht hast du recht. Das, was ich erlebt habe, hat mich zu dem gemacht, der ich bin. Ein kaputter Freak! Der Nähe nicht erträgt und Gefühle weder annehmen noch erwidern kann. Aber bitte glaube mir, dass ich dich wirklich mochte. Meine Worte im Joy galten in keiner Weise für dich.« Emily schaute mich noch immer nicht an, doch ihre Miene wurde sichtbar sanfter, daher offenbarte ich ihr alles, was mir in den Sinn kam. So, wie es mir Patrick geraten hatte.

»Mir ist klar, dass ich eine Frau wie dich nicht verdiene. Ich bin schlicht und einfach nicht gut genug. Wahrscheinlich kann ich einfach nie gut genug sein, weil ich mich selbst nicht als das ansehe, was andere in mir sehen.« Das erste Mal, seit ich die Wohnung betrat, sah sie mich an. Ihr

Blick war so durchdringend, dass ich meinen nun abwenden musste. Meine Worte entsprachen der Wahrheit. Sie offenbarten, was ich fühlte und wie ich über mich selbst dachte. Dennoch waren sie mir unangenehm, da ich Schwächen niemals zuließ. Sie stand auf und kam zu mir herüber. Emily so nah bei mir zu haben ... sie aber nicht berühren zu dürfen, brachte mich um den Verstand. Ich wusste nicht, wann ich zuletzt das Bedürfnis hatte, einfach nur in den Arm genommen zu werden, aber in dem Moment wollte ich exakt das. Sie stand genau vor mir. Nur wenige Zentimeter entfernt. Und doch so weit weg wie nie zuvor!

»Tylor! Sieh mich an!«, sagte sie dominant. Ich blickte sie an und versank in ihren Augen. War sie schon immer so hübsch? »Sieh mich an und hör mir genau zu, denn es ist wichtig, dass du meine Worte verinnerlichst! Du bist der Einzige, der mich jemals dazu bringen konnte, mich von dir abzuwenden. Ich weiß nicht, was du in deiner Vergangenheit erlebt hast und warum du so kühl und abweisend geworden bist, aber ich sehe dich! Nicht den Mann in der Öffentlichkeit, den du vorgibst zu sein, sondern dich! Und ich mochte dich genauso. Du allein bist schuld, dass es kein WIR geben wird! Und das nicht, weil du bist, wie du bist. Sondern weil du es nicht versuchst und dich stattdessen lieber versteckst!« Sie gab mir einen Kuss auf die Wange und wandte sich von mir ab. Sie ging! Wie so viele vor ihr! Sie drehte mir den Rücken zu und entfernte sich von mir ... In dieser Sekunde überschlug sich alles auf einmal. Ich spürte mein Herz rasen. Tränen und Wut stiegen in mir auf und die Worte schossen aus mir heraus, bevor ich denken konnte.

»Du gehst ... wie alle! Nicht ich bin schuld! sondern ihr! Alles immer nur haltlose Versprechungen. Am Ende ist es doch so, dass meine Angst vor Nähe nur daraus resultiert, dass alle, die versprechen zu bleiben, doch irgendwann gehen!« Ich spürte, wie eine verfickte Träne über meine Wange lief. Ich wischte sie weg. Ich war nicht schwach! »Vorhin im Club warst du doch heiß begehrt. Warum solltest du dann mich wollen? Es gibt ja genug Auswahl, nicht wahr!?«

Bleib stark, Tylor! Gib den Ton an!

»Das denkst du also von mir? Dass ich nehme, was kommt?«

»Bei Liam hast du zumindest nicht sehr viel Verstand bewiesen! Dass du dir einen Typen ins Haus holst, der sich nimmt, was er will ... Oder stehst du darauf? Vielleicht bin ich deswegen nicht der Richtige. Ich bin nicht asozial genug!« Ihr traten erneut Tränen in die Augen, aber diesmal war es mir scheißegal. Dann heulten wir halt beide ... Sie verließ mich sowieso. Alles war wie immer! Ich stand an dem gleichen Punkt, wieder und wieder. Alle gingen! Egal, was ich tat. Sollte sie doch heulen ... Mir egal!

»Glaube mir, Tylor. Du bist assi genug!« Mit diesen Worten drehte sie sich erneut um und lief weiter. Mit ein paar großen Schritten holte ich sie ein und hielt ihren Arm fest. Ich stellte mich genau vor sie, sodass sie mit dem Rücken fast die Wand berührte. Sie sollte mich gefälligst ansehen, wenn ich mit ihr redete!

»Ich war zu keiner Zeit scheiße zu dir! Habe dich immer mit Respekt behandelt. Aber du hast offensichtlich keine Ahnung, wer ich bin!« Ich hörte meine Worte wie durch Watte. Die Stimmung war zum Zerreißen gespannt und ihre Haltung wirkte hochgradig überheblich. Fast schon herablassend.

»Liam hat es wenigstens erst am Ende verbockt. Du hast es von Anfang an nicht hinbekommen! Doch mein Herz habt ihr so oder so beide gefickt!« Mit ihrer Aussage brachte sie meine Wut zum Überlaufen. Mich mit diesem Hundesohn zu vergleichen, traf einen Punkt, der mich sowohl innerlich als auch äußerlich ausflippen ließ. Ich schlug mit voller Wucht gegen die beschissene Wand hinter ihr. Emily berührte ich dabei nicht, aber die Intensität meiner Wut ließ sie zusammenschrecken. Ich sah die Angst in ihren Augen und mir wurde sofort klar, dass ich zu weit ging. Auf keinen Fall sollte sie sich vor mir fürchten! Ich war so ein verdammter Idiot. Wie aus einer Trance erwacht, war ich schlagartig wieder bei Sinnen. Ich griff mit meiner Hand nach ihrem Gesicht. Ich wollte sie beruhigen, aber sie wich verängstigt vor mir zurück. Was hatte ich nur getan? Das war das Letzte, was ich wollte! Ich trat augenblicklich ein paar Schritte von ihr weg, um ihr ausreichend Freiraum zu verschaffen. Just in dem Moment sank sie in sich zusammen. Sie hockte da – auf dem Boden –, umschlang mit den Armen ihre Beine und weinte. Sie zitterte am ganzen Körper. Sie hatte Angst! Angst vor mir! Ich konnte nichts weiter sagen, was es besser machen würde. Und auch nichts mehr tun, da meine Berührungen sie zurückschrecken ließen. Und ich konnte auch nichts mehr fühlen, denn ich spürte, dass ich die Frau, die ich liebte, nun endgültig verlor. Mir blieb nur zu gehen, und das tat ich. Erneut!

56. Emily

Ich fühlte mich wie gelähmt. Die Angst, die sich aufstaute, ließ mir kaum noch Platz zum Atmen. Ich konnte nichts mehr sagen. Alle Worte erstickten in meiner Kehle. Mein Körper verweigerte mir den Dienst. Ich wusste, dass Tylor mir niemals etwas tun würde. Mein Verstand sagte mir dies deutlich. Aber alles in mir verhinderte, zu denken ... zu fühlen ... zu verstehen! Ich war wie blockiert! Pure Panik steckte in meinen Knochen und hielt mich fest wie in einer Schraubzwinge. Ich hatte keine Ahnung, wie lange ich da hockte und weinte. Tylor war gegangen. Schon längst. Irgendwann sank ich aus der Hocke komplett auf den Boden herab. Meine Tränen rannen unentwegt weiter aus meinen Augenlidern. Ich zitterte am ganzen Körper. Meine Glieder waren mittlerweile so steif und verkrampft, dass sie wehtaten. Ich sah den Schock in Tylors Augen, aber ich konnte nicht reagieren. Nicht mal sprechen. Die Erlebnisse mit Liam hatten mich geprägt. Und das offensichtlich mehr als ich dachte. In diesem Augenblick verstand ich, was mit „vor Angst gelähmt zu sein" gemeint war. Ich konnte nichts tun, außer Rotz und Wasser zu heulen. So schaute ich ihm nur hinterher, als er langsam zur

Türe hinausging und diese hinter sich ins Schloss fallen ließ. Draußen war es bereits hell. Die Vögel zwitscherten glücklich ihre Lieder und ich saß noch immer da. An der Wand. Auf dem Boden. Wo Tylor mich zurückgelassen hatte. Mir war kalt und alles an mir fühlte sich an, als wenn ich mich niemals mehr bewegen könnte. Meine Tränen waren lange vertrocknet. Die Gedanken leer. Ich saß einfach da und starrte vor mich hin. Es schellte an der Türe, aber ich wollte niemanden sehen. Sicher informierte Tylor diesmal Kira, damit ich nicht alleine war. Aber auch sie wollte ich nicht sehen. Ich brauchte Ruhe. Einsam zu sein, war vielleicht gar nicht so blöd, wie ich immer dachte. Doch es schellte wieder und wieder, also musste ich wohl oder übel diese doofe Türe öffnen. Kira gab keine Ruhe, wenn sie sich was in den Kopf gesetzt hatte. Das wusste ich besser als jeder andere. Ich drückte den Türöffner, wartete einen Moment und öffnete dann die Wohnungstür, damit sie hereinkommen konnte, ohne sie einzutreten. Das hätte mir noch gefehlt. Doch im nächsten Augenblick brach meine Welt vollkommen unerwartet komplett zusammen ...

»Hallo meine Hübsche! Hast du mich vermisst?«, hörte ich Liam sagen, bevor er mich brutal in die Wohnung stieß und die Türe von innen schloss!

<u>Triggerwarnung</u>

Dieses Buch enthält folgende Elemente, die triggern könnten:

Toxische Beziehungen, Verlustängste, übergriffiges Verhalten, Gewalt, Entführung, Adoption, Mobbing, Panikattacken, Alkoholkonsum, derbe Ausdrucksweisen und Schimpfworte sowie explizite sexuelle Inhalte.

Danksagung

Der Start dieser Reise zog sich gefühlt endlos in die Länge. Oft stand ich kurz davor aufzugeben. Selbstzweifel und der Alltag überrannten den Mut, den jeder Autor am Anfang aufbringen muss, um verrückt genug zu sein, es zu versuchen. Viel Kraft und jede Menge Tränen säumten den Weg. Aber auch Freude, Euphorie und die Liebe zu der Geschichte! So machte ich weiter. Doch nur durch die tollen Menschen hinter mir, fand ich den Mut, immer wieder an mich selbst und an Emily und Tylor zu glauben.

Ich **Danke** besonders meinem Mann Daniel und meiner wundervollen Tochter Angelina, für ihre Geduld, ihre Unterstützung und ihre Liebe! Ohne euch wäre all das nicht möglich gewesen! **Danke**, dass ihr den Haushalt und unseren Alltag so oft geschmissen habt, wenn ich mal wieder im Buch versunken war :) Ich liebe euch!

Ein großes **Danke** geht auch an meinen Seelenhund Cooper. Er kann das hier nicht lesen, aber ohne ihn würde ich nicht halbwegs so funktionieren, wie ich es tue. Mein Seelenheil an guten wie an schlechten Tagen und das C. in meinem Namen. My endless love!

Danke auch an meine anderen Herzmenschen. Yvonne, Rene, Michelle, Sebastian, Papa! Auch ihr habt nie an mir gezweifelt, obwohl ich es so oft selbst tat. Niemals vergessen, geht ein Gruß hoch in den Himmel. Mama, ich weiß, du bist auch stolz auf mich! Ihr alle seid die Besten!

An dieser Stelle geht auch ein riesiges **Danke** an alle meine Testleser. Insbesondere an Michelle und Tamara, die genauso buchverrückt sind wie ich, und deren Meinung mir daher besonders wichtig war. Ihr habt mir durch eure offene und ehrliche Meinung beim letzten Schliff geholfen. Und auch an Yvonne, die sich zum Testlesen »geopfert« hat, obwohl sie in der Welt der Hörbücher zu Hause ist. **Danke!**

Mein wunderschönes Cover habe ich exklusiv und mit viel Liebe erhalten. Yvonne - Schwesterherz - du verstehst was von deinem Job! **Danke!** Ich liebe das Cover und dich! You are simply the best!

Und nun ist es da. Mein erstes veröffentlichtes Buch! Ich kann es noch immer nicht glauben, aber ich halte es tatsächlich in meinen Händen. Und Du auch!

Damit komme ich direkt zu meinem letzten **Dank**.

Und der geht - last, but not least - an Dich! Du, der gerade dieses Buch in den Händen hält. **Danke**, dass Du diese Reise mit mir begonnen hast! Ohne Dich wäre es nur halb so schön! Daher **Danke** ich jedem Einzelnen von euch <u>von Herzen</u> und hoffe, dass ihr auch weiterhin an meiner Seite seid!

Coming soon!
2025

enJoy me

Gefangen im Nichts

Band 2

Unsere gemeinsame Reise geht weiter!
Ich freue mich auf euch.
Eure K.C.